Nikolaj Gogol

Aufzeichnungen eines Irren

Novellen

www.elv-verlag.de

Gogol, N. W.

Aufzeichnungen eines Irren

Novellen

ISBN: 978-3-86267-334-6

Auflage: 1
Erscheinungsjahr: 2011
Erscheinungsort: Bremen, Deutschland

Europäischer Literaturverlag GmbH, Fahrenheitstr. 1, 28359 Bremen (www.elv-verlag.de).

Aufzeichnungen eines Irren

Novellen

www.elv-verlag.de

Inhalt

DER NEWSKIJ-PROSPEKT 1

DIE NASE 37

DAS PORTRÄT 63

AUFZEICHNUNGEN EINES IRREN 118

DER MANTEL 140

Der Newskij-Prospekt

Es gibt nichts Schöneres als den Newskij-Prospekt, wenigstens in Petersburg nicht: Für Petersburg bedeutet er alles. Welcher Glanz fehlt noch dieser schönsten Straße unserer Hauptstadt? Ich weiß, dass keiner von den blassen und beamteten Einwohnern Petersburgs diese Straße gegen alle Kostbarkeiten der Welt eintauschen würde. Nicht nur der Fünfundzwanzigjährige, der einen wundervollen Schnurrbart und einen prachtvoll genähten Rock besitzt, sondern auch der, auf dessen Kinn weiße Stoppeln sprießen und dessen Kopf so kahl ist wie ein silbernes Tablett, ist vom Newskij-Prospekt entzückt. Und erst die Damen! Oh, den Damen ist der Newskij-Prospekt noch angenehmer! Und wem ist er nicht angenehm? Kaum hat man den Newskij-Prospekt betreten, so atmet man nichts als müßiges Herumschlendern. Wenn man sogar ein wichtiges, unaufschiebbares Geschäft vorhat, so vergisst man es, sobald man auf dem Newskij ist. Dies ist der einzige Ort, wo die Menschen nicht von irgendeiner Notwendigkeit getrieben erscheinen, nicht vom Geschäftsinteresse, von dem das ganze Petersburg ergriffen ist. Der Mensch, dem man auf dem Newskij-Prospekt begegnet, scheint weniger Egoist zu sein, als einer, den man in der Morskaja-, Gorochowaja-, Litejnaja-, Mjeschtschanskaja- und in jeder anderen Straße trifft, wo Gier und Habsucht auf allen Gesichtern ausgeprägt sind, die vorbeigehen und in Equipagen und in Droschken vorbei jagen. Der Newskij-Prospekt ist die wichtigste Verkehrsader von ganz Petersburg. Ein Bewohner des Petersburger oder des Wyborger Stadtteils, der seinen Freund, welcher im Peski-Stadtteil oder am Moskauer Tor wohnt, schon seit mehreren Jahren nicht besucht hat, kann sicher darauf rechnen, dass er ihm auf dem Newskij-Prospekt begegnet. Kein Adressbuch und keine Auskunftsstelle können so zuverlässige Nachrichten geben wie der Newskij-Prospekt. Der Newskij-Prospekt ist allmächtig! Er ist die einzige Zerstreuung für das an Spaziergängen so arme Petersburg! Wie sauber sind seine Bürgersteige gekehrt, und, mein Gott, wie viel Füße hinterlassen auf ihm ihre Spuren! Der plumpe schmutzige Stiefel des gedienten Soldaten, unter dem selbst das Granitpflaster zu bersten scheint, das winzige, wie Rauch leichte Schuhchen der jungen Dame, die ihr Köpfchen den glänzenden Schaufenstern zuwendet, wie die Sonnenblume der Sonne, der rasselnde Säbel des von Hoffnungen erfüllten Fähnrichs, der in ihn eine scharfe Spur kratzt, – alles lässt ihn die Macht der Kraft und die Macht der Schwäche fühlen. Wie schnell wechseln hier die fantastischen Bilder im Laufe eines einzigen Tages ab! Wie viel Veränderungen muss er in vierundzwanzig Stunden erleiden! Fangen wir mit dem frühen Morgen an, wo ganz Petersburg nach heißen, frischgebackenen Broten riecht und von alten Weibern in zerrissenen Kleidern und Mänteln wimmelt, die die Kirchen und die mitleidigen Passanten überfallen. Um diese Stunde ist der Newskij-Prospekt leer: Die dicken Ladenbesitzer und ihre Kommis schlafen noch in ihren holländischen Hemden, oder seifen sich ihre edlen Wangen ein, oder trinken Kaffee; die Bettler versammeln sich vor den Türen der Konditorei, wo der verschlafene Ganymed, der gestern mit den Tassen Schokolade wie eine Fliege herumgeflogen ist, ohne Halsbinde, mit einem Besen in der Hand erscheint und ihnen ausgetrocknete Kuchen- und Speisereste hinwirft.

Durch die Straßen zieht arbeitendes Volk; manchmal sieht man hier auch einfache russische Bauern, die in kalkbeschmierten Stiefeln, die selbst der Katharinen-Kanal, der wegen seiner Sauberkeit berühmt ist, nicht abwaschen könnte, zur Arbeit eilen. Um diese Stunde sollen sich Damen hier lieber nicht zeigen, denn das russische Volk wendet gerne so kräftige Ausdrücke an, die sie wohl auch nicht im Theater zu hören bekommen. Manchmal sieht man hier auch einen verschlafenen Beamten mit einer Aktentasche unter dem Arm, den der Weg nach seinem Departement zufällig über den Newskij führt. Man kann mit Bestimmtheit sagen, dass um diese Tageszeit, das heißt bis zur Mittagsstunde, der Newskij-Prospekt für niemand ein Ziel bildet; er ist für alle nur ein Mittel: Er füllt sich allmählich mit Menschen, die ihre Beschäftigungen, ihre Sorgen und ihren Ärger haben und an ihn gar nicht denken. Der russische Bauer spricht von zehn Kopeken oder von sieben Kupfergroschen, die alten Männer oder Frauen schwingen die Arme oder sprechen mit sich selbst, manchmal mit recht ausdrucksvollen Gebärden, aber niemand hört ihnen zu und niemand lacht über sie, höchstens einige Jungen in bunten Hausröcken, die mit leeren Schnapsflaschen oder fertigen Stiefeln in den Händen wie der Blitz über den Newskij-Prospekt schießen. Um diese Zeit darf man nach Belieben gekleidet sein, – wenn man sogar statt eines Hutes eine Tellermütze aufhat, auch wenn der Kragen zu weit aus der Halsbinde hervorsteht, – niemand wird es merken.

Um zwölf Uhr wird der Newskij-Prospekt von den Hofmeistern aller Nationen mit ihren Zöglingen in Batistkragen überfallen. Die englischen Johns und die französischen Coqs gehen Arm in Arm mit den ihrer väterlichen Obhut anvertrauten Zöglingen und erklären ihnen mit gebührender Würde, dass die Schilder über den Kaufläden zu dem Zwecke angebracht seien, damit man erfahren könne, was in den Kaufläden selbst vorhanden sei. Die Gouvernanten, die blassen Misses und die rosigen Mademoiselles schreiten majestätisch hinter den leicht beschwingten, koketten kleinen Mädchen einher und befehlen ihnen, die linke Schulter etwas höher zu ziehen und sich besser zu halten; kurz, der Newskij-Prospekt ist um diese Stunde ein pädagogischer Newskij-Prospekt. Aber gegen zwei Uhr nimmt die Zahl der Gouvernanten, der Pädagogen und der Kinder ab; sie werden allmählich von den zärtlichen Vätern der letzteren verdrängt, die Arm in Arm mit ihren bunt gekleideten, nervenschwachen Lebensgefährtinnen gehen. Allmählich gesellen sich zu ihnen alle, die mit ihren wichtigen häuslichen Angelegenheiten fertig geworden sind: Sie haben mit ihrem Hausarzt über das Wetter und über den kleinen Pickel gesprochen, der sich auf der Nase gebildet hat, haben sich nach dem Befinden ihrer Pferde und ihrer Kinder, die übrigens gute Fähigkeiten an den Tag legen, erkundigt, haben den Theaterzettel und eine wichtige Meldung in der Zeitung über die neu eingetroffenen und die abgereisten Personen gelesen und schließlich eine Tasse Kaffee oder Tee getrunken; zu ihnen gesellen sich diejenigen, denen das beneidenswerte Los zugefallen ist, den gesegneten Posten eines Beamten für besondere Aufträge zu bekleiden. Zu ihnen gesellen sich auch diejenigen, die im Auswärtigen Amte dienen und sich durch ihre vornehmen Beschäftigungen und Angewohnheiten auszeichnen. Mein Gott, was gibt es doch für schöne Ämter und Posten! Wie erheben und erquicken sie das Herz! Ich aber stehe leider nicht im Staatsdienste und bin des Vergnügens beraubt, die feine, edle Behandlung durch die Vorgesetzten zu fühlen. Alles, was Sie auf dem Newskij-Prospekt sehen, ist von Wohlanständigkeit erfüllt: die Herren tragen lange Röcke und halten die Hände in den rückwärtigen Taschen, die Damen – rosa, weiße und blassblaue Atlasmäntel und elegante Hüte. Hier können Sie Backenbärte sehen, die einzigen Backenbärte, die mit ungewöhnlicher und erstaunlicher Kunst hinter die Halsbinden gekämmt sind, samtweiche, atlassene Backenbärte, schwarz wie Zobel oder wie Kohle, die aber leider nur das Privileg des Auswärtigen Amtes allein bilden. Den Beamten der anderen Departements hat die Vorsehung die schwarzen Backenbärte versagt; sie müssen zu ihrem größten Ärger rötliche Backenbärte tragen. Hier sehen Sie

Schnurrbärte, so herrlich, wie man sie mit keiner Feder beschreiben, mit keinem Pinsel darstellen kann; Schnurrbärte, denen die bessere Hälfte des Lebens geweiht ist, die den Gegenstand der größten Sorgfalt bei Tag und bei Nacht bilden; Schnurrbärte, mit den herrlichsten Parfüms begossen, mit den kostbarsten und seltensten Pomaden gesalbt; Schnurrbärte, die für die Nacht in das feinste Velinpapier gewickelt werden; Schnurrbärte, die von der rührendsten Anhänglichkeit ihrer Besitzer betreut werden und auf die alle Vorübergehenden neidisch sind. Tausende Sorten von bunten, leichten Hüten, Kleidern, Tüchern, an denen ihre Besitzerinnen zuweilen ganze zwei Tage lang hängen, blenden jeden, der durch den Newskij-Prospekt geht. Es ist, als hätte sich eine ganze Wolke von Schmetterlingen plötzlich von den Blumenstängeln erhoben und schwärme über den schwarzen Käfern des männlichen Geschlechts. Hier kann man solchen Taillen begegnen, wie man sie nicht mal im Traume gesehen hat: es sind feine, dünne Taillen, nicht stärker als ein Flaschenhals, – wenn man ihnen begegnet, tritt man respektvoll auf die Seite, um sie nicht irgendwie unvorsichtig mit dem unhöflichen Ellenbogen anzustoßen; Angst und Scheu übermannen einen, dass man nicht mit einem unvorsichtigen Atemzug dieses herrliche Produkt der Natur und der Kunst zerbreche. Und was für Damenärmeln kann man auf dem Newskij-Prospekt begegnen! Ach, diese Herrlichkeit! Sie haben einige Ähnlichkeit mit zwei Luftballons, sodass die Dame plötzlich in die Luft steigen könnte, wenn der Herr sie nicht festhielte; denn es ist ebenso leicht und angenehm, eine Dame in die Höhe zu heben, wie ein mit Champagner gefülltes Glas an die Lippen zu führen. Nirgends begrüßt man sich bei einer Begegnung so vornehm und so ungezwungen wie auf dem Newskij-Prospekt. Hier kann man das einzige Lächeln sehen, das Lächeln, das der Gipfel der Kunst ist, ein Lächeln, vor dem man zuweilen vor Vergnügen schmelzen kann, vor dem man sich plötzlich so winzig wie ein Grashalm fühlt und die Augen niederschlägt, zuweilen aber auch ein Lächeln, vor dem man sich höher als die Spitze des Admiralitätsturmes dünkt und den Kopf hebt. Hier begegnet man Menschen, die über ein Konzert oder über das Wetter mit ungewöhnlichem Anstand und einem ungewöhnlichen Gefühl für eigene Würde sprechen. Hier begegnet man Tausenden von unfassbaren Charakteren und Erscheinungen. Du lieber Gott, was für seltsame Charaktere trifft man auf dem Newskij-Prospekt! Es gibt hier eine Menge von solchen Menschen, die bei einer Begegnung mit Ihnen unbedingt auf Ihre Stiefel schauen, und, wenn Sie vorbeigegangen sind, sich umwenden, um sich Ihre Rockfalten anzusehen. Ich kann bis jetzt nicht begreifen, woher das kommt. Ich hatte anfangs geglaubt, es seien lauter Schuhmacher, aber das entspricht durchaus nicht den Tatsachen: Sie sind zum größten Teil an allerlei Departements angestellt, viele von ihnen sind imstande, ein amtliches Schreiben von einer Amtsstelle an eine andere bestens abzufassen; oder es sind Menschen, die sich mit Spazierengehen und mit dem Lesen von Zeitungen in Konditoreien beschäftigen, – mit einem Worte, es sind zum größten Teil anständige Menschen. In dieser gesegneten Zeit zwischen zwei und drei Uhr nachmittags, die man die Zeit der Bewegung der ganzen Hauptstadt nennen kann, findet die Hauptausstellung der besten menschlichen Erzeugnisse statt: der eine zeigt einen eleganten Überrock mit dem schönsten Biberkragen; der andere eine herrliche griechische Nase; der dritte trägt einen wunderbaren Backenbart zur Schau; die vierte ein Paar schöne Augen und einen wunderbaren Hut; der fünfte – einen Ring mit einem Talisman auf dem gepflegten kleinen Finger; die sechste – ein Füßchen in einem entzückenden Schuh; der siebente – eine staunenswerte Krawatte; der achte – einen verblüffenden Schnurrbart. Aber es schlägt drei, die Ausstellung ist zu Ende, die Menge verzieht sich ... Um drei Uhr ist eine neue Veränderung. Auf dem Newskij-Prospekt bricht plötzlich der Frühling an: Er wimmelt auf einmal ganz von Beamten in grünen Uniformröcken. Die hungrigen Titular-, Hof- und sonstigen Räte bemühen sich, ihre Schritte zu beschleunigen. Die jungen Kollegienregistratoren, die Gouvernements- und Kollegiensekretäre beeilen sich, die Zeit auszunützen und einmal durch den Newskij-Prospekt mit einer Miene zu gehen, als hätten sie beileibe nicht sechs Stunden in der Kanzlei gesessen. Aber die alten Kollegiensekretäre, Titular- und Hofräte gehen schnell mit gesenkten Köpfen: Sie haben andere Dinge im Sinn, als die Spaziergänger zu mustern; sie haben sich von ihren Sorgen noch nicht ganz losgerissen; in ihren Köpfen ist ein Wirrwarr, ein ganzes Archiv begonnener und nicht beendeter Amtsgeschäfte; statt der Ladenschilder sehen sie lange Zeit nur Aktenschachteln oder das runde Gesicht des Kanzleivorstandes vor sich.

Von vier Uhr ab ist der Newskij-Prospekt leer, und man kann auf ihm kaum noch einem Beamten begegnen. Man sieht höchstens eine Näherin aus dem Wäschegeschäft, die mit einem Karton in den Händen über den Newskij-Prospekt läuft; irgendein unglückliches Opfer eines menschenfreundlichen Winkeladvokaten, das nun in seinem

Friesmantel betteln gehen kann; irgendeinen zugereisten Sonderling, dem alle Stunden gleich sind; irgendeine lange Engländerin mit einem Strickbeutel und einem Buch in der Hand; einen Geschäftsdiener, einen Russen im baumwollenen Rock, mit hoher Taille und einem dünnen Bärtchen, der immer auf dem Sprung lebt und an dem sich alles bewegt: der Rücken, die Arme, die Beine und der Kopf, wenn er bescheiden über das Trottoir geht; manchmal auch einen armen Handwerker ... sonst begegnet man um diese Stunde auf dem Newskij-Prospekt niemand.

Sobald sich aber die Dämmerung auf die Häuser und die Straßen senkt, wenn der in eine Bastmatte gehüllte Nachtwächter auf die Leiter steigt, um die Laternen anzuzünden und in den niederen Ladenfenstern solche Stiche erscheinen, die sich am Tage nicht zu zeigen trauen, – dann wird der Newskij-Prospekt wieder lebendig und beginnt sich zu regen. Dann bricht jene geheimnisvolle Stunde an, wo die Lampen allen Dingen ein verlockendes, wunderbares Licht verleihen. Man begegnet vielen jungen Leuten, zum größten Teil Junggesellen, in warmen Röcken und Mänteln. Um diese Zeit lässt sich ein gewisses Ziel vermuten, oder, besser gesagt, etwas, was einem Ziele ähnlich sieht, etwas außerordentlich Unbewusstes; alle Schritte werden beschleunigt und werden überhaupt ungleichmäßig; lange Schatten gleiten über die Mauern und das Pflaster und erreichen mit ihren Köpfen beinahe die Polizeibrücke. Die jungen Kollegienregistratoren, Gouvernements- und Kollegiensekretäre gehen sehr lange auf und ab; aber die alten Kollegienregistratoren, Titular- und Hofräte sitzen zum größten Teil zu Hause, denn sie sind verheiratete Leute oder haben bei sich deutsche Köchinnen, die ihnen die Speisen sehr schmackhaft zubereiten. Jetzt begegnet man hier wieder den ehrenwerten Greisen, die mit solcher Würde und so wunderbarem Anstand um zwei Uhr auf dem Newskij-Prospekt spazieren gegangen sind. Sie rennen ebenso schnell wie die jungen Kollegienregistratoren, um einer Dame, die sie schon aus der Ferne bemerkt haben, unter den Hut zu sehen, einer Dame, deren dicke Lippen und dick bemalte Wangen vielen Spaziergängern so sehr gefallen, am meisten aber den Ladenkommis, den Geschäftsdienern und den Kaufleuten, die in deutschen Röcken in einem ganzen Rudel, gewöhnlich Arm in Arm, spazieren gehen.

»Halt!« rief um diese Zeit der Leutnant Pirogow und zupfte den neben ihm gehenden, mit einem Frack und einem Mantel bekleideten jungen Mann am Ärmel. »Hast du sie gesehen?«

»Ich habe sie gesehen: herrlich, ganz wie Peruginos Bianca.«

»Von welcher sprichst du?«

»Von ihr, von der mit den dunklen Haaren ... Was für Augen! Gott, was für Augen! Die ganze Figur, der Umriss, das Oval des Gesichts – ein wahres Wunder!«

»Ich spreche aber von der Blondine, die hinter ihr nach jener Seite ging. Warum folgst du dann nicht der Brünetten, wenn sie dir so gut gefällt?«

»Was denkst du dir!« rief der junge Mann im Frack errötend. »Sie ist doch nicht eine von jenen, die jeden Abend auf dem Newskij-Prospekt herumspazieren; sie muss eine sehr vornehme Dame sein«, fuhr er mit einem Seufzer fort: »der Mantel allein wird seine achtzig Rubel gekostet haben!«

»Einfaltspinsel!« rief Pirogow und stieß ihn gewaltsam nach jener Richtung, wo ihr leuchtender Mantel wehte. »Geh, du Narr, sonst verpasst du sie! Ich gehe aber der Blondine nach.« Die beiden Freunde trennten sich.

... Wir kennen euch alle! – dachte bei sich Pirogow mit einem selbstgefälligen und selbstbewussten Lächeln, überzeugt, dass es keine Schönheit gäbe, die ihm widerstehen könnte.

Der junge Mann im Frack und Mantel ging mit schüchternen und bebenden Schritten nach der Seite, wo der bunte Mantel wehte, bald in grellen Farben leuchtend, wenn sie sich einer Laterne näherte, bald im Dunkel verschwindend, wenn sie sich von der Laterne entfernte. Sein Herz klopfte, und er beschleunigte unwillkürlich seine Schritte. Er wagte nicht einmal daran zu denken, dass er irgendein Recht auf die Aufmerksamkeit der sich entfernenden Schönen erlangen könne, noch viel weniger konnte er den schwarzen Gedanken zulassen, auf den der Leutnant Pirogow angespielt hatte; er wollte nur das Haus sehen, sich merken, wo dieses herrliche Wesen wohnte, das auf den Newskij-Prospekt vom Himmel herabgeflogen schien und das wohl gleich wieder, unbekannt wohin, entschweben wird. Er lief so schnell, dass er unaufhörlich solide Herren mit grauen Backenbärten vom Trottoir stieß. Dieser junge Mann gehörte zu der Klasse, die bei uns eine ziemlich seltene Erscheinung bildet und zu den Bürgern Petersburgs nur im gleichen Maße zählt, in dem eine uns im Traume erscheinende Person zu der Welt der Wirklichkeit gehört. Dieser exklusive Stand ist sehr ungewöhnlich in dieser Stadt, wo fast alle Einwohner entweder Beamte, oder Kaufleute oder deutsche Handwerker sind. Er war Künstler. Nicht wahr, eine seltsame Erscheinung – ein Petersburger Künstler? Ein Künstler im Lande des Schnees, im Lande der Finnen, wo alles nass, glatt, flach, bleich, grau und neblig ist! Diese Künstler gleichen gar nicht den italienischen Künstlern, die so stolz und heißblütig sind wie Italien und sein Himmel; sie sind vielmehr zum größten Teil ein gutmütiges, sanftes Völkchen, schüchtern und sorglos. So ein Künstler hängt mit einer stillen Liebe an seiner Kunst, trinkt in seinem kleinen Zimmer mit zwei Freunden Tee, spricht bescheiden über den geliebten Gegenstand und denkt niemals an einen Überfluss. So ein Künstler lädt irgendeine alte Bettlerin zu sich ein und zwingt sie, geschlagene sechs Stunden zu sitzen, um ihre elende, ausdruckslose Miene auf die Leinwand zu bannen. Er zeichnet die perspektivische Ansicht seines Zimmers, in dem allerhand künstlerisches Gerümpel herumliegt: Hände und Füße aus Gips, die durch die Zeit und den Staub kaffeebraun geworden sind, zerbrochene Staffeleien, eine umgeworfene Palette; einen Freund, der die Gitarre spielt, mit Farben beschmierte Wände und ein offenes Fenster, durch das man die blasse Newa und arme Fischer in roten Hemden sieht. Sie haben fast alle ein graues, trübes Kolorit – den unauslöschlichen Stempel des Nordens. Dabei hängen sie mit aufrichtigem Entzücken an ihrer Arbeit. Sie haben oft ein wahres Talent, das, wenn es nur in die frische Luft Italiens käme, sich sicher ebenso frei, groß und grell entfalten würde wie eine Pflanze, die man aus dem Zimmer endlich in die frische Luft bringt. Sie sind im Allgemeinen schüchtern: Ein Ordensstern und eine dicke Epaulette verwirren sie dermaßen, dass sie unwillkürlich den Preis ihrer Werke herabsetzen. Sie tragen sich zuweilen elegant, aber diese Eleganz erscheint bei ihnen zu auffallend und hat einige Ähnlichkeit mit einem Flicken auf einem alten Anzug. Man sieht sie manchmal in einem vorzüglichen Frack und einem schmutzigen Mantel, in einer kostbaren Samtweste und in einem mit Farben beschmierten Rock – so sieht man auch auf ihren unvollendeten Landschaften zuweilen eine mit dem Kopf nach unten gezeichnete Nymphe, die der Künstler, mangels eines anderen Platzes, auf den schmierigen Grund eines früheren Werkes hingeworfen, an dem er einst mit solchem Genuss gearbeitet hatte. Er sieht einem niemals gerade in die Augen; tut er es doch, so blickt er trüb und nichtssagend; es ist niemals der Habichtblick eines Beobachters oder der Falkenblick eines Kavallerieoffiziers. Das kommt daher, weil er zur gleichen Zeit ihre Züge und die Züge irgendeines gipsernen Herkules sieht, der in seinem Zimmer steht, oder weil ihm ein Bild vorschwebt, das er zu malen beabsichtigt. Darum beantwortet er die Fragen oft unzusammenhängend, manchmal falsch, und die sich in seinem Kopf vermischenden Gegenstände vergrößern noch mehr seine Schüchternheit. Zu diesem Schlage gehörte auch der von uns geschilderte junge Mann, der Maler Piskarjow, ein schüchterner und scheuer Mensch, in dessen Seele aber Funken eines Gefühls glommen, die bei einer günstigen Gelegenheit zu einer Flamme auflodern konnten. Mit heimlichem Beben eilte er dem Gegenstande seiner Bewunderung nach, der ihn so tief erschüttert hatte, und er schien selbst über seine Kühnheit zu staunen. Das unbekannte Geschöpf, das seine Augen, Gedanken und Gefühle so mächtig anzog, wandte plötzlich den Kopf und sah ihn an. Mein Gott, was für göttliche Züge! Die blendend weiße entzückende Stirne war von achatgleichen Haaren beschattet. Sie bildeten wunderbare Locken, fielen zum Teil unter dem Hute hervor und berührten die Wangen, die von der abendlichen Kälte leicht gerötet waren. Die Lippen schienen von einem ganzen Schwarm entzückender Träume versiegelt. Alles, was von den Erinnerungen der Kindheit zurückbleibt, was beim Scheine der stillen Lampe Träume und eine stille Begeisterung weckt – alles schien in ihren harmonischen Lippen vereinigt, floss in ihnen zusammen und spiegelte sich in ihnen. Sie blickte Piskarjow an, und unter diesem Blicke erbebte sein Herz; ihr Blick war streng: ihre Züge drückten Entrüstung aus angesichts dieser frechen Verfolgung; aber auf diesem schönen Gesicht war sogar der Zorn berückend. Von Scham und Scheu ergriffen, blieb er stehen und schlug die Augen nieder; wie kann man aber diese Gottheit verlieren, ohne das Heiligtum gefunden zu haben, in dem sie sich niedergelassen hat? Solche Gedanken kamen dem jungen Träumer in den Sinn, und er entschloss sich, sie weiter zu verfolgen. Damit sie es aber nicht merke, blieb er weit hinter ihr zurück, blickte sorglos nach allen Seiten und betrachtete die Ladenschilder, ließ aber dabei keinen Schritt der Unbekannten aus den Augen. Es kamen immer weniger Passanten vorbei, die Straße wurde stiller, die Schöne sah sich um, und es kam ihm vor, als leuchte ein leichtes

Lächeln auf ihren Lippen. Er erzitterte am ganzen Leibe und traute seinen Augen nicht. Nein, es war das trügerische Laternenlicht, das auf ihrem Gesicht eine Art Lächeln hervorgezaubert hatte; es waren seine eigenen Gedanken, die sich über ihn lustig machten. Aber ihm stockte der Atem, alles in ihm wurde zu einem einzigen Zittern, alle seine Gefühle glühten, und alles vor ihm war von einem Nebel umfangen; das Trottoir enteilte unter seinen Füßen, die Equipagen mit den galoppierenden Pferden schienen unbeweglich, die Brücke zog sich in die Länge und brach in ihrer Wölbung, das Haus stand auf dem Dache, ein Schilderhäuschen fiel auf ihn nieder, und die Hellebarde des Schutzmanns schien zugleich mit den goldenen Lettern des Ladenschildes und der gemalten Schere auf der Wimper seines Auges zu glänzen. Dies alles hatte ein einziger Blick, eine einzige Wendung des hübschen Köpfchens bewirkt. Ohne etwas zu hören, zu sehen und zu verstehen, folgte er den leichten Spuren der schönen Füßchen und bemühte sich, die Schnelligkeit seiner Schritte zu hemmen, die sich im gleichen Takte wie sein Herz bewegten. Zuweilen packte ihn ein Zweifel, ob ihr Gesichtsausdruck in der Tat so wohlwollend gewesen sei, und dann blieb er für einen Augenblick stehen; aber das Herzklopfen, eine unüberwindliche Gewalt und die Aufregung aller seiner Gefühle trieben ihn vorwärts. Er bemerkte sogar nicht, wie vor ihm plötzlich ein vierstöckiges Haus auftauchte, wie alle vier erleuchteten Fensterreihen ihn zugleich anblickten und wie das Geländer vor der Einfahrt ihn eisern abwehrte. Er sah, wie die Unbekannte die Treppe hinaufflog, wie sie sich umwandte, den Finger auf die Lippen legte und ihm bedeutete, ihr zu folgen. Seine Knie zitterten, seine Gedanken glühten; ein Blitz der Freude durchzuckte sein Herz: nein, es war kein Traum mehr! Gott, wie viel Freude in einem einzigen Augenblick! Ein so herrliches Leben in diesen zwei Minuten!

Aber war das alles kein Traum? War denn sie, für deren himmlischen Blick allein er sein ganzes Leben hingeben könnte, in der Nähe deren Wohnung zu sein er schon für eine unsagbare Seligkeit hielt, war sie denn ihm soeben wirklich so wohl gewogen? Er flog die Treppe hinauf. Er empfand keinen einzigen irdischen Gedanken, er war nicht von der Flamme einer irdischen Leidenschaft entzündet, – nein, er war in diesem Augenblick rein und sündlos wie ein keuscher Jüngling, der noch das ungewisse, geistige Bedürfnis nach Liebe atmet. Das, was in einem verdorbenen Menschen kühne Wünsche geweckt haben würde, das heiligte seine Gedanken noch mehr. Dieses Vertrauen, das ihm dieses schwache, schöne Geschöpf entgegenbrachte, dieses Vertrauen hatte ihm das Gebot einer strengen Ritterlichkeit auferlegt, das Gelübde, alle ihre Befehle sklavisch zu befolgen. Er wollte nur, dass diese Befehle möglichst schwer und unerfüllbar seien, damit er sie mit einer noch größeren Anspannung seiner Kräfte befolgen könnte. Er zweifelte nicht daran, dass irgendein geheimes und zugleich wichtiges Ereignis die Unbekannte bewogen hatte, sich ihm anzuvertrauen; dass sie von ihm irgendwelche wichtigen Dienste verlangen würde, und er fühlte schon in sich eine Kraft und eine Entschlossenheit, alles zu wagen.

Die Treppe wand sich hinauf, und zugleich mit ihr wanden sich seine schnellen Gedanken. »Vorsichtiger!« erklang wie eine Harfe ihre Stimme und erfüllte alle seine Adern mit einem neuen Beben. In der dunklen Höhe des vierten Stockes klopfte die Unbekannte an die Tür; die Tür öffnete sich, und sie traten zusammen ein. Eine Frau von gar nicht üblem Aussehen empfing sie mit der Kerze in der Hand und sah Piskarjow so sonderbar und so frech an, dass er unwillkürlich seine Augen niederschlug. Sie traten in ein Zimmer. Drei weibliche Gestalten in drei verschiedenen Ecken boten sich seinen Blicken. Die eine legte Karten; die andere saß am Pianino und spielte mit zwei Fingern eine Art alte Polonäse; die dritte saß vor einem Spiegel, kämmte mit einem Kamme ihr langes Haar und dachte gar nicht daran, beim Eintritt eines Unbekannten diese Beschäftigung zu unterbrechen. Eine eigentümliche, unangenehme Unordnung, wie man sie sonst nur im Zimmer eines gleichgültigen Junggesellen trifft, herrschte hier überall. Die recht guten Möbelstücke waren von Staub bedeckt; die Spinne hatte die Stuckverzierungen des Plafonds mit ihrem Gewebe überzogen; durch die halb geöffnete Tür sah man im Nebenzimmer einen mit einem Sporn versehenen Stiefel und den roten Vorstoß einer Uniform leuchten; eine laute Männerstimme und weibliches Lachen klangen ganz ungezwungen.

Mein Gott, wo war er hingeraten! Anfangs wollte er seinen Wahrnehmungen nicht trauen und musterte aufmerksamer die Gegenstände, die das Zimmer füllten; aber die kahlen Wände und die Fenster ohne Vorhänge wiesen auf das Fehlen einer sorgenden Hausfrau hin; die abgelebten Gesichter dieser elenden Geschöpfe, von denen sich das eine dicht vor seiner Nase hinsetzte und ihn ebenso ruhig betrachtete, wie einen Fleck auf einem fremden Kleide, – dies alles gab ihm die Überzeugung, dass er in eine ekelhafte Spelunke geraten war, wo das von der oberflächlichen Bildung und der schrecklichen Übervölkerung der Hauptstadt gezeugte elende Laster nistete, in eine Behausung, wo der Mensch alles Reine und Heilige, was das Leben schmückt, gotteslästerlich erdrückt und verspottet hat, wo die Frau, diese Zierde der Welt, diese Krone der Schöpfung sich in ein seltsames, doppelsinniges Geschöpf verwandelt, wo sie zugleich mit der Reinheit der Seele alles Weibliche eingebüßt und sich alle ekelhaften Manieren und die Frechheit des Mannes angeeignet und schon aufgehört hat, jenes schwache, jenes herrliche, und von uns so verschiedene Wesen zu sein. Piskarjow maß sie vom Kopf bis zu den Füßen mit seinen erstaunten Blicken, als wolle er sich überzeugen, ob es dieselbe sei, die ihn auf dem Newskij-Prospekt bezaubert und hingerissen hatte. Aber sie stand vor ihm noch ebenso schön; ebenso schön waren noch ihre Haare und ebenso himmlisch schienen ihre Augen. Sie war noch recht frisch; sie war erst siebzehn Jahre alt; man konnte ihr ansehen, dass sie erst vor kurzer Zeit von dem schrecklichen Laster ergriffen worden war: Es wagte noch nicht an ihren Wangen zu rühren, sie waren noch frisch und leicht gerötet; sie war schön.

Er stand unbeweglich vor ihr und war schon bereit, sich ebenso einfältigen Träumereien hinzugeben wie früher. Aber dieses lange Schweigen langweilte die Schöne, und sie lächelte vielsagend, ihm gerade in die Augen blickend. Doch dieses Lächeln war von einer eigenen, elenden Frechheit erfüllt: Es war so seltsam und passte ebenso zu ihrem Gesicht, wie der Ausdruck von Frömmigkeit zu der Fratze eines Wucherers oder ein Kontobuch zu einem Dichter. Er erbebte. Sie öffnete ihren hübschen Mund und begann etwas zu sprechen, aber es war so dumm, so abgeschmackt ... Es war, als ob zugleich mit der Unschuld auch der Verstand den Menschen verließe! Er wollte nichts hören. Er war außerordentlich komisch und einfältig wie ein Kind. Statt dieses Wohlwollen auszunützen, statt sich über diesen Zufall zu freuen, wie sich an seiner Stelle wohl jeder andere gefreut haben würde, stürzte er wie eine Gazelle aus dem Zimmer und lief auf die Straße.

Mit gesenktem Kopf und herabhängenden Armen saß er in seinem Zimmer wie ein Bettler, der eine kostbare Perle gefunden und sie gleich wieder ins Meer hat fallen lassen. »Eine solche Schönheit, so göttliche Züge! Und wo? An welchem Ort? ...« Das war alles, was er sagen konnte.

In der Tat, nie empfinden wir schmerzvolleres Mitleid als beim Anblick einer Schönheit, die vom verderblichen Odem des Lasters berührt worden ist. Wenn sich zum Laster noch die Hässlichkeit gesellt; aber die Schönheit, eine zarte Schönheit ... Wir können sie in unseren Gedanken doch nur mit Sündlosigkeit und Reinheit verbinden. Die Schöne, die den armen Piskarjow so bezaubert hatte, war in der Tat eine wunderbare, ungewöhnliche Erscheinung. Ihre Anwesenheit in dieser verächtlichen Gesellschaft schien um so ungewöhnlicher. Alle ihre Züge waren so rein geformt, der ganze Ausdruck des schönen Gesichts war von solchem Adel gezeichnet, dass man sich unmöglich denken konnte, das Laster hätte schon seine schrecklichen Krallen in sie geschlagen. Sie hätte für einen leidenschaftlichen Gatten eine kostbare Perle, eine ganze Welt, ein ganzes Paradies, ein ganzer Reichtum sein können; sie wäre ein herrlicher, stiller Stern in einem bescheidenen Familienkreise, wo sie mit einer einzigen Bewegung ihrer herrlichen Lippen süße Befehle erteilen würde. Sie könnte eine Gottheit in einem überfüllten Saale sein, auf dem strahlenden Parkett, im Scheine der Kerzen, unter der stummen Andacht der zu ihren Füßen liegenden Schar von Verehrern. Aber ach! Der schreckliche Wille eines Höllengeistes, der danach strebt, die Harmonie des Lebens zu stören, hatte sie mit Hohngelächter in diesen schrecklichen Abgrund geworfen.

Von einem herzzerreißenden Mitleid erfüllt, saß er vor der heruntergebrannten Kerze. Die Mitternacht war längst vorüber, die Turmuhr schlug halb eins, er aber saß unbeweglich, schlaflos, untätig. Der Schlummer benützte seine Unbeweglichkeit und fing schon an, sich seiner langsam zu bemächtigen, das Zimmer fing an zu verschwinden, nur noch die Kerzenflamme allein leuchtete durch die Visionen, als plötzlich ein Klopfen an der Tür ihn auffahren und zu sich kommen ließ. Die Tür ging auf, und ein Lakai in reicher Livree trat ein. In sein einsames Zimmer hatte noch niemals eine reiche Livree hineingeblickt, zudem zu einer so ungewöhnlichen Stunde ... Er konnte nichts begreifen und starrte mit Ungeduld und Neugierde den Lakai an.

»Die Dame«, sagte der Lakai mit einer höflichen Verbeugung, »bei der Sie vor einigen Stunden gewesen sind, lässt Sie zu sich bitten und schickt einen Wagen nach Ihnen.«

Piskarjow stand in stummem Erstaunen da: einen Wagen, ein livrierter Lakai! ... Nein, es ist wohl ein Missverständnis ...

»Hören Sie einmal, mein Lieber«, sagte er schüchtern, »Sie haben sich wohl in der Adresse geirrt. Die Dame hat sie zweifellos nach jemand anders geschickt und nicht nach mir.«

»Nein, mein Herr, ich habe mich nicht geirrt. Sie haben doch geruht, die Dame zu Fuß zum Hause in der Litejnaja, ins Zimmer im vierten Stocke zu begleiten?«

»Ja, ich.«

»Nun, dann kommen Sie bitte schnell mit. Die Gnädige will Sie unbedingt sehen und bittet Sie, zu ihr ins Haus zu kommen.«

Piskarjow lief die Treppe hinunter. Draußen wartete wirklich ein Wagen. Er stieg ein, der Schlag wurde zugeklappt, die Pflastersteine dröhnten unter den Rädern und Hufen, und die erleuchtete Perspektive der Häuser mit den Laternen und den Ladenschildern flog an den Wagenfenstern vorbei. Piskarjow dachte während der ganzen Fahrt nach und wusste nicht, wie sich dieses Abenteuer zu erklären. Ein eigenes Haus, ein Wagen, ein Lakai in einer reichen Livree ... Dies alles reimte sich gar nicht mit dem Zimmer im vierten Stock, mit den staubigen Fenstern und dem verstimmten Pianino zusammen. Die Equipage hielt vor einer hell erleuchteten Einfahrt, und er war ganz erstaunt über die Reihe von Equipagen, das Stimmengewirr der vielen Kutscher, die hellerleuchteten Fenster und die Töne der Musik. Der Lakai in der reichen Livree half ihm aus dem Wagen und führte ihn respektvoll in einen Flur mit Marmorsäulen, in dem ein goldstrotzender Portier stand, überall Mäntel und Pelze herumlagen und eine helle Lampe brannte. Eine luftige Treppe mit glänzendem Geländer führte inmitten von Wohlgerüchen hinauf. Schon war er auf der Treppe, schon trat er in den ersten Saal und erschrak und taumelte vor den vielen Leuten zurück. Die ungewöhnliche Buntheit der Gäste verwirrte ihn; es war ihm, als hätte irgendein Dämon die ganze Welt in eine Menge verschiedener Stücke zerbröckelt und diese Stücke ohne jeden Sinn und Plan vermischt. Strahlende Damenschultern und schwarze Fräcke, Lüster, Lampen, luftige, schwebende Tüllgewebe, ätherleichte Bänder und die dicke Bassgeige, die hinter dem Geländer des wundervollen Chors hervorschaute, – alles blendete ihn. Er sah auf einmal eine solche Menge ehrenwerter Greise und Halbgreise mit Ordenssternen auf den Fräcken, von Damen, die so leicht, stolz und graziös über das Parkett glitten, oder in Reihen nebeneinander saßen; er hörte so viele französische und englische Worte; außerdem waren die jungen Männer in den schwarzen Fräcken von einem solchen Anstand erfüllt, sprachen und schwiegen mit solcher Würde, verstanden so ausgezeichnet, nichts Überflüssiges zu sagen, scherzten so majestätisch, lächelten so ehrfurchtsvoll, trugen so wunderbare Backenbärte zur Schau und verstanden so kunstvoll ihre schönen Hände zu zeigen, indem sie ihre Halsbinden zurechtzupften. Die Damen waren so luftig, so tief in vollkommene Zufriedenheit und Wonne versunken, schlugen so entzückend die Augen nieder, – dass ... aber schon das demütige Aussehen Piskarjows, der sich ängstlich an eine Säule lehnte, zeigte, dass er ganz die Fassung verloren hatte. In diesem Augenblick drängte sich die Menge um eine tanzende Gruppe. Die Tänzerinnen waren in durchsichtige Schöpfungen von Paris gehüllt, in Kleider, die aus Luft gewebt schienen; flüchtig berührten sie mit ihren funkelnden Füßchen das Parkett und schienen noch ätherischer, als wenn sie es überhaupt nicht berührten. Aber eine von ihnen war schöner als alle, prachtvoller und glänzender als alle gekleidet. Ein unsagbarer feiner Geschmack spiegelte sich in ihrem ganzen Aufputz, und dabei hatte man den Eindruck, als kümmere sie sich gar nicht um ihn, als sei alles ganz von selbst entstanden. Sie sah und sah zugleich auch nicht auf die Zuschauer, die sich um sie drängten, sie hielt ihre langen Wimpern gleichgültig gesenkt, und das blendende Weiß ihres Gesichtes erschien noch blendender, wenn sich bei einer Senkung des Kopfes ein leichter Schatten auf ihre entzückende Stirn legte.

Piskarjow wandte alle Mühe an, um sich durch die Menge zu schieben und die Schöne näher zu sehen; aber irgendein großer Kopf mit dunklem Kraushaar verdeckte sie zu seinem größten Ärger immer wieder vor ihm; außerdem hatte ihn die Menge so eingezwängt, dass er weder sich vorwärtszudrängen, noch zurückzuweichen wagte, aus Furcht, irgendeinen Geheimrat anzustoßen. Da hat er sich aber doch vorgedrängt und einen Blick auf seine Kleidung geworfen, um sie etwas in Ordnung zu bringen. Du lieber Himmel, was ist denn das?! Er hat ja einen über und über mit Farben beschmierten Rock an: In der Eile hatte er ganz vergessen, sich vor dem Aufbruch anständig umzuziehen. Er errötete bis über die Ohren, senkte den Kopf und wollte in die Erde versinken; aber auch das war ganz unmöglich: Hinter ihm stand eine ganze Mauer von Kammerjunkern in glänzenden Uniformen. Er wünschte sich weit fort von der Schönen mit der herrlichen Stirne und den schönen Wimpern. Voller Angst hob er die Augen, um festzustellen, ob sie ihn nicht ansehe. Mein Gott, sie stand ja vor ihm! ... Aber was ist das, was ist das? »Das ist sie!« rief er plötzlich ganz laut. Es war in der Tat sie, dieselbe, der er auf dem Newskij begegnet war und die er bis zu ihrer Wohnung begleitet hatte.

Sie hob indessen ihre Wimpern und sah alle mit ihrem heiteren Blick an. »Ach, wie schön! ...« das war alles, was er mit stockendem Atem sagen konnte. Sie ließ ihre Blicke im Kreise schweifen, – ein jeder wollte ihre Aufmerksamkeit auf sich lenken, aber sie wandte mit einer eigentümlichen Ermüdung und Gleichgültigkeit die Blicke von allen ab und richtete sie auf Piskarjow. Oh, welch ein Himmel! Welch ein Paradies! Schöpfer, gib mir die Kraft, es zu ertragen! Das Leben kann es nicht fassen, dieser Blick muss es zerstören und die Seele entführen! Sie gab ihm ein Zeichen, aber nicht mit der Hand und nicht durch ein Nicken des Kopfes, nein, in ihren alles zermalmenden Augen kam dieses Zeichen so leise, so unmerklich zum Ausdruck, dass niemand es wahrnehmen konnte; er aber sah und verstand es. Der Tanz dauerte lange; die müde Musik schien allmählich zu ersterben und zu erlöschen, schwang sich dann wieder auf, kreischte und dröhnte; endlich war der Tanz zu Ende. Sie setzte sich; ihre ermüdete Brust hob sich unter den zarten Tüllwolken; ihre Hand (Schöpfer, was für eine wundervolle Hand!) sank auf ihre Knie, fiel auf ihr luftiges Gewand, und ihr Kleid schien unter der Last dieser Hand Musik zu atmen, und seine zarte Fliederfarbe unterstrich noch mehr das blendende Weiß dieser herrlichen Hand. Nur einmal diese Hand berühren, – und nichts mehr! Keine anderen Wünsche, – alle anderen Wünsche sind zu kühn ... Er stand hinter ihrem Stuhl und wagte nicht, zu sprechen, wagte nicht, zu atmen. »Sie haben sich wohl gelangweilt?« sagte sie. »Auch ich habe mich gelangweilt. Ich merke, dass Sie mich hassen...« fügte sie hinzu, indem sie ihre langen Wimpern senkte.

»Sie hassen? Ich?... Ich?...« wollte der ganz fassungslose Piskarjow sagen; er hätte auch gewiss eine Menge unzusammenhängender Worte gesagt, aber in diesem Augenblick nahte ihr ein Kammerherr mit einem schön frisierten Toupet und machte einige witzige und angenehme Bemerkungen. Er zeigte nicht ohne Anmut eine Reihe recht schöner Zähne und trieb mit jedem Witz einen spitzen Nagel in Piskarjows Herz. Endlich wandte sich zum Glück jemand an den Kammerherrn mit irgendeiner Frage.

»Wie unerträglich!« sagte sie und richtete auf ihn ihre himmlischen Augen. »Ich werde mich am anderen Ende des Saales hinsetzen: finden Sie sich dort ein!« Sie glitt durch die Menge und verschwand. Er bahnte sich wie wahnsinnig den Weg durch das Gedränge und stand schon neben ihr.

Sie war es wirklich! Sie saß wie eine Königin, schöner und herrlicher als alle, und suchte ihn mit den Augen.

»Sie sind hier?« sagte sie leise. »Ich will mit Ihnen aufrichtig sein: Die Umstände unserer Begegnung sind Ihnen wohl merkwürdig vorgekommen. Glauben Sie denn, dass ich zu den verächtlichen Geschöpfen gehören könne, unter denen Sie mich trafen? Ihnen erscheinen meine Handlungen wohl sonderbar, aber ich will Ihnen das Geheimnis enthüllen. Sind Sie imstande«, sagte sie, indem sie auf ihn ihre Augen richtete, »es niemand zu verraten?«

»Oh, gewiss, gewiss, gewiss! ...«

In diesem Augenblick trat aber an sie ein älterer Herr heran; er begann mit ihr in einer Sprache zu reden, die Piskarjow unverständlich war, und reichte ihr den Arm. Sie warf einen flehenden Blick auf Piskarjow und bedeutete ihm durch ein Zeichen, auf seinem Platze zu bleiben und auf sie zu warten; aber er war in seiner Ungeduld nicht imstande, irgendwelche Befehle, selbst solche aus ihrem Munde, zu befolgen. Er ging ihr nach, aber die Menge drängte sich zwischen sie. Er konnte ihr fliederfarbenes Kleid nicht mehr sehen; von Unruhe ergriffen, drängte er sich von einem Zimmer ins andere und stieß alle unbarmherzig zur Seite; aber in allen Zimmern saßen lauter große Tiere beim Whist, in vollkommenes Schweigen gehüllt. In der Ecke eines Zimmers stritten einige ältere Herren über die Vorzüge des Militärdienstes gegenüber dem Zivildienste; in einer anderen Ecke machten einige junge Männer in gut sitzenden Fräcken flüchtige Bemerkungen über das mehrbändige Werk eines ernsten Dichters. Piskarjow fühlte, wie ein älterer Herr von Respekt gebietendem Aussehen ihn am Knopfe seines Fracks festhielt und sein Urteil über eine recht treffende Bemerkung, die er gemacht, hören wollte; er stieß ihn aber roh zur Seite und merkte sogar nicht, dass jener einen ziemlich hohen Orden am Halse hatte. Er lief in ein anderes Zimmer, – sie war dort nicht, in ein drittes, – auch dort war sie nicht. »Wo ist sie denn? Gebt sie mir! Oh, ich kann nicht leben, ohne sie zu sehen! Ich will hören, was sie mir sagen wollte!« Aber all sein Suchen war vergeblich. Unruhig, ermüdet drückte er sich in eine Ecke und blickte in die Menge; seine gespannten Augen sahen aber alles getrübt. Endlich sah er um sich deutlich die Wände seines eigenen Zimmers. Er hob die Augen: Vor ihm stand der Leuchter mit fast erloschener Flamme; die ganze Kerze war geschmolzen; der Talg hatte sich auf seinen alten Tisch ergossen ...

Er hatte also nur geschlafen! Mein Gott, welch ein herrlicher Traum! Wozu musste er auch erwachen? Warum hatte es nicht noch eine Minute gedauert? Sie wäre doch sicher wieder erschienen! Das Morgengrauen blickte mit seinem unangenehmen, trüben Scheine zu ihm ins Zimmer und ärgerte ihn. Das Zimmer lag so grau und unordentlich vor ihm ... O wie abstoßend ist doch die Wirklichkeit! Was ist sie im Vergleich zu einem Traume. Er entkleidete sich schnell, legte sich ins Bett und hüllte sich in die Decke: Er wollte unbedingt das entschwundene Traumbild zurückrufen. Ihn überkam wieder der Schlaf, er träumte aber von Dingen, die er gar nicht sehen wollte: Bald erschien ihm der Leutnant Pirogow mit einer Pfeife, bald ein Diener der Kunstakademie, bald ein wirklicher Staatsrat, bald der Kopf einer Finnin, deren Bildnis er einmal gemalt hatte, und ähnlicher Unsinn.

Er lag bis zur Mittagsstunde im Bett und bemühte sich, wieder einzuschlafen, sie erschien aber nicht. Wenn sie doch nur für einen Augenblick ihre herrlichen Züge zeigen wollte, wenn er doch nur einen Augenblick ihre leichten Schritte hören, ihre bloße, wie der Schnee auf den höchsten Bergesgipfeln leuchtende Hand sehen könnte!

Er hatte alles von sich geworfen, alles vergessen, und saß mit bestürzter, hoffnungsloser Miene, nur von dem einen Traumbilde erfüllt. Er wollte nichts anrühren; seine Augen blickten teilnahmslos und leblos durchs Fenster auf den Hof, wo ein schmutziger Wasserführer Wasser ausschenkte, das in der Luft einfror, und die Stimme eines Hausierers meckerte: »Alte Kleider zu verkaufen!« Alles Alltägliche und Wirkliche berührte seltsam sein Ohr. So saß er bis zum Abend und warf sich dann voller Sehnsucht ins Bett. Lange kämpfte er gegen die Schlaflosigkeit, und schließlich überwand er sie. Wieder hatte er einen Traum, einen gemeinen, hässlichen Traum. »Gott, erbarme dich meiner, zeig sie mir, wenn auch nur für einen Augenblick. Er wartete wieder auf den Abend, er schlief wieder ein, und träumte wieder von irgendeinem Beamten, der ein Beamter und zugleich ein Fagott war. Oh, das war unerträglich! Endlich erschien sie! Er sah ihren Kopf, ihre Locken ... sie sah ihn an ... Oh, wie kurz! Und wieder versank alles in einem Nebel und wurde von einem dummen Traumgesicht verdeckt.

Endlich wurden diese Traumgesichte zu seinem eigentlichen Leben, und sein ganzes Leben nahm von nun an eine merkwürdige Form an: Er schlief, sozusagen, im Wachen und wachte im Schlafen. Hätte ihn jemand stumm vor seinem leeren Tische sitzen oder durch die Straßen gehen sehen, so musste er ihn für einen Nachtwandler halten oder für einen vom Alkohol vergifteten Menschen: So ausdruckslos war sein Blick. Seine angeborene Zerstreutheit entwickelte sich noch mehr und verjagte von seinem Gesicht gewaltsam alle Gefühle und Regungen. Nur beim Anbruch der Nacht wurde er wieder lebendig.

Dieser Zustand zerrüttete seine Kräfte, und seine schrecklichste Qual war, dass der Schlaf anfing, ihn ganz zu fliehen. Um seinen einzigen Reichtum zu erhalten, wandte er alle Mittel an, um den Schlaf wiederzuerlangen. Er hatte gehört, es gäbe wohl ein Mittel, den Schlaf wiederzuerlangen – man brauche nur Opium einzunehmen. Wo verschafft man sich aber Opium? Er erinnerte sich eines persischen Kaufmanns, der mit Schals handelte und der ihn bei fast jeder Begegnung bat, ihm eine junge Schöne zu malen. Er beschloss, zu diesem Perser zu gehen, in der Annahme, dass jener wohl sicher Opium habe.

Der Perser empfing ihn, mit untergeschlagenen Beinen auf einem Sofa sitzend. »Wozu brauchst du denn Opium?« fragte er ihn.

Piskarjow erzählte ihm von seiner Schlaflosigkeit.

»Gut, ich will dir Opium geben, du musst mir aber eine junge Schöne malen. Sie muss sehr schön sein! Die Brauen schwarz, und die Augen groß wie Oliven; ich selbst soll aber neben ihr liegen und eine Pfeife rauchen! Hörst du, sie muss schön sein, sehr schön!«

Piskarjow versprach ihm alles. Der Perser ging für einen Augenblick hinaus und brachte ein Glas mit einer dunklen Flüssigkeit. Er goss einen Teil davon in ein Fläschchen und gab es Piskarjow mit der Weisung, nicht mehr als sieben Tropfen in Wasser zu nehmen. Piskarjow ergriff gierig das Gläschen, das er auch nicht für einen Haufen Goldes wieder hergegeben hätte, und stürzte nach Hause.

Zu Hause angelangt, goss er einige Tropfen in ein Glas Wasser, nahm es ein und warf sich aufs Bett.

Gott, diese Freude! Sie! Wieder sie, aber schon in einer ganz anderen Welt! Wie schön sitzt sie am Fenster eines freundlichen Landhäuschens! Ihre Kleidung atmet solche Schlichtheit, wie sie nur ein Dichter ersinnen kann. Das Haar auf ihrem Kopfe ... Gott, wie einfach ist ihre Haartracht und wie gut steht sie zu ihrem Gesicht! Ein knappes Tüchlein liegt ganz lose auf ihrem schlanken Halse; alles an ihr ist so bescheiden, alles von einem geheimnisvollen, unbeschreiblichen Geschmack erfüllt. Wie lieblich ist ihr graziöser Gang! Wie musikalisch der Tritt ihrer Füße und das Rascheln ihres einfachen Kleides! Wie schön ihre Hand mit dem aus Haaren geflochtenen Armband. Sie spricht zu ihm mit Tränen in den Augen: »Verachten Sie mich nicht: ich bin gar nicht die, für die Sie mich halten. Sehen Sie mich doch aufmerksamer an und sagen Sie mir: bin ich denn dessen fähig, was Sie von mir denken?« – »Oh, nein, nein, soll jeder, der solches zu denken wagt ...«

Er erwachte aber gerührt, zerquält, mit Tränen in den Augen. – Es wäre besser, wenn du gar nicht existiertest, wenn du in dieser Welt nicht lebtest, sondern nur die Schöpfung eines begeisterten Künstlers wärest! Ich würde dann niemals von der Leinwand weichen, ich würde dich ewig anschauen und dich küssen, ich würde nur durch dich leben und atmen wie in einem schönen Traum, und dann wäre ich glücklich; andere Wünsche hätte ich nicht. Ich würde dich vor dem Einschlafen und vor dem Erwachen wie meinen Schutzengel anrufen, ich würde auf dich warten, wenn ich etwas Göttliches und Heiliges darzustellen hätte. Aber jetzt ... welch ein schreckliches Leben! Was nützt es mir, dass sie lebt? Ist denn das Leben eines Wahnsinnigen seinen Verwandten und Freunden, die ihn einst geliebt haben, angenehm! Gott, was ist unser Leben! Ein ewiger Kampf zwischen Traum und Wirklichkeit! –

Beiläufig solche Gedanken beschäftigten ihn ununterbrochen. Er dachte sonst an nichts, er nahm fast keine Speise zu sich und wartete mit der Ungeduld und der Leidenschaftlichkeit eines Liebhabers auf den Abend und auf das ersehnte Traumgesicht. Die ständige Richtung seiner Gedanken auf ein Ziel erlangte schließlich eine solche Gewalt über sein ganzes Sein und seine Fantasie, dass das ersehnte Bild ihm fast jeden Tag erschien, und zwar immer in einer, der Wirklichkeit gerade entgegengesetzten Lage, denn seine Gedanken waren vollkommen rein wie die Gedanken eines Kindes. Durch diese Träume wurde der Gegenstand seiner Sehnsucht selbst geläutert und verklärt.

Das Opium erhitzte seine Gedanken noch mehr, und wenn es je einen bis zum höchsten Grade des Wahnsinns, ungestüm, schrecklich, allverzehrend und stürmisch Liebenden gegeben hat, so war dieser Unglückliche er.

Von allen seinen Traumgesichten freute ihn eines mehr als alle anderen: Er sah sein Atelier vor sich. Er war so heiter und saß so frohgemut mit der Palette in der Hand! Und auch sie war dabei. Sie war schon seine Frau. Sie saß an seiner Seite, den reizenden Ellenbogen auf die Stuhllehne gestützt, und sah seiner Arbeit zu. In ihren schmachtenden, müden Augen lag eine Last von Glück; alles im Zimmer atmete paradiesische Seligkeit; es war so hell, so schön aufgeräumt. Gott, sie lehnte ihr reizendes Köpfchen an seine Brust ... Einen schöneren Traum hatte er noch nie gehabt. Er erwachte diesmal irgendwie frischer und weniger zerstreut als sonst. In seinem Kopfe schwirrten seltsame Gedanken. – Vielleicht ist sie durch einen unverschuldeten, schrecklichen Zufall in das Laster hineingezogen –, dachte er sich. – Vielleicht sehnt sich ihre Seele nach Reue; vielleicht möchte sie sich selbst aus ihrem schrecklichen Zustande befreien. Darf ich denn gleichgültig ihrem Untergange zusehen, während ich ihr doch bloß die Hand zu reichen brauche, um sie vor dem Ertrinken zu retten? –

Seine Gedanken gingen noch weiter. – Mich kennt niemand –, sagte er zu sich selbst, – niemand kümmert sich um mich, und auch ich kümmere mich um niemand. Wenn sie aufrichtige Reue äußert und ihren Lebenswandel ändert, werde ich sie heiraten. Ich muss sie heiraten und werde sicher viel besser tun, als viele, die ihre Haushälterinnen und oft sogar die verächtlichsten Geschöpfe heiraten. Meine Tat wird aber uneigennützig und vielleicht sogar groß sein; ich werde der Welt ihre schönste Zierde wiedergeben! –

Als er einen so leichtsinnigen Plan gefasst, fühlte er, wie ihm das Blut ins Gesicht schoss; er trat vor den Spiegel und erschrak selbst vor seinen eingefallenen Wangen und seinem blassen Gesicht. Er kleidete sich sorgfältig an, wusch sich, kämmte sich das Haar, zog einen neuen Frack und eine elegante Weste an, warf sich den Mantel um und trat auf die Straße. Er atmete die frische Luft und fühlte sein Herz erfrischt wie ein Genesender, der zum ersten Mal nach einer langen Krankheit ins Freie tritt. Sein Herz klopfte, als er sich der Straße näherte, die sein Fuß seit jener verhängnisvollen Begegnung nicht mehr betreten hatte.

Lange suchte er das Haus; sein Gedächtnis schien ihn im Stich zu lassen. Er ging zweimal durch die Straße und wusste nicht, vor welchem Haus sollte er stehen bleiben. Endlich kam ihm eines bekannt vor. Er lief schnell die Treppe hinauf und wer trat ihm entgegen? Sein Ideal, das geheimnisvolle Bild, das Original seiner Traumgesichte, diejenige, die sein Leben, sein schreckliches, qualvolles, süßes Leben ausgemacht hatte, – sie, sie selbst stand vor ihm. Er erzitterte; er war von Freude ergriffen und konnte sich vor Schwäche kaum auf den Füßen halten. Sie stand vor ihm noch ebenso schön da, obwohl ihre Augen verschlafen waren, obwohl ihr nicht mehr ganz frisches Gesicht blass war; aber sie war immer noch herrlich.

»Ach!« rief sie, als sie Piskarjow erblickte, und rieb sich ihre verschlafenen Augen (es war aber schon zwei Uhr): »Warum sind Sie damals von uns weggelaufen?«

Er setzte sich erschöpft auf einen Stuhl und sah sie an.

»Ich bin eben aufgewacht; man hat mich erst um sieben Uhr früh heimgebracht. Ich war ganz betrunken«, fügte sie mit einem Lächeln hinzu.

Ach, wäre sie doch lieber stumm und der Sprache beraubt, statt solche Reden zu führen! Sie hatte ihm plötzlich wie in einem Panorama ihr ganzes Leben gezeigt. Aber er fasste sich dennoch ein Herz und entschloss sich, zu versuchen, auf sie durch Ermahnungen einzuwirken. Er nahm sich zusammen und hielt ihr mit zitternder und zugleich leidenschaftlicher Stimme das Schreckliche ihrer Lage vor. Sie hörte ihm mit aufmerksamem Gesicht und mit jenem Erstaunen zu, das wir bei einem unerwarteten und seltsamen Anblick zeigen. Sie blickte mit einem leisen Lächeln auf ihre Freundin, die, in einer Ecke sitzend, in ihrer Beschäftigung – sie reinigte einen Kamm – innehielt und ebenso aufmerksam dem neuen Prediger zuhörte.

»Ich bin allerdings arm«, sagte Piskarjow nach einer langen, belehrenden Ermahnung, »wir werden aber arbeiten, wir werden uns bemühen, unser Leben zu verbessern. Es gibt nichts Angenehmeres, als alles nur sich selbst zu verdanken. Ich werde an meinen Bildern arbeiten, du wirst, an meiner Seite sitzend, mich zur Arbeit begeistern und dabei sticken oder irgendeine andere Handarbeit machen – so werden wir keinen Mangel leiden.«

»Unmöglich!« unterbrach sie ihn mit einem Ausdruck von Verachtung. »Ich bin keine Wäscherin und keine Näherin, dass ich arbeiten sollte.«

Gott, in diesen Worten kam ihr ganzes gemeines, verächtliches Wesen zum Ausdruck, das Leben voller Leere und Müßiggang, diesen beiden getreuen Begleitern des Lasters.

»Heiraten Sie doch mich!« rief mit frecher Miene ihre Freundin, die bisher in der Ecke geschwiegen hatte. »Wenn ich Ihre Frau geworden bin, so werde ich so sitzen!« Bei diesen Worten verzerrte sie ihr elendes Gesicht zu einer dummen Grimasse, die die Schöne zum Lachen brachte.

Ach, das war schon zu viel! Das ging über seine Kraft! Er stürzte hinaus, als hätte er alle Gefühle und Gedanken verloren. Sein Verstand hatte sich getrübt: Er irrte den ganzen Tag durch die Straßen, ohne Ziel, ohne etwas zu sehen, zu hören oder zu fühlen. Niemand wusste, ob er irgendwo übernachtet hatte oder nicht; von einem niedrigen Instinkt getrieben, kam er erst am nächsten Tag, blass, in schrecklichem Zustande, mit zerzaustem Haar und mit dem Ausdruck von Wahnsinn im Gesicht in seine Wohnung zurück. Er schloss sich in sein Zimmer ein, ließ niemand herein und verlangte nichts.

Es vergingen vier Tage, und die Türe seines Zimmers wurde noch immer nicht geöffnet; schließlich war eine ganze Woche vergangen, – das Zimmer blieb immer noch verschlossen. Man stürzte zu seiner Türe, man rief ihn, er gab aber keine Antwort; endlich brach man die Türe auf und fand seinen leblosen Körper mit durchschnittener Kehle. Ein blutiges Rasiermesser lag auf dem Boden. An den krampfhaft ausgestreckten Armen und dem schrecklich verzerrten Gesichtsausdruck konnte man erkennen, dass seine Hand gezittert und dass er sich noch lange gequält hatte, ehe seine sündige Seele seinen Leib verlassen.

So ging das Opfer einer wahnsinnigen Leidenschaft, der arme Piskarjow zugrunde, der stille, schüchterne, bescheidene, kindlich einfältige Mensch, der in sich einen Funken von Talent trug, das sich vielleicht mit der Zeit zu einer großen und hellen Flamme entwickelt haben würde. Niemand beweinte ihn; niemand zeigte sich bei seiner entseelten Leiche, außer der gewöhnlichen Figur des Revieraufsehers und des gleichgültigen Polizeiarztes. Sein Sarg wurde in aller Stille, sogar ohne irgendwelche Riten, auf die Ochta geschafft. Hinter ihm folgend, weinte nur ein einziger Mensch, ein alter Soldat, und das auch nur, weil er ein Glas Branntwein zu viel getrunken hatte. Sogar der Leutnant Pirogow kam nicht, um die Leiche des Unglücklichen zu sehen, dem er bei Lebzeiten hohe Gunst erwiesen hatte. Übrigens hatte er ganz andere Dinge im Sinn: Ihn beschäftigte ein außerordentliches Erlebnis. Wollen wir uns aber ihm zuwenden.

Ich mag keine Leichen, und es ist mir immer unangenehm, wenn ich einem langen Leichenzuge begegne und ein alter, als eine Art Kapuziner verkleideter Soldat sich mit der linken Hand eine Prise nimmt, weil die Rechte die Fackel halten muss. Ich fühle immer Ärger, wenn ich einen reichen Katafalk und einen mit Samt überzogenen Sarg sehe; aber mein Ärger vermischt sich mit Trauer, wenn ich sehe, wie auf einem Lastfuhrwerke ein gewöhnlicher, ungestrichener und unbedeckter Sarg eines armen Mannes geführt wird, dem nur irgendein armes Bettelweib, das ihm an einer Wegkreuzung begegnet, folgt, weil sie nichts anderes zu tun hat.

Ich glaube, wir haben den Leutnant Pirogow in dem Augenblick verlassen, als er sich von dem armen Piskarjow trennte und der Blondine vor ihnen nacheilte. Diese Blondine war ein zierliches und recht interessantes kleines Geschöpf. Sie blieb vor jedem Laden stehen und betrachtete die ausgestellten Gürtel, Halstücher, Ohrringe, Handschuhe und andere Bagatellen, sie drehte sich ununterbrochen hin und her, blickte nach allen Seiten und auch zurück. »Du meine Liebe!« sagte Pirogow, seiner selbst sicher, indem er die Verfolgung fortsetzte und das Gesicht mit dem Mantelkragen verdeckte, um nicht von einem seiner Bekannten gesehen zu werden. Aber es ist wohl nicht überflüssig, dem Leser zu melden, was für ein Mensch der Leutnant Pirogow war.

Bevor wir erklären, was für ein Mensch der Leutnant Pirogow war, wollen wir einiges über die Gesellschaft sagen, zu der Pirogow gehörte.

Es gibt Offiziere, die in Petersburg eine eigene, mittlere Gesellschaftsschicht darstellen. Bei einer Abendunterhaltung oder einem Diner im Hause eines Staatsrats oder wirklichen Staatsrats, der diesen Dienstrang nach vierzigjähriger Mühe erlangt hat, kann man immer einen von ihnen treffen. Einige Töchter, so bleich und farblos wie Petersburg selbst, von denen einige schon überreif sind, ein Teetisch, ein

Klavier und eine häusliche Tanzunterhaltung sind undenkbar ohne ein leuchtendes Epaulett, das beim Lampenlicht zwischen einer wohlerzogenen Blondine und dem schwarzen Frack eines Bruders oder eines Hausfreundes glänzt. Es ist außerordentlich schwer, so ein kaltblütiges junges Mädchen in Stimmung und zum Lachen zu bringen; es gehört eine große Kunst dazu, oder richtiger, gar keine Kunst. Man muss so sprechen, dass es weder allzu klug, noch allzu komisch sei, und dabei stets an die Bagatellen denken, die die Frauen so lieben. Das muss man den erwähnten Herren lassen: Sie haben ein besonderes Talent, diese farblosen Schönen zum Lachen und zum Zuhören zu zwingen. Die vom Lachen erstickten Ausrufe: »Ach, hören Sie auf! Schämen Sie sich doch, einen so zum Lachen zu bringen!« sind oft ihr bester Lohn. In der höheren Gesellschaft kommen sie nur selten vor, oder richtiger gesagt, nie. Hier sind sie ganz von den Menschen verdrängt, die man in dieser Gesellschaft Aristokraten nennt. Im übrigen gelten sie als gebildete und wohlerzogene Menschen. Sie sprechen gerne über die Literatur, loben Bulgarin, Puschkin und Gretsch und fertigen Orlow mit Verachtung und geistreichen Sticheleien ab. Sie versäumen keinen einzigen öffentlichen Vortrag, und wenn er auch nur von der Buchhaltung oder sogar vom Forstwesen handelt. Im Theater begegnet man ihnen bei jedem Stück, höchstens solche Stücke ausgenommen, die wie »Filatka« ihren wählerischen Geschmack verletzen.

Im Theater sind sie immer anwesend. Für die Theaterdirektion sind sie die nützlichsten Menschen. Sie schätzen in den Stücken hauptsächlich schöne Verse, und lieben es, die Schauspieler laut vor die Rampe zu rufen; viele von ihnen, die in staatlichen Lehranstalten unterrichten oder junge Leute zum Eintritt in diese Lehranstalten vorbereiten, schaffen sich zuletzt ein Kabriolett und ein Paar Pferde an. Dann wird ihr Wirkungskreis noch weiter; schließlich bringen sie es so weit, dass sie eine Kaufmannstochter heiraten, die Klavier zu spielen versteht, an die hunderttausend Rubel mitbekommt und eine Menge bärtiger Verwandter hat. Diese Ehre können sie jedoch nicht früher erlangen, als bis sie es wenigstens zum Obersten gebracht haben, denn die russischen Kaufleute, deren Barte immer noch etwas nach Sauerkohl riechen, wollen ihre Töchter unbedingt mit Generälen oder wenigstens Obersten verheiratet sehen.

Das sind die wichtigsten Charakterzüge der jungen Leute dieser Art. Der Leutnant Pirogow verfügte aber außerdem noch über eine

Menge anderer Talente, die nur ihm allein eigen waren. Er deklamierte vorzüglich Verse aus dem »Dmitrij Donskoi« und aus »Verstand schadet« und verstand ausgezeichnet, Rauchringe aus seiner Pfeife steigen zu lassen, von denen er zuweilen ganze zehn Stück aufeinander reihen konnte. Er verstand auch sehr angenehm den bekannten Witz zu erzählen, dass »die Kanone ein Ding für sich und auch das Einhorn ein Ding für sich sei«.

Es ist übrigens ziemlich schwer, alle Talente aufzuzählen, mit denen das Schicksal den Leutnant Pirogow ausgestattet hatte. Er liebte es, über eine Schauspielerin oder Tänzerin zu sprechen, drückte sich aber dabei viel weniger scharf aus, als über dieses Thema junge Fähnriche gewöhnlich zu sprechen pflegen. Er war mit seinem Dienstrang, den er erst vor Kurzem bekommen hatte, sehr zufrieden; er pflegte zwar manchmal, wenn er sich aufs Sofa legte, zu sagen: »Ach, ach, ach! Alles ist eitel, was ist denn dabei, dass ich Leutnant bin?«, aber in seinem Inneren schmeichelte ihm doch seine neue Würde; beim Gespräch versuchte er oft wie nebenbei darauf anzuspielen, und als er einmal auf der Straße einem Regimentsschreiber begegnete, der ihm nicht höflich genug erschien, hielt er ihn sofort an und gab ihm in wenigen, aber eindringlichen Worten zu verstehen, dass er einen Leutnant und nicht etwa einen anderen Offizier vor sich habe. Er bemühte sich, dies besonders schön auszudrücken, da in diesem Augenblick gerade zwei gar nicht üble Damen vorbeigingen. Pirogow hatte überhaupt eine Leidenschaft für alles Schöne und erwies dem Maler Piskarjow seine Gunst; dies kam vielleicht auch daher, weil er zu gerne sein männliches Antlitz auf einem Bilde abkonterfeit gesehen hätte. Aber genug von den Eigenschaften Pirogows. Der Mensch ist ein so merkwürdiges Geschöpf, dass es ganz unmöglich ist, alle seine Vorzüge auf einmal darzulegen; je genauer man ihn betrachtet, um so mehr neue Eigenschaften entdeckt man an ihm, sodass man mit der Aufzählung nie zu Ende käme. Pirogow verfolgte also unausgesetzt die Unbekannte und unterhielt sie ab und zu mit Fragen, die sie nur selten, kurz und mit unartikulierten Lauten beantwortete. Sie gelangten durch das nasse Kasan-Tor in die Mjeschtschanskaja-Straße – die Straße der Tabak- und Kramläden, der deutschen Handwerker und der finnischen Nymphen. Die Blondine beschleunigte ihre Schritte und schlüpfte in das Tor eines ziemlich schmierigen Hauses. Pirogow folgte ihr. Sie lief eine enge, dunkle Treppe hinauf und trat in eine Tür, durch die ihr auch Pirogow kühn folgte. Er sah sich in einem großen Zimmer mit schwarzen Wänden und verräucherter Decke. Auf dem Tische lag ein Haufen eiserner Schrauben, Schlosserwerkzeuge, glänzender Kaffeekannen und Leuchter; der Fußboden war mit Messing- und Eisenspänen bedeckt. Pirogow merkte sofort, dass es die Wohnung eines Handwerkers war. Die Unbekannte flatterte graziös wie ein Vogel in eine Seitentüre. Pirogow besann sich einen Augenblick, entschloss sich aber dann, der russischen Regel zu folgen und weiter vorzudringen. Er kam in ein anderes Zimmer, das dem Ersten gar nicht glich: Es war sauber und ordentlich, was darauf hinwies, dass der Wirt ein Deutscher war. Pirogow sah vor sich ein Bild, das ihn in Erstaunen versetzte. Vor ihm saß Schiller – nicht der Schiller, der den »Wilhelm Tell« und die »Geschichte des Dreißigjährigen Krieges« geschrieben hatte, sondern der bekannte Klempnermeister Schiller aus der Mjeschtschanskaja-Straße. Neben Schiller stand Hoffmann, nicht der Dichter Hoffmann, sondern der recht tüchtige Schuhmachermeister aus der Offiziersstraße, ein großer Freund Schillers. Schiller saß betrunken auf einem Stuhle, stampfte mit dem Fuß und sprach etwas mit großem Eifer. Dies alles hätte Pirogow noch nicht so sehr in Erstaunen gesetzt, wie die außerordentlich seltsame Stellung dieser beiden Personen. Schiller saß da mit erhobenem Kopf, die ziemlich dicke Nase vorgestreckt, und Hoffmann hielt diese Nase mit zwei Fingern fest und bewegte die Schneide seines Schuhmachermessers auf der Oberfläche der Nase. Die beiden Herren sprachen deutsch, und darum konnte der Leutnant Pirogow, der von der deutschen Sprache nur »guten Morgen« verstand, von der ganzen Sache nichts verstehen. Schiller sagte übrigens, heftig gestikulierend, folgendes: »Ich will sie nicht, ich brauche die Nase nicht! Die Nase allein kostet mich drei Pfund Tabak im Monat. Ich zahle im schlechten russischen Laden, denn im deutschen Laden gibt es keinen russischen Tabak –, ich zahle im schlechten russischen Laden für jedes Pfund vierzig Kopeken; das macht im Monat einen Rubel und zwanzig Kopeken; zwölf Mal ein Rubel zwanzig Kopeken macht vierzehn Rubel vierzig Kopeken. Hörst du, mein Freund Hoffmann? Für die Nase allein vierzehn Rubel vierzig Kopeken! An Feiertagen schnupfe ich aber Rapé, denn ich will nicht an Feiertagen schlechten russischen Tabak schnupfen. Im Jahre verschnupfe ich drei Pfund Rapé, zu zwei Rubel das Pfund. Sechs Rubel und vierzehn Rubel vierzig Kopeken macht zwanzig Rubel vierzig Kopeken für den Tabak allein! Das ist ja Raub am helllichten Tag! Ich frage dich, mein Freund Hoffmann, habe ich nicht recht?« Hoffmann, der auch selbst betrunken war, antwortete bejahend.

– »Zwanzig Rubel vierzig Kopeken! Ich bin ein Schwabe; ich habe in Deutschland einen König. Ich will die Nase nicht! Schneide mir die Nase ab! Hier ist meine Nase!«

Wäre nicht das plötzliche Erscheinen des Leutnants Pirogow gewesen, hätte Hoffmann seinem Freund Schiller zweifellos so mir nichts, dir nichts die Nase abgeschnitten, denn er hielt das Messer schon so in der Hand, als wolle er eine Sohle zuschneiden.

Schiller ärgerte sich sehr darüber, dass eine unbekannte, ungebetene Person so ungelegen dazwischenkam. Obwohl er sich im angenehmen Zustande des Bier- und Weinrausches befand, fühlte er doch, dass die Anwesenheit eines fremden Zeugen in dieser Situation und bei dieser Beschäftigung etwas unpassend sei. Pirogow machte indessen eine leichte Verbeugung und sagte mit dem ihm eigenen Anstand: »Entschuldigen Sie bitte...«

»Marsch hinaus!« antwortete Schiller gedehnt.

Dies verdutzte den Leutnant Pirogow. Eine solche Behandlung war ihm ganz neu. Das Lächeln, das auf seinem Gesicht gespielt hatte, war plötzlich verschwunden. Er sagte mit dem Gefühl gekränkter Würde: »Es kommt mir so merkwürdig vor, mein Herr... Sie haben es wohl nicht bemerkt... ich bin Offizier...«

»Was ist ein Offizier! Ich bin ein deutscher Schwabe. Ich selbst« – Schiller schlug hierbei mit der Faust auf den Tisch – »ich selbst werde Offizier sein: anderthalb Jahre Junker, zwei Jahre Leutnant, und ich bin gleich morgen Offizier. Aber ich will nicht dienen! Mit einem Offizier mache ich es so: pfff!« Schiller hielt sich bei diesen Worten die Hand vor den Mund und blies darauf.

Der Leutnant Pirogow merkte, dass ihm nichts anderes übrig blieb, als sich zu entfernen; aber diese Behandlung, die für seinen Dienstgrad so beleidigend war, berührte ihn unangenehm. Er blieb auf der Treppe einige Male stehen, als wolle er Mut fassen und sich überlegen, auf welche Weise er Schiller seine Frechheit heimzahlen könne. Schließlich sagte er sich, dass er Schiller entschuldigen könne, da sein Kopf so von Bier- und Weindämpfen angefüllt sei; zudem erinnerte er sich der hübschen Blondine, und er entschloss sich, die Angelegenheit zu vergessen. Am nächsten Tage erschien der Leutnant Pirogow früh des Morgens in der Klempnerwerkstätte Schillers. Im Vorzimmer empfing ihn die hübsche Blondine und fragte mit ziemlich strenger Stimme, die zu ihrem Gesichtchen so gut passte: »Was wünschen Sie?«

»Ah, guten Morgen, meine Schöne! Haben Sie mich nicht erkannt? Dieser Schelm, diese hübschen Äuglein!«

Bei diesen Worten versuchte Pirogow mit artiger Gebärde ihr Kinn zu fassen; aber die Blondine schrie erschrocken auf und fragte ebenso streng: »Was wünschen Sie?«

»Nur Sie zu sehen, sonst wünsche ich nichts«, sagte der Leutnant Pirogow mit einem recht liebenswürdigen Lächeln und ging auf sie zu; als er aber merkte, dass die scheue Blondine durch die Türe schlüpfen wollte, fügte er hinzu: »Meine Liebe, ich muss mir Sporen machen lassen. Können Sie mir Sporen anfertigen?

Um Sie zu lieben, braucht man übrigens keine Sporen, sondern eher einen Zaum. Was für hübsche Händchen!«

Der Leutnant Pirogow war bei Erklärungen dieser Art immer außergewöhnlich liebenswürdig.

»Ich will gleich meinen Mann rufen«, rief die Deutsche und ging hinaus. Nach einigen Minuten erblickte Pirogow Schiller, der mit verschlafenen Augen vor ihn trat; er schien den gestrigen Rausch noch nicht ganz ausgeschlafen zu haben.

Als er den Offizier erblickte, erinnerte er sich an die Vorgänge von gestern wie an einen Traum. Seine Erinnerungen entsprachen zwar in keiner Weise der Wirklichkeit, aber er fühlte, dass er irgendeine Dummheit begangen hatte, und trat daher dem Offizier mit sehr strenger Miene entgegen. »Ich kann für die Sporen nicht weniger als fünfzehn Rubel verlangen«, sagte er, um Pirogow loszuwerden, denn es war ihm, als einem ordentlichen Deutschen sehr unangenehm, einen Menschen vor sich zu haben, der ihn in einer unanständigen Verfassung gesehen hatte. Schiller liebte es, ganz ohne Zeugen, mit nur zwei oder drei Freunden zu trinken und schloss sich sogar von seinen Gesellen ab.

»Warum denn so teuer?« fragte Pirogow freundlich.

»Es ist eben deutsche Arbeit«, versetzte Schiller kaltblütig, sich das Kinn streichelnd. »Ein Russe wird es wohl für zwei Rubel machen.«

»Schön, um Ihnen zu zeigen, dass ich Sie liebe und Ihre Bekanntschaft machen möchte, will ich die fünfzehn Rubel bezahlen.«

Schiller sann eine Minute lang nach: als ehrlicher Deutscher hatte er doch Gewissensbisse. Um Pirogow zu bewegen, den Auftrag zurückzuziehen, erklärte er, er könne die Sporen nicht früher als in zwei Wochen herstellen. Aber Pirogow erklärte sich ohne Widerspruch damit einverstanden.

Der Deutsche wurde wieder nachdenklich und überlegte sich, wie er diese Arbeit so ausführen könne, dass sie wirklich fünfzehn Rubel wert sei.

In diesem Augenblick trat die Blondine in die Werkstätte und suchte etwas auf dem Tisch, auf dem die vielen Kaffeekannen standen. Der Leutnant benutzte Schillers Versunkenheit, ging auf sie zu und drückte ihren Arm, der bis zur Schulter entblößt war.

Das gefiel Schiller gar nicht. »Frau!« schrie er.

»Was wollen Sie denn?« entgegnete die Blondine.

»Geh in die Küche!« Die Blondine entfernte sich.

»Also in zwei Wochen?« sagte Pirogow.

»Ja, in zwei Wochen«, antwortete Schiller nachdenklich. »Ich habe jetzt sehr viel Arbeit.«

»Auf Wiedersehen, ich komme noch vorbei!«

»Auf Wiedersehen!« antwortete Schiller und schloss hinter ihm die Tür.

Der Leutnant Pirogow entschloss sich, seine Bemühungen nicht aufzugeben, obwohl ihn die Deutsche sehr energisch abwies. Er konnte gar nicht begreifen, dass man ihm widerstehen könnte, um so weniger, als seine Liebenswürdigkeit und sein hoher Rang ihm alles Recht auf Aufmerksamkeit verliehen. Es ist allerdings auch zu bemerken, dass Schillers Frau bei ihrer Anmut sehr dumm war. Übrigens verleiht die Dummheit einer hübschen Gattin einen besonderen Reiz. Ich habe jedenfalls viele Männer gekannt, die über die Dummheit ihrer Frauen entzückt waren und in ihr alle Anzeichen kindlicher Unschuld sahen.

Die Schönheit wirkt Wunder. Alle inneren Mängel einer schönen Frau erscheinen nicht abstoßend, sondern im Gegenteil besonders anziehend; sogar das Laster selbst atmet an ihnen Anmut; ist aber diese Anmut nicht vorhanden, so muss die Frau zwanzigmal klüger sein als der Mann, um, wenn nicht Liebe, so doch wenigstens Achtung zu wecken. Schillers Frau war übrigens, trotz ihrer Dummheit, ihrer Pflicht als Gattin treu, und darum fiel es Pirogow ziemlich schwer, bei seinem kühnen Unternehmen einen Erfolg zu erringen. Die Überwindung von Hindernissen ist aber immer mit einem eigenen Genuss verbunden, und die Blondine wurde für ihn von Tag zu Tag interessanter. Er erkundigte sich recht oft nach seinen Sporen, und das wurde Schiller auf die Dauer lästig. Er wandte alle Mühe an, um mit den Sporen fertig zu werden; endlich waren sie fertig.

»Ach, was für eine wunderbare Arbeit!« rief der Leutnant Pirogow, als er die Sporen sah. »Gott, wie schön sind sie gemacht! Unser General besitzt keine solchen Sporen.«

Ein Gefühl von Selbstzufriedenheit ergriff Schillers Seele. Seine Augen blickten ziemlich vergnügt, und er fing an, sich mit Pirogow innerlich auszusöhnen.– Der russische Offizier ist ein kluger Mann! – dachte er bei sich.

»Nicht wahr, Sie könnten mir auch eine Fassung für einen Dolch oder für einen anderen Gegenstand anfertigen?«

»Oh ja, gewiss kann ich das!« antwortete Schiller mit einem Lächeln.

»Dann machen Sie mir eine Fassung für einen Dolch. Ich werde ihn Ihnen bringen. Ich habe einen guten türkischen Dolch, aber ich möchte mir für ihn eine andere Fassung machen lassen.«

Dies wirkte auf Schiller wie eine Bombe. Er runzelte die Stirne. – Da haben wir es! – sagte er zu sich und verwünschte sich innerlich, weil er diesen Auftrag selbst herausgefordert hatte. Er hielt es für unehrlich, ihn jetzt abzulehnen; außerdem hatte der russische Offizier seine Arbeit gelobt. – Er schüttelte einige Mal den Kopf und erklärte sich einverstanden; aber der Kuss, den Pirogow beim Weggehen ganz frech der hübschen Blondine mitten auf den Mund drückte, brachte ihn ganz aus der Fassung.

Ich halte es nicht für überflüssig, den Leser mit Schiller etwas näher bekannt zu machen. Schiller war ein echter Deutscher im vollen Sinne des Wortes. Schon als Zwanzigjähriger, in jenem glücklichen Alter, wo der Russe in den Tag hinein zu leben pflegt, hatte Schiller sein ganzes Leben im Voraus eingeteilt und wich dann von dieser Einteilung unter keinen Umständen ab. Er hatte sich vorgenommen, jeden Morgen um sieben Uhr aufzustehen, um zwei Uhr zu Mittag zu essen, in allen Dingen pünktlich zu sein und sich jeden Sonntag zu betrinken. Er hatte sich vorgenommen, im Laufe von zehn Jahren ein Kapital von fünfzigtausend Rubeln zusammenzusparen, und dieser Vorsatz war ebenso unabänderlich wie das Schicksal selbst, denn eher wird der Beamte vergessen, in das Portierzimmer seines Vorgesetzten hineinzublicken, als dass ein Deutscher sich entschließt, seinen Vorsatz zu ändern. Niemals und unter keinen Umständen überschritt er die ein für alle Mal festgesetzten Auslagen, und wenn der Kartoffelpreis stieg, so gab er keine Kopeke mehr aus, sondern setzte nur das Quantum herab; er blieb dabei zwar etwas hungrig, aber er gewöhnte sich daran. Seine Pünktlichkeit ging so weit, dass er sich vorgenommen hatte, seine Frau nicht mehr als zweimal im Laufe von vierundzwanzig Stunden zu küssen; um diese Zahl einzuhalten, und ihr ja keinen überzähligen Kuss zu geben, tat er nie mehr als einen Teelöffel Pfeffer in seine Suppe; an Sonntagen wurde diese Regel übrigens nicht so streng befolgt, denn Schiller trank an diesem Tage zwei Flaschen Bier und eine Flasche Kümmel, auf den er übrigens immer schimpfte. Er trank ganz anders als ein Engländer, der gleich nach dem Mittagessen seine Türe zuriegelt und sich ganz allein betrinkt. Als Deutscher trank er vielmehr immer mit Begeisterung und in Gesellschaft des Schuhmachermeisters Hoffmann oder des Tischlermeisters Kunz, der ebenfalls ein Deutscher und ein großer Säufer war. So war der Charakter des edlen Schiller, der schließlich in eine äußerst schwierige Lage geraten war. Er war zwar Phlegmatiker und ein Deutscher, aber die Handlungsweise Pirogows erregte in ihm zuletzt etwas wie Eifersucht. Er zerbrach sich den Kopf und konnte doch nichts ausdenken, auf welche Weise er sich von diesem russischen Offizier befreien könnte. Pirogow rauchte indessen im Kreise seiner Kameraden die Pfeife – die Vorsehung selbst hat es schon einmal so eingerichtet, dass Offiziere und Pfeife unzertrennlich sind – er rauchte also im Kreise seiner Kameraden die Pfeife und spielte mit bedeutungsvoller Miene und einem angenehmen Lächeln auf das Techtelmechtel mit einer hübschen Deutschen an, mit der er schon sehr intim zu sein behauptete, während er in Wirklichkeit fast jede Hoffnung aufgegeben hatte, sie jemals zu erobern.

Eines Tages spazierte er mal durch die Mjeschtschanskaja und blickte immer wieder auf das Haus, an dem das Schild Schillers mit den Kaffeekannen und den Samowars prangte; zu seiner größten Freude erblickte er das Köpfchen der Blondine, die sich aus einem Fenster beugte und die Vorübergehenden musterte. Er blieb stehen, warf einen Handkuss hinauf und rief: »Guten Morgen!« Die Blondine nickte ihm wie einem Bekannten zu.

»Ist Ihr Mann eigentlich zu Hause?«

»Er ist zu Hause«, antwortete die Blondine.

»Und wann ist er nicht zu Hause?«

»An Sonntagen pflegt er nicht zu Hause zu sein«, antwortete die einfältige Blondine.

– Das ist nicht schlecht –, dachte Pirogow bei sich – diesen Umstand müsste man ausnützen. – Am folgenden Sonntag schneite er zu der Blondine ins Haus hinein. Schiller war tatsächlich nicht zu Hause. Die hübsche Hausfrau erschrak; aber Pirogow ging diesmal sehr vorsichtig vor. Er behandelte sie mit dem größten Respekt und zeigte, indem er sich verbeugte, die ganze Schönheit seiner biegsamen, eng geschnürten Taille. Er scherzte sehr nett und höflich, aber die dumme Deutsche antwortete ihm auf alles sehr einsilbig. Nachdem er alles Mögliche versucht und eingesehen hatte, dass er sie für nichts zu interessieren vermochte, machte er ihr schließlich den Vorschlag, etwas zu tanzen. Die Deutsche erklärte sich damit augenblicklich einverstanden, denn alle deutschen Frauen und Mädchen tanzen überaus gern. Pirogow gründete darauf viele Hoffnungen: Erstens machte ihr das Vergnügen; zweitens konnte er dabei seine ganze Gewandtheit und Geschicklichkeit zeigen; drittens kann man beim Tanzen leicht intim werden: Man kann die hübsche Deutsche umarmen und damit den Anfang machen; kurz, er hoffte auf einen vollständigen Erfolg. Er fing an, eine Gavotte zu trällern, denn er wusste, dass man bei deutschen Frauen und Mädchen ganz allmählich vorgehen müsse. Die hübsche Deutsche trat in die Mitte des Zimmers und hob das schöne Füßchen. Diese Stellung entzückte Pirogow dermaßen, dass er über sie herfiel, um sie zu küssen; die Deutsche fing zu schreien an und erhöhte dadurch ihren

Reiz in den Augen Pirogows. Er überschüttete sie mit Küssen, als plötzlich die Tür aufging, und Schiller in Begleitung Hoffmanns und des Tischlermeisters Kunz ins Zimmer trat. Diese ehrwürdigen Handwerker waren alle so betrunken wie die Schuster.

Aber ... ich überlasse es den Lesern selbst, sich den Zorn und die Entrüstung Schillers auszumalen.

»Rohling!« schrie er in höchster Empörung: »Wie wagst du es, meine Frau zu küssen? Du bist ein Schuft und kein russischer Offizier. Hol mich der Teufel! Nicht wahr, mein Freund Hoffmann? Ich bin ein Deutscher und kein russisches Schwein.« (Hoffmann antwortete bejahend.) »Oh, ich will keine Hörner tragen! Mein Freund Hoffmann, pack ihn am Kragen; ich will nicht!« fuhr er fort, heftig mit den Händen fuchtelnd, wobei sein Gesicht dem roten Tuche seiner Weste ähnlich wurde. »Ich lebe seit acht Jahren in Petersburg, ich habe in Schwaben eine Mutter und in Nürnberg einen Onkel; ich bin ein Deutscher und kein gehörntes Rindvieh! Zieh ihm alles aus, mein Freund Hoffmann! Halt ihn an Armen und Beinen fest, mein Kamerad Kunz!«

Und die Deutschen packten Pirogow an Armen und Beinen.

Vergeblich versuchte er sich frei zu machen; diese drei Handwerker waren die kräftigsten unter allen Petersburger Deutschen und behandelten ihn so roh und unhöflich, dass ich, offen gestanden, gar keine Worte finde, um dieses beklagenswerte Ereignis zu schildern.

Ich bin überzeugt, dass Schiller am nächsten Tag von einem heftigen Fieber geschüttelt wurde und wie ein Espenblatt zitterte, indem er jeden Augenblick das Erscheinen der Polizei erwartete, und dass er Gott weiß was alles dafür gegeben hätte, wenn das gestrige Erlebnis nur ein Traum gewesen wäre. Nun ließ sich aber nichts mehr ändern. Nichts lässt sich mit dem Zorn und der Empörung Pirogows vergleichen. Schon der bloße Gedanke an die fürchterliche Beschimpfung brachte ihn in Raserei. Sibirien und Knute hielt er für die geringste Strafe, die Schiller verdiente. Er eilte nach Hause, um sich umzuziehen und dann direkt zum General zu gehen und diesem in den grellsten Farben den von den deutschen Handwerkern verübten groben Unfug zu schildern. Zugleich wollte er auch eine schriftliche Anzeige beim Generalstab machen; und wenn die zudiktierte Strafe ungenügend ausfiele, wollte er sich an noch höhere Instanzen wenden.

Aber die Sache endete doch sonderbar: Auf dem Heimwege kehrte er in einer Konditorei ein, aß zwei Blätterteigkuchen, las einiges in der »Nordischen Biene« und verließ das Lokal mit weniger Zorn. Außerdem verführte ihn der recht angenehme kühle Abend, ein wenig durch den Newskij-Prospekt zu spazieren; um neun Uhr hatte er sich schon beruhigt und war zur Einsicht gekommen, dass es nicht gut gehe, den General an einem Sonntag zu belästigen. Außerdem sei dieser zweifellos irgendwohin abberufen worden. Darum begab er sich zu einem Gesellschaftsabend bei einem Vorsitzenden einer Kontrollkommission, wo er eine recht angenehme Gesellschaft von vielen Beamten und Offizieren seines Regiments antraf. Dort verbrachte er vergnügt den Abend und zeichnete sich bei der Mazurka so aus, dass nicht nur die Damen, sondern auch die Herren entzückt waren.

– Wie wunderbar ist doch unsere Welt eingerichtet! – dachte ich mir, als ich vorgestern durch den Newskij-Prospekt schlenderte und mich dieser beiden Ereignisse erinnerte. – Wie seltsam, wie unfaßbar spielt doch unser Schicksal mit uns! Erlangen wir je das, was wir uns wünschen? Erreichen wir das, wozu uns unsere Kräfte zu befähigen scheinen? Alles kommt immer anders. Dem einen hat das Schicksal die herrlichsten Pferde geschenkt, und er fährt mit ihnen gleichgültig spazieren, ohne auf ihre Schönheit zu achten, während ein anderer, dessen Herz von Leidenschaft für Pferde glüht, zu Fuß gehen muss und sich damit begnügt, dass er mit der Zunge schnalzt, wenn an ihm ein schöner Traber vorbeigeführt wird. Der eine hat einen vorzüglichen Koch, aber leider einen so kleinen Mund, dass er nicht mehr als zwei Stückchen verzehren kann; der andere hat einen Mund in der Größe des Schwibbogens am Generalstabsgebäude und muss sich leider mit einem deutschen Mittagessen aus Kartoffeln begnügen. Wie seltsam spielt doch das Schicksal mit uns! –

Am seltsamsten sind aber die Ereignisse, die sich auf dem Newskij-Prospekt abspielen. Oh, traut diesem Newskij-Prospekt nicht! Ich hülle mich immer in meinen Mantel, wenn ich über ihn gehe, und bemühe mich, die Gegenstände, denen ich begegne, gar nicht anzusehen. Alles ist Trug, alles ist Traum, alles ist ganz anders, als es erscheint! Ihr glaubt wohl, dieser Herr, der in dem vorzüglich genähten Rock spazieren geht, sei sehr reich? – keine Spur: Er besteht nur aus seinem Rock. Ihr denkt wohl, dass diese beiden dicken Herren, die vor der im Bau befindlichen Kirche stehen geblieben sind, über ihre Architektur sprechen? – durchaus nicht: sie sprechen davon, wie merkwürdig die beiden Krähen einander gegenübersitzen. Ihr meint, dieser Enthusiast, der mit den Händen fuchtelt, spräche darüber, dass seine Frau aus dem Fenster mit einem Papierball auf einen ihm gänzlich unbekannten Offizier geworfen habe? – durchaus nicht: er spricht über Lafayette. Ihr glaubt, dass diese Damen ... aber den Damen soll man am allerwenigsten trauen. Schaut möglichst wenig in die Schaufenster hinein: die Bagatellen, die da ausgestellt sind, sind wohl schön, schmecken aber nach einer furchtbaren Menge von Banknoten. Gott behüte euch davor, den Damen unter die Hüte zu blicken. Wie anziehend auch in der Ferne der Mantel einer Schönen des Abends weht, niemals werde ich ihr aus Neugierde folgen. Man gehe um Gottes willen möglichst weit von der Laterne weg! Man gehe an ihr so schnell als möglich vorüber! Es ist noch ein Glück, wenn sie euch euren eleganten Rock mit ihrem stinkenden Öl betropft. Aber auch abgesehen von der Laterne, alles atmet hier Betrug. Er lügt zu jeder Stunde, dieser Newskij-Prospekt, am meisten aber dann, wenn die Nacht sich als dichte Masse über ihn senkt und die weißen und gelben Hausmauern hervortreten lässt, wenn die ganze Stadt dröhnt und blitzt, wenn Myriaden von Equipagen sich über die Brücken wälzen, die Vorreiter schreien und im Sattel hüpfen, und wenn der Dämon selbst die Lampen entzündet, nur um alles in einem falschen Lichte erscheinen zu lassen.

Die Nase

I

Am 25. März geschah in Petersburg etwas ungewöhnlich Seltsames. Der Barbier Iwan Jakowlewitsch, der auf dem Wosnessenskij-Prospekt wohnte (sein Familienname ist in Vergessenheit geraten und selbst auf seinem Ladenschilde, das einen Herrn mit einer eingeseiften Wange und der Inschrift: »Und wird auch zur Ader gelassen« darstellt, nicht erwähnt), der Barbier Iwan Jakowlewitsch erwachte ziemlich früh am Morgen und roch den Duft von warmem Brot. Er setzte sich im Bette auf und sah, wie seine Gattin, eine recht ehrenwerte Dame, die sehr gerne Kaffee trank, frischgebackene Brote aus dem Ofen nahm.

»Heute möchte ich keinen Kaffee, Praskowja Ossipowna«, sagte Iwan Jakowlewitsch, »statt dessen möchte ich warmes Brot mit Zwiebeln.« (Das heißt, Iwan Jakowlewitsch wollte wohl das eine und das andere, er wusste aber, dass es unmöglich war, beides auf einmal zu verlangen, denn Praskowja Ossipowna mochte solche Launen nicht.) – Soll nur der Dummkopf Brot essen, um so besser für mich, – sagte sich die Gattin: – so bleibt mehr Kaffee für mich übrig. – Und sie warf ein Brot auf den Tisch.

Iwan Jakowlewitsch zog des Anstandes halber einen Frack über sein Hemd, setzte sich an den Tisch, nahm etwas Salz, schnitt zwei Zwiebeln zurecht, ergriff das Messer, machte eine wichtige Miene und begann das Brot zu zerteilen. Als er es in zwei Hälften geschnitten hatte, blickte er hinein und sah darin zu seinem Erstaunen etwas Weißliches. Iwan Jakowlewitsch kratzte vorsichtig mit dem Messer und tastete mit dem Finger. – Es ist etwas Festes, – sagte er sich, was kann es sein?

Er bohrte mit den Fingern und zog eine Nase heraus! ... Iwan Jakowlewitsch ließ die Hände sinken; er fing an, sich die Augen zu reiben und es zu betasten: eine Nase, tatsächlich eine Nase! Sie kam ihm sogar bekannt vor. Iwan Jakowlewitschs Gesicht zeigte Entsetzen. Dieses Entsetzen war aber nichts im Vergleich mit der Empörung, die sich seiner Gattin bemächtigte.

»Wo hast du diese Nase abgeschnitten, du Unmensch?« schrie sie ihn wütend an. »Verbrecher! Trunkenbold! Ich selbst werde dich bei der Polizei anzeigen. Du Räuber! Drei Herren haben mir schon gesagt, dass du beim Rasieren so heftig an den Nasen ziehst, dass sie fast abreißen.«

Iwan Jakowlewitsch war aber mehr tot als lebendig: Er erkannte, dass die Nase dem Kollegienassessor Kowaljow gehörte, den er jeden Mittwoch und Samstag zu rasieren pflegte.

»Halt, Praskowja Ossipowna! Ich will sie in einen Lappen einwickeln und in die Ecke legen: Sie wird dort eine Zeit lang liegen, und dann trage ich sie weg.«

»Ich will davon nichts wissen! Niemals werde ich dulden, dass in meiner Wohnung eine abgeschnittene Nase herumliegt! ... Du angebrannter Zwieback, du! Du kannst nur mit dem Messer auf dem Streichriemen herumfahren, wirst aber bald deine Pflichten nicht mehr erfüllen können, du Taugenichts, du Vagabund! Soll ich mich vielleicht deinetwegen vor der Polizei verantworten? ... Du Schmierfink, du Dummkopf! Hinaus mit ihr, hinaus! Trag sie, wohin du willst! Dass ich von ihr nicht mehr höre!«

Iwan Jakowlewitsch stand wie zerschmettert da. Er überlegte und überlegte und wusste nicht, was er sich denken sollte. »Weiß der Teufel, wie das nur möglich ist«, sagte er endlich und kratzte sich hinter dem Ohre: »Ob ich gestern betrunken heimgekommen bin oder nicht, weiß ich nicht mehr. Es scheint doch eine außergewöhnliche Sache zu sein, denn das Brot ist etwas Gebackenes, die Nase aber etwas ganz anderes. Ich kann gar nichts verstehen!«

Iwan Jakowlewitsch verstummte. Der Gedanke, dass die Polizei bei ihm die Nase entdecken und ihn zur Verantwortung ziehen könnte, bedrückte ihn furchtbar. Ihm schwebte schon ein roter, schön mit Silber gestickter Kragen und ein Degen vor ... und er bebte am ganzen Leibe. Endlich griff er nach seinen Unterkleidern und seinen Stiefeln, zog sich an, wickelte die Nase, unter gewichtigen Ermahnungen Praskowja Ossipownas, in einen Lappen und trat auf die Straße.

Er wollte sie entweder irgendwo liegen lassen, zum Beispiel auf einem Pfosten vor einem Tore, oder sie wie zufällig verlieren und dann in eine Seitengasse einbiegen. Er begegnete aber unglücklicherweise Bekannten, die ihn sofort fragten: »Wohin gehst du?« oder: »Wen willst du so früh rasieren?«, und Iwan Jakowlewitsch konnte keinen geeigneten Augenblick erwischen. Einmal hatte er die Nase schon verloren, aber ein Schutzmann winkte ihm von Weitem mit der Hellebarde und sagte: »Heb auf, was du weggeworfen hast!« Iwan Jakowlewitsch musste die Nase aufheben und in die Tasche stecken. Ihn überfiel Verzweiflung, um so mehr, als das Publikum auf der Straße beständig zunahm, je mehr Geschäfte und Läden geöffnet wurden.

Er beschloss, zu der Isaaksbrücke zu gehen: Vielleicht gelingt es ihm, die Nase in die Newa zu werfen?... Aber ich fühle mich schuldig, weil ich noch gar nichts über Iwan Jakowlewitsch, diesen in vielen Beziehungen ehrenwerten Menschen, gesagt habe.

Iwan Jakowlewitsch war wie jeder ordentliche russische Handwerker ein furchtbarer Trunkenbold und, obwohl er jeden Tag fremde Bärte rasierte, immer unrasiert. Der Frack Iwan Jakowlewitschs (Iwan Jakowlewitsch trug niemals einen gewöhnlichen Rock) war gescheckt, das heißt schwarz, voller gelblich brauner und grauer Flecken; der Kragen glänzte, und anstelle von drei Knöpfen waren nur Fädchen zu sehen. Iwan Jakowlewitsch war ein großer Zyniker, und wenn der Kollegienassessor Kowaljow ihm beim Rasieren sagte: »Deine Hände stinken immer, Iwan Jakowlewitsch!«, so antwortete Iwan Jakowlewitsch mit der Frage: »Warum sollten sie stinken?« – »Ich weiß es nicht, mein Bester, aber sie stinken«, entgegnete der Kollegienassessor, worauf ihm Iwan Jakowlewitsch, nachdem er eine Prise genommen, die Wangen und die Stellen unter der Nase, hinter den Ohren und unter dem Kinne, kurz alles, was ihm einfiel, einseifte.

Dieser ehrenwerte Bürger stand schon auf der Isaaksbrücke. Er sah sich um, beugte sich dann über das Geländer, als ob er sehen wollte, ob viele Fische unter der Brücke schwimmen, und warf das Läppchen mit der Nase vorsichtig ins Wasser. Es war ihm, als hätte er sich von einer Last von zehn Pud befreit. Iwan Jakowlewitsch lächelte. Statt sich auf den Weg zu machen, um die Beamten zu rasieren, ging er auf ein Lokal mit der Inschrift »Speisen und Tee« auf dem Schilde zu, um sich dort ein Glas Punsch geben zu lassen, als er plötzlich am Ende der Brücke einen Revieraufseher von vornehmem Aussehen, mit breitem Backenbart, einem Dreimaster und einem Degen stehen sah. Iwan Jakowlewitsch erstarrte, aber der Revieraufseher winkte ihm mit dem Finger und sagte: »Komm mal her, mein Bester!« Iwan Jakowlewitsch wusste, was sich gehört: er zog schon von Weitem die Mütze, kam schnell heran und sagte: »Ich begrüße Euer Wohlgeboren!«

»Nein, nein, Bruder, nichts von Wohlgeboren, sag mir lieber, was du dort auf der Brücke gemacht hast!«

»Bei Gott, Herr, ich ging zum Rasieren und wollte nur nachsehen, ob das Wasser schnell fließt.«

»Du lügst, du lügst, so kommst du mir nicht davon. Antworte bitte!«

»Ich will Euer Gnaden zwei-, sogar dreimal in der Woche unentgeltlich rasieren«, antwortete Iwan Jakowlewitsch.

»Nein, Freund, das sind Dummheiten! Ich werde schon so von drei Barbieren rasiert, und sie rechnen sich dies zur Ehre an. Sag mir lieber, was du dort getan hast!«

Iwan Jakowlewitsch erbleichte ... Hier hüllen sich aber die Geschehnisse in einen Nebel, und es ist vollkommen unbekannt, was da weiter geschah.

II

Der Kollegienassessor Kowaljow erwachte ziemlich früh und machte mit seinen Lippen »Brrr...«, wie er es stets beim Erwachen tat, ohne den Grund dafür angeben zu können. Kowaljow streckte sich und ließ sich den kleinen Spiegel geben, der auf dem Tische stand. Er wollte sich den Pickel ansehen, der am Tage vorher auf seiner Nase erblüht war; zu seinem größten Erstaunen sah er aber anstelle der Nase eine vollkommen glatte Fläche! Kowaljow erschrak, ließ sich Wasser geben und rieb sich die Augen mit dem Handtuch: Die Nase war wirklich weg! Er fing an, die Stelle mit der Hand zu befühlen, kniff sich auch ins Fleisch, um festzustellen, ob er nicht schlafe: nein, er schlief wohl nicht. Der Kollegienassessor Kowaljow sprang aus dem Bette und schüttelte sich – die Nase war noch immer weg! ... Er ließ sich sofort seine Kleider geben und machte sich auf den Weg, direkt zum Oberpolizeimeister.

Indessen muss ich aber einiges über Kowaljow sagen, damit der Leser erfahre, welcher Art Kollegienassessor er war. Die Kollegienassessoren, die diesen Grad dank ihren Bildungszeugnissen erlangen, lassen sich gar nicht mit den Kollegienassessoren vergleichen, die es im Kaukasus geworden sind. Es sind zwei völlig verschiedene Arten. Die gebildeten Kollegienassessoren ... Russland ist aber ein sehr merkwürdiges Land, und wenn man etwas über einen Kollegienassessor sagt, so werden es alle Kollegienassessoren von Riga bis Kamtschatka unbedingt auf sich beziehen; ebenso ist es auch mit allen andern Titeln und Graden. Kowaljow war ein kaukasischer Kollegienassessor. Er bekleidete diesen Rang erst seit zwei Jahren und musste daher immer daran denken; um sich noch mehr Ansehen und Gewicht zu verleihen, nannte er sich niemals einfach Kollegienassessor, sondern stets Major. »Hör mal, meine Liebe«, sagte er zu einem Weibe, das auf der Straße Vorhemden feilbot: »Komm zu mir in die Wohnung; ich wohne in der Sadowajastraße, und frage bloß nach dem Major Kowaljow – ein jeder wird es dir zeigen.« Begegnete er aber einer jungen Schönen, so gab er ihr außerdem einen geheimen Auftrag und fügte hinzu: »Frag nur nach der Wohnung des Majors Kowaljow, mein Kind!« Aus diesem Grunde wollen auch wir den Kollegienassessor in Zukunft Major nennen.

Der Major Kowaljow pflegte jeden Tag auf dem Newskij-Prospekt spazieren zu gehen. Sein Hemdkragen war stets außerordentlich sauber und sorgfältig gestärkt. Sein Backenbart war von jener Art, wie ihn auch jetzt noch die Gouvernements – und Kreislandmesser, die Architekten und Regimentsärzte, auch die Beamten für verschiedene Aufträge tragen, überhaupt alle Männer, die volle und rote Wangen haben und sehr gut Boston spielen: Dieser Backenbart geht mitten durch die Wange und reicht bis zu der Nase. Der Major Kowaljow trug an seiner Uhrkette eine Menge von Petschaften aus Karneol, die teils Wappen und teils Inschriften trugen, wie »Mittwoch«, »Donnerstag«, »Montag« und so weiter. Der Major Kowaljow war nach Petersburg in Geschäften gekommen, und zwar, um eine seinem Grade entsprechende Stellung zu suchen: womöglich das Amt eines Vizegouverneurs, sonst aber das eines Exekutors an irgendeinem angesehenen Departement. Der Major Kowaljow war auch gar nicht abgeneigt zu heiraten, aber nur in dem Falle, wenn die Braut zweihunderttausend Rubel mitbekäme. Nun kann der Leser selbst urteilen, wie es diesem Major zumute war, als er statt seiner recht hübschen und mäßig großen Nase eine ganz dumme, glatte Fläche gewahrte. Zum Unglück ließ sich keine einzige Droschke auf der Straße blicken, und so musste er zu Fuß gehen, in seinen Mantel gehüllt, das Gesicht mit dem Taschentuch verdeckt, als ob er Nasenbluten hätte. – Vielleicht ist es mir nur so vorgekommen: Es kann ja nicht sein, dass die Nase so dumm verschwindet – dachte er sich und trat in eine Konditorei, um einen Blick in den Spiegel zu werfen. Glücklicherweise waren in der Konditorei keine Besucher; die Kellner kehrten die Stuben und stellten die Stühle auf; andere, mit verschlafenen Augen, trugen heiße Pasteten herein; auf den Tischen und Stühlen lagen die mit Kaffee begossenen Zeitungen vom gestrigen Tage. »Gott sei Dank, es ist niemand da«, sagte er, »nun kann ich in den Spiegel schauen.« Er ging ängstlich zum Spiegel und blickte hinein. »Teufel, so eine Gemeinheit!« sagte er und spie aus. »Wenn doch anstelle der Nase wenigstens etwas anderes wäre, aber so nichts, gar nichts!...«

Er biss die Zähne verdrießlich zusammen und trat aus der Konditorei auf die Straße, entschlossen, entgegen seiner Gepflogenheit niemand anzusehen und niemand zuzulächeln. Plötzlich blieb er wie angewurzelt vor der Einfahrt eines Hauses stehen; vor seinen Augen geschah etwas Unfassbares: Vor der Einfahrt hielt eine Equipage, der Schlag wurde geöffnet, ein Herr in Uniform sprang gebückt aus dem Wagen und eilte die Treppe hinauf. Wie groß war der Schreck und zugleich das Erstaunen Kowaljows, als er in ihm seine eigene Nase erkannte! Bei diesem ungewöhnlichen Anblick drehte sich alles vor seinen Augen um; er fühlte, dass er kaum noch stehen könne; aber er entschloss sich, koste es, was es wolle, zu warten, bis jener wieder in die Equipage steigen würde; dabei bebte er am ganzen Leibe wie im Fieber. Nach zwei Minuten trat die Nase wieder aus dem Hause. Sie trug eine goldgestickte Uniform mit hohem Stehkragen, Beinkleider aus Sämischleder und einen Degen an der Seite. An dem Hut mit dem Federbusch konnte man ersehen, dass sie im Range eines Staatsrates stand. Alles wies darauf hin, dass sie gerade Besuche machte. Sie sah nach rechts und nach links, rief dem Kutscher: »Fahr zu!«, stieg ein und fuhr davon.

Der arme Kowaljow war beinahe von Sinnen. Er wusste nicht, was er von einem so seltsamen Ereignis denken sollte. Wie war es bloß möglich, dass die Nase, die sich noch gestern in seinem Gesicht befunden hatte und die weder fahren noch gehen konnte, eine Uniform trug! Er lief der Equipage nach, die glücklicherweise nicht weit fuhr und vor dem Kaufhause hielt.

Er stürzte ins Kaufhaus und drängte sich durch die Reihe alter Bettelweiber mit verbundenen Gesichtern und zwei Löchern für die Augen, über die er sich früher so oft lustig gemacht hatte. Im Kaufhause waren nur wenig Leute. Kowaljow war so aufgeregt, dass er keinen Entschluss fassen konnte und nur nach jenem Herrn ausspähte; endlich sah er ihn vor einem Laden stehen. Die Nase hielt ihr Gesicht in dem hohen Stehkragen verborgen und betrachtete mit tiefem Interesse irgendwelche Waren.

– Wie soll ich sie ansprechen? – dachte sich Kowaljow. – An allem, an der Uniform und dem Hut ist zu erkennen, dass sie im Range eines Staatsrates steht. Weiß der Teufel, wie man das macht! – Er fing an, zu hüsteln; die Nase verharrte aber in ihrer Stellung.

»Mein Herr«, sagte Kowaljow, sich innerlich Mut zusprechend: »Mein Herr ...«

»Was wünschen Sie?« fragte die Nase, indem sie sich umdrehte.

»Es erscheint mir so merkwürdig, mein Herr ... ich denke ... Sie sollten doch wissen, wo Sie hingehören. Plötzlich finde ich Sie, und wo? ... Sie werden doch zugeben ...«

»Verzeihen Sie, ich kann unmöglich verstehen, wovon Sie sprechen ... Fassen Sie sich bitte klarer.«

– Wie soll ich es ihr klar machen? dachte sich Kowaljow. Dann fasste er sich ein Herz und begann: »Ich kann natürlich ... übrigens bin ich Major. Sie werden doch zugeben, dass es sich für mich nicht schickt, ohne Nase zu sein. Eine Händlerin, die auf der Woskressenskij-Brücke geschälte Orangen verkauft, kann sich noch ohne Nase behelfen; aber ich, der ich die Aussicht auf eine Anstellung habe ... und außerdem in vielen Häusern verkehre und mit Damen bekannt bin: mit der Frau Staatsrat Tschechtarjowa und anderen ... Urteilen Sie selbst ... Ich weiß nicht, mein Herr (bei diesen Worten zuckte der Major Kowaljow die Achseln) ... verzeihen Sie ... wenn man es vom Standpunkte des Pflichtbewusstseins und des Ehrgefühls ansieht ... Sie können es selbst verstehen ...«

»Ich verstehe gar nichts«, antwortete die Nase. »Fassen Sie sich klarer.«

»Mein Herr«, sagte Kowaljow mit Würde, »ich weiß nicht, wie ich Ihre Worte auffassen soll ... Die ganze Angelegenheit erscheint mir doch klar ... oder Sie wollen nicht ... Sie sind doch meine eigene Nase!«

Die Nase sah den Major an und zog die Brauen zusammen.

»Sie täuschen sich, mein Herr: Ich lebe ganz für mich. Außerdem können zwischen uns keinerlei intime Beziehungen bestehen. Nach den

Knöpfen Ihrer Uniform zu schließen, gehören Sie zu einem ganz anderen Ressort.« Mit diesen Worten wandte sich die Nase von ihm weg.

Kowaljow war gänzlich verwirrt und wusste nicht, was er tun und sogar was er sich denken sollte. In diesem Augenblick hörte er das angenehme Rascheln eines Damenkleides: Eine ältere Dame mit vielen Spitzen an der Toilette, näherte sich ihm, von einem jungen Mädchen gefolgt. Letztere trug ein weißes Kleid, das wunderschön auf ihrer schlanken Figur saß, und einen gelben Hut, so leicht wie ein Schaumkuchen. Hinter ihnen stand ein baumlanger Haiduck mit mächtigem Backenbart und einem ganzen Dutzend von Mantelkragen.

Kowaljow kam näher. Er zog den Kragen seines Batisthemdes hervor, ordnete die Petschafte an seiner goldenen Uhrkette und wandte seine Aufmerksamkeit der graziösen jungen Dame zu, die gebeugt wie eine Frühlingsblume, das weiße Händchen mit den durchscheinenden Fingern an die Stirne führte. Kowaljow lächelte noch heiterer, als er unter ihrem Hut ein rundliches, schneeweißes Kinn und einen Teil der in der Farbe der ersten Frühlingsrosen leuchtenden Wange gewahrte; aber plötzlich prallte er zurück, wie wenn er sich verbrannt hätte. Er erinnerte sich, dass er anstelle der Nase absolut nichts mehr hatte, und Tränen entströmten seinen Augen. Er drehte sich um, um dem Herrn in der Uniform zu sagen, dass er sich bloß als Staatsrat verstelle, dass er ein Spitzbube und ein Schuft sei und nichts weiter als seine eigene Nase ... Die Nase war aber schon verschwunden: Sie hatte sich verflüchtigt, wahrscheinlich um noch einige Besuche zu machen.

Dies versetzte Kowaljow in Verzweiflung. Er ging zurück und blieb eine Minute lang in der Säulenhalle stehen, gespannt nach allen Seiten blickend, ob er die Nase nicht wiederfinden würde. Er erinnerte sich sehr gut, dass sie einen mit Federn geschmückten Hut und eine goldgestickte Uniform trug; aber er hatte sich weder ihren Mantel noch die Farbe der Equipage und der Pferde gemerkt und wusste sogar nicht, ob hinten ein Lakai und in was für einer Livree gestanden hatte. Außerdem fuhren hier so viele Equipagen und so schnell vorbei, dass es schwer war, sich eine zu merken; und selbst wenn er sie erkannt hätte, wäre es ihm unmöglich gewesen, sie anzuhalten. Der Tag war schön und sonnig. Auf dem Newskij-Prospekt wimmelte es von Menschen; eine ganze Blumenkaskade von Damen wogte über das Trottoir von der Polizei – bis zur Anitschkin-Brücke. Da sieht er einen ihm bekannten Hofrat, den er, besonders in Gegenwart von Fremden, Oberstleutnant zu titulieren pflegt. Da ist Jaryschkin, Abteilungsvorstand im Senat, ein guter Freund von ihm, der im Bostonspiel immer verliert, wenn er acht spielt. Und da ist ein anderer Major, der seinen Assessorgrad im Kaukasus erworben hat und der ihn mit der Hand zu sich heranwinkt ...

»Hol ihn der Teufel!« sagte Kowaljow:

»He, Kutscher, fahr mich direkt zum Polizeimeister!«

Kowaljow stieg in die Droschke und rief dem Kutscher jeden Augenblick zu: »Fahr so schnell du kannst!«

»Ist der Polizeimeister anwesend?« fragte er, in den Flur tretend.

»Zu Befehl, nein«, antwortete der Portier: »Der Herr Polizeimeister sind eben ausgefahren.«

»Was!«

»Jawohl«, fügte der Portier hinzu: »Es ist zwar noch nicht lange her, aber er ist ausgefahren; wären Sie um eine Minute früher gekommen, so hätten Sie ihn vielleicht noch erwischt.«

Kowaljow stieg, ohne das Taschentuch vom Gesicht zu nehmen, wieder in die Droschke und rief mit verzweifelter Stimme: »Fahr zu!«

»Wohin?« fragte der Kutscher.

»Geradeaus!«

»Wie, geradeaus ...? Hier müssen wir wenden: nach rechts oder nach links?« Diese Frage brachte Kowaljow zur Besinnung und zwang ihn, wieder nachzudenken. Er hätte sich wohl vor allem an die Polizeiverwaltung wenden müssen, nicht etwa weil seine Lage in irgendeiner direkten Beziehung zur Polizei stünde, sondern weil die letztere ihre Anordnungen schneller treffen könnte, als irgendein anderes Ressort. Genugtuung von dem Ressort zu verlangen, in dem die Nase, nach ihrer Behauptung, diente, wäre unklug gewesen, da man schon aus den eigenen Worten der Nase ersehen konnte, dass es für sie nichts Heiliges gab und sie auch in diesem Falle ebenso lügen würde, wie sie schon gelogen hatte, als sie behauptete, Kowaljow noch nie gesehen zu haben. Kowaljow wollte schon dem Kutscher den Befehl geben, zur Polizeiverwaltung zu fahren, als ihm wieder der Gedanke kam, dass dieser Gauner und Spitzbube, der sich schon bei der ersten Begegnung so gewissenlos benommen hatte, den günstigen Augenblick benützen und die Stadt verlassen könnte, – dann wäre alles Suchen vergebens, oder es könnte auch, Gott behüte, einen ganzen Monat dauern. Endlich gab ihm wohl der Himmel selbst einen guten Gedanken. Er beschloss, sich an die Zeitungsexpedition zu wenden und rechtzeitig eine Anzeige aufzugeben mit genauer Personalbeschreibung der Nase, damit jeder, der ihr begegnete, sie ihm wiederbringen oder wenigstens ihren Aufenthaltsort angeben könnte. Als er diesen Entschluss gefasst hatte, befahl er dem Kutscher, nach der Zeitungsexpedition zu fahren; er bearbeitete während der ganzen Fahrt den Rücken des Kutschers mit der Faust und feuerte ihn an: »Schneller, du Spitzbube! Schneller, du Schurke!« – »Ach, Herr!« sagte der Kutscher, den Kopf schüttelnd und sein Pferd, das langhaarig wie ein Bologneser war, mit dem Zügel schlagend. Die Droschke hielt endlich, und Kowaljow stürzte atemlos in ein kleines Zimmer, wo ein grauhaariger Beamter im alten Frack, mit einer Brille auf der Nase, hinter einem Tische saß und, einen Gänsekiel zwischen den Zähnen, die eingenommenen Kupfermünzen zählte.

»Wo gibt man hier Anzeigen auf?« rief Kowaljow. »Ah, guten Tag!«

»Meine Hochachtung!« entgegnete der grauhaarige Beamte, die Augen hebend. Dann richtete er sie wieder auf die Geldhaufen.

»Ich habe eine Anzeige ...«

»Entschuldigen Sie, wollen Sie bitte etwas warten«, sagte der Beamte, indem er mit der Rechten eine Zahl auf das Papier schrieb und mit dem Finger der Linken zwei Kugeln auf dem Rechenbrett verschob. Ein galonierter Lakai von einem recht sauberen Äußeren, das von einer langen Dienstzeit in einem aristokratischen Hause zeugte, stand mit einem Zettel in der Hand neben dem Tisch und hielt es für angebracht, seine Bildung zu zeigen: »Glauben Sie es mir, mein Herr, der Hund ist keine achtzig Kopeken wert, das heißt, ich würde für ihn auch keine vier Kopeken geben, aber die Gräfin liebt ihn! Darum verspricht sie dem Finder hundert Rubel! Wenn man sich höflich ausdrücken will, wie zum Beispiel wir beide uns ausdrücken, so sind die Geschmäcker der Menschen ganz unberechenbar. Wenn man schon ein Hundeliebhaber ist, so halte man sich einen Jagdhund oder einen Pudel; man gebe fünfhundert Rubel aus, man gebe sogar tausend Rubel aus, dafür soll es aber ein guter Hund sein!«

Der ehrenwerte Beamte hörte ihm mit ernster Miene zu und zählte zugleich die Buchstaben auf dem Zettel, den der Lakai mitgebracht hatte. Rechts und links standen noch eine Menge alter Frauen, Handlungsgehilfen und Hausknechte mit Zetteln in den Händen. Auf einem dieser Zettel hieß es, dass ein nüchterner Kutscher von seinem Besitzer in fremde Dienste gegeben werde; in einem anderen wurde eine wenig benutzte, im Jahre 1814 aus Paris mitgebrachte Equipage feilgeboten; hier wurde ein leibeigenes Mädel von neunzehn Jahren, das waschen konnte und auch für andere Arbeiten taugte, ausgeschrieben; dort eine solide Droschke, an der eine der beiden Federn fehlte; ein junger, feuriger Apfelschimmel von siebzehn Jahren; neue, aus London bezogene Rüben- und Radieschensamen; ein Landgut mit allem Zubehör: mit einem Stall für zwei Pferde und einem Platz, auf dem man einen prachtvollen Birken- oder Tannengarten anlegen konnte; eine Anzeige über den Verkauf alter Stiefelsohlen nebst Aufforderung, sich zwischen 8 und 3 Uhr bei der Versteigerung derselben einzufinden. Das Zimmer, in dem sich diese ganze Gesellschaft befand, war klein und die Luft darin außerordentlich stickig; aber der Kollegienassessor Kowaljow konnte es nicht spüren, da er sich das Taschentuch vors Gesicht hielt und auch, weil seine Nase sich Gott weiß, wo befand.

»Mein Herr, darf ich Sie bitten ... Ich habe Eile...« sagte er schließlich mit Ungeduld.

»Gleich, gleich! ... Zwei Rubel dreiundvierzig Kopeken!... Einen Augenblick! ... Ein Rubel vierundsechzig Kopeken!« sagte der grauhaarige Herr, indem er den alten Weibern und den Hausknechten die Zettel ins Gesicht warf. »Was wünschen Sie?« fragte er endlich, sich an Kowaljow wendend.

»Ich bitte ...« sagte Kowaljow: »es liegt ein Schwindel oder ein Betrug vor, ich weiß es noch nicht. Ich bitte Sie nur zu annoncieren, dass derjenige, der mir diesen Spitzbuben herbeischafft, eine beträchtliche Belohnung erhalten wird.«

»Darf ich Sie fragen: wie ist Ihr Familienname?«

»Nein, was brauchen Sie meinen Familiennamen? Ich kann ihn nicht angeben. Ich habe viele Bekannte: die Frau Staatsrat Tschechtarjowa, die Frau Stabsoffizier Pelageja Grigorjewna Podtotschina... Wenn sie es, Gott behüte, erfahren! Sie können einfach schreiben: ein Kollegienassessor oder noch besser: ein Herr im Majorsrange.«

»Ist Ihnen ein Leibeigener entlaufen?«

»Ach was, Leibeigener! Das wäre noch keine so große Gemeinheit! Mir ist die ... Nase ausgerückt...«

»Hm! Ein sonderbarer Familienname! Hat Sie dieser Herr Nase um eine große Summe bestohlen?«

»Das heißt die Nase ... Sie haben mich nicht richtig verstanden! Die Nase, meine Nase ist unbekannt wohin verschwunden. Der Teufel hat mir einen Streich spielen wollen!«

»Ja, auf welche Weise ist sie verschwunden? Ich kann es nicht verstehen.«

»Auch ich kann Ihnen nicht sagen, auf welche Weise; das Wichtigste aber ist, dass sie jetzt in der Stadt umherfährt und sich Staatsrat tituliert. Darum bitte ich Sie zu annoncieren, dass derjenige, der sie einfangen sollte, sie mir unverzüglich bringen möchte. Bedenken Sie doch selbst: wie soll ich ohne diesen so wichtigen Körperteil leben? Das ist doch keine kleine Zehe, die im Stiefel steckt und deren Fehlen kein Mensch bemerkt. Ich bin jeden Donnerstag bei der Frau Staatsrat Tschechtarjowa; die Frau Stabsoffizier Pelageja Grigorjewna Podtotschina, – sie hat ein hübsches Töchterchen, – ist auch eine gute Bekannte von mir; urteilen Sie selbst, was soll ich jetzt machen ... Ich kann mich doch bei diesen Damen unmöglich sehen lassen.«

Der Beamte überlegte sich den Fall: seine fest zusammengekniffenen Lippen wiesen darauf hin.

»Nein, ich kann eine solche Anzeige nicht einrücken«, sagte er endlich nach langem Schweigen.

»Wie? Warum?«

»So. Die Zeitung könnte um ihren guten Ruf kommen. Wenn jeder schreiben wollte, dass ihm seine Nase ausgerückt sei, so ... Man spricht auch so schon genug, dass viel zu viele sinnlose und falsche Gerüchte gedruckt werden.«

»Warum sollte denn diese Sache sinnlos sein? Ich kann es wirklich nicht einsehen ...«

»Sie können es nicht einsehen. Aber in der vorigen Woche hatten wir folgenden Fall. Es kam ein Beamter, genauso wie Sie jetzt kommen, und brachte einen Zettel mit einer Anzeige, für die ihm zwei Rubel dreiundsiebzig Kopeken berechnet wurden; die Anzeige lautete, dass ein schwarzer Pudel entlaufen sei. Man sollte doch meinen, es sei nichts dabei. Aber das Ganze war ein Pasquill: Mit dem Pudel war der Kassierer, ich weiß nicht mehr welcher Behörde, gemeint.«

»Meine Anzeige handelt aber nicht von einem Pudel, sondern von meiner eigenen Nase; und das ist doch fast dasselbe, wie wenn sie von mir selbst handelte.«

Nein, eine solche Anzeige kann ich nicht aufnehmen.«

»Wenn ich aber wirklich die Nase verloren habe?«

»Wenn Sie sie verloren haben, so geht es einen Arzt an. Man sagt, es gäbe solche, die einem eine beliebige Nase ansetzen können. Ich sehe übrigens, dass Sie ein lustiger Herr sind und in Gesellschaft gern scherzen.«

»Ich schwöre Ihnen, bei Gott! Wenn es nicht anders geht, so will ich es Ihnen zeigen.«

»Warum die Mühe!« sagte der Beamte, indem er eine Prise nahm. Wenn es Ihnen übrigens keine Mühe macht«, fügte er neugierig hinzu, »so möchte ich es mir doch anschauen.«

Der Kollegienassessor nahm sich das Taschentuch vom Gesicht.

»In der Tat, sehr merkwürdig!« sagte der Beamte: »Die Stelle ist so vollkommen glatt wie ein frischgebackener Pfannkuchen. Ganz unwahrscheinlich glatt!«

»Nun, jetzt werden Sie wohl nicht mehr widersprechen? Nun sehen Sie selbst, dass Sie die Anzeige aufnehmen müssen. Ich werde Ihnen sehr dankbar sein und bin froh, dass diese Gelegenheit mir das Vergnügen verschafft hat, Sie kennenzulernen.« Der Major ließ sich, wie man daraus ersehen kann, zu einer gemeinen Schmeichelei herab.

»Abdrucken kann ich es wohl, das ist nicht schwer«, sagte der Beamte, »aber ich kann darin keinen Nutzen für Sie erblicken. Wenn Sie wollen, so lassen Sie es von jemand, der sich darauf versteht, als ein seltenes Naturereignis beschreiben und in der ›Nordischen Biene‹ veröffentlichen (hier nahm er wieder eine Prise), zur Belehrung der Jugend (er schneuzte sich), oder zur allgemeinen Unterhaltung.«

Der Kollegienassessor war nun ganz niedergeschlagen. Sein Blick fiel auf den unteren Teil des Zeitungsblattes, wo sich die Theateranzeigen befanden; er wollte schon lächeln, als er auf den Namen einer hübschen Schauspielerin stieß, und seine Hand fuhr schon in die Tasche, um nachzusehen, ob er noch einen blauen Lappen habe, da doch Personen im Stabsoffiziersrange seiner Meinung nach nur im Parkett sitzen dürfen; aber der Gedanke an die Nase verdarb alles!

Der Beamte selbst schien durch die schwierige Lage Kowaljows gerührt. Er wollte seinen Kummer wenigstens etwas lindern und hielt es für angebracht, seine Teilnahme in einigen Worten auszudrücken: »Es tut mir wirklich sehr leid, dass Ihnen so etwas passiert ist. Wollen Sie nicht eine Prise nehmen? Dies hilft gegen Kopfweh und Melancholie; selbst gegen Hämorrhoiden ist es gut.« Mit diesen Worten reichte der Beamte Kowaljow seine Tabaksdose, indem er den Deckel mit dem Bildnis einer hutgeschmückten Dame sehr geschickt aufklappte.

Diese unüberlegte Handlung brachte Kowaljow um seine Geduld. »Ich verstehe nicht, wie Sie jetzt spaßen können«, sagte er erregt: »Sehen Sie denn nicht, dass mir gerade das fehlt, womit ich schnupfen könnte? Hol der Teufel Ihren Tabak! Ich kann ihn gar nicht sehen, nicht nur Ihren schlechten Beresin-Tabak, sondern selbst wenn Sie mir einen echten Rapé angeboten hätten!« Mit diesen Worten verließ er tief gekränkt die Zeitungsexpedition und begab sich zum Polizeikommissär.

Kowaljow kam zum Polizeikommissär in dem Augenblick, als dieser sich streckte und sagte: »Ach, wie gut werde ich jetzt an die zwei Stunden schlafen!« Daraus kann man ersehen, dass der Kollegienassessor ihm ziemlich ungelegen kam. Der Polizeikommissär war ein Beschützer aller Künste und Handwerke, zog aber eine Reichsbanknote allen anderen Dingen vor. »Das ist ein Gegenstand«, pflegte er zu sagen, »es gibt nichts Besseres als diesen Gegenstand: er braucht nicht gefüttert zu werden, er nimmt wenig Platz ein, findet in jeder Tasche Unterkunft und zerbricht nicht, wenn man ihn fallen lässt.«

Der Polizeikommissär empfing Kowaljow ziemlich kühl und sagte, dass die Zeit nach dem Mittagessen für eine Untersuchung nicht geeignet sei; die Natur selbst hätte bestimmt, dass der Mensch nach dem Essen ausruhen müsse (der Kollegienassessor konnte daraus ersehen, dass dem Polizeikommissär die Aussprüche der Weisen des Altertums nicht unbekannt waren); einem ordentlichen Menschen werde aber niemand die Nase abbeißen.

Er traf damit den wundesten Punkt. Es ist zu bemerken, dass Kowaljow außerordentlich empfindlich war. Alles, was man über ihn selbst sagte, konnte er noch verzeihen, er vergab aber nichts, was seinen Titel oder Dienstgrad verletzte. Er glaubte sogar, dass in den Theaterstücken alles erlaubt sei, was sich auf die Subalternoffiziere bezieht, die Stabsoffiziere dürfe man aber in keiner Weise antasten. Der Empfang durch den Polizeikommissär verwirrte ihn so, dass er den Kopf schüttelte, die Hände etwas spreizte und, im Bewusstsein seiner Würde, erklärte: »Offen gestanden, habe ich nach so beleidigenden Äußerungen nichts mehr zu sagen ...« Und mit diesen Worten ging er.

Er kam nach Hause, müde und abgespannt. Es dunkelte schon. So traurig und hässlich erschien ihm seine Wohnung nach all diesem vergeblichen Suchen. Als er ins Vorzimmer trat, erblickte er auf dem schmutzigen Ledersofa seinen Lakai Iwan; er lag auf dem Rücken und spuckte an die Zimmerdecke, wobei er ziemlich geschickt immer die gleiche Stelle traf. Diese Gleichgültigkeit machte ihn rasend; er schlug ihn mit seinem Hute auf den Kopf und sagte: »Schwein, du machst doch auch immer Dummheiten!«

Iwan sprang sofort auf und beeilte sich, ihm aus dem Mantel zu helfen.

Der Major trat müde und traurig in sein Zimmer, ließ sich in einen Sessel sinken und sagte endlich, nachdem er einige Mal geseufzt hatte:

»Mein Gott! Mein Gott! Womit habe ich dieses Unglück verdient? Wenn mir ein Arm oder ein Bein fehlte, so wäre es immer noch besser; aber ohne die Nase ist der Mensch weiß der Teufel was: kein Vogel und kein Bürger, man möchte ihn einfach packen und zum Fenster hinauswerfen! Hätte man sie mir doch im Kriege abgeschnitten oder im Duell, oder hätte ich es selbst verschuldet; sie ist aber um nichts und wieder nichts verschwunden, ganz dumm!... Aber nein, es kann nicht sein«, fügte er nach einigem Nachdenken hinzu: »Es ist nicht wahrscheinlich, dass eine Nase verschwinden kann, es ist ganz unwahrscheinlich. Ich träume wohl, oder es kommt mir nur so vor; vielleicht habe ich aus Versehen statt Wasser den Branntwein getrunken, mit dem ich mir nach dem Rasieren das Kinn einreibe. Dieser dumme Iwan hat ihn nicht weggestellt, und so habe ich ihn wohl getrunken.« Um sich zu überzeugen, dass er nicht betrunken sei, kniff sich der Major so schmerzhaft ins Fleisch, dass er selbst aufschrie. Dieser Schmerz überzeugte ihn vollkommen davon, dass er im Wachen handle und lebe. Er trat vorsichtig vor den Spiegel und machte erst die Augen zu, in der Hoffnung, dass die Nase vielleicht doch noch auf ihrem Platze erscheinen werde; aber im gleichen Augenblick taumelte er zurück und sagte: »So eine Karikatur!«

Es war einfach unbegreiflich. Wenn ihm noch ein Knopf, ein silberner Löffel, eine Uhr oder etwas Ähnliches abhanden gekommen wäre, – aber so etwas und das in seiner eigenen Wohnung!... Der Major Kowaljow zog alle Umstände in Betracht und kam zum Schluss, das Wahrscheinlichste sei, dass die Frau Stabsoffizier Podtotschina, die ihn gerne zum Schwiegersohn haben wollte, die Schuld am Unglück trage. Er selbst machte wohl dieser Tochter gerne den Hof, vermied aber die Konsequenzen. Als die Frau Stabsoffizier ihm unumwunden erklärte, dass sie ihre Tochter mit ihm verheiraten wolle, zog er sich mit seinen Komplimenten vorsichtig zurück, unter der Behauptung, dass er zu jung sei und noch an die fünf Jahre dienen müsse, um genau zweiundvierzig Jahre alt zu werden. Darum hatte sich die Frau Stabsoffizier wohl aus Rachedurst entschlossen, sein Äußeres zu verunstalten, und dies irgendeiner alten Hexe bestellt; es war ja auf keine Weise anzunehmen, dass die Nase einfach abgeschnitten worden sei: Niemand war in seinem Zimmer gewesen, und der Barbier Iwan Jakowlewitsch hatte ihn schon am Mittwoch rasiert; die Nase war aber am Mittwoch und sogar Donnerstag noch da – das wusste er sehr genau; außerdem hätte er doch einen Schmerz gespürt, und die Wunde wäre nicht so schnell zugeheilt und so glatt wie ein Pfannkuchen geworden. Er schmiedete Pläne: ob er die Frau Stabsoffizier in aller Form vors Gericht laden oder persönlich zu ihr gehen sollte, um sie zur Rechenschaft zu ziehen. Seine Gedanken wurden durch den Lichtschein unterbrochen, der in allen Ritzen der Türe aufleuchtete und ankündigte, dass Iwan die Kerze im Vorzimmer angezündet hatte. Bald erschien Iwan selbst mit der Kerze in der Hand, die das Zimmer hell beleuchtete. Die erste Bewegung Kowaljows war, das Taschentuch zu ergreifen und die Stelle zu verhüllen, wo sich noch gestern die Nase befunden hatte, damit der dumme Kerl nicht das Maul aufreiße, wenn er seinen Herrn in einem so sonderbaren Zustande sähe.

Iwan war noch nicht in seine Kammer gegangen, als im Vorzimmer eine unbekannte Stimme ertönte: »Wohnt hier der Kollegienassessor Kowaljow?«

»Treten Sie näher, der Major Kowaljow wohnt hier«, sagte Kowaljow, indem er aufsprang und die Türe öffnete.

Herein trat ein Polizeibeamter von sympathischem Aussehen, mit einem nicht zu hellen und nicht zu dunklen Backenbart und ziemlich vollen Wangen; es war derselbe, der zu Beginn unserer Erzählung am Ende der Isaaksbrücke gestanden hatte.

»Sie haben Ihre Nase zu verlieren geruht?«

»Gewiss.«

»Sie ist gefunden worden.«

»Was sagen Sie?« rief der Major Kowaljow. Er war vor Freude sprachlos. Er starrte den vor ihm stehenden Revieraufseher an, auf dessen vollen Lippen und Wangen der helle Widerschein des Kerzenlichtes zitterte. »Auf welche Weise?«

»Auf eine höchst sonderbare Weise: man hat sie kurz vor ihrer Abreise erwischt. Sie stieg eben in die Postkutsche, um nach Riga zu fahren. Sie hatte auch schon längst einen auf den Namen irgendeines Beamten ausgestellten Pass in Händen. Merkwürdigerweise habe ich sie selbst erst für einen Herrn gehalten; zum Glück hatte ich aber meine Brille bei mir und merkte sofort, dass es eine Nase war. Ich bin ja kurzsichtig, und wenn Sie vor mir stehen, so sehe ich wohl, dass Sie ein Gesicht haben, kann aber die Nase und den Bart nicht unterscheiden. Meine Schwiegermutter, das heißt die Mutter meiner Frau, sieht ebenfalls nichts.«

Kowaljow geriet außer sich. »Wo ist sie denn? Wo? Ich will gleich hinlaufen.«

»Bemühen Sie sich bitte nicht. Ich wusste, dass Sie sie sehr vermissen, und habe sie darum gleich mitgebracht. Merkwürdig ist auch, dass der Hauptbeteiligte an dieser Sache der spitzbübische Barbier von dem Wosnessenskij-Prospekt ist, der bereits im Arrest sitzt. Ich hatte ihn schon längst der Trunksucht und Gaunerei verdächtigt; erst vorgestern hat er in einem Laden ein Dutzend Knöpfe gestohlen. Ihre Nase ist aber ganz unverändert.« Mit diesen Worten steckte der Revieraufseher die

Hand in die Tasche und holte die in ein Papier eingewickelte Nase hervor.

»Ja, das ist sie!« rief Kowaljow. »Ja, das ist sie! Trinken Sie doch mit mir heute ein Tässchen Tee!«

»Ich würde es für eine große Ehre halten, aber es geht leider nicht: ich muss mich von hier sofort ins Zuchthaus begeben ... Alle Lebensmittelpreise sind übrigens beträchtlich gestiegen ... Ich habe aber meine Schwiegermutter, das heißt die Mutter meiner Frau, auf dem Halse und auch meine Kinder; der älteste berechtigt zu den schönsten Hoffnungen und ist sehr klug; aber ich habe gar keine Mittel, um ihm eine ordentliche Erziehung zu geben...«

Als der Revieraufseher gegangen war, verharrte der Kollegienassessor einige Minuten in einer seltsamen Gemütsverfassung und konnte fast nichts sehen oder fühlen: Die plötzliche Freude hatte ihm fast das Bewusstsein geraubt. Er ergriff die wiedergefundene Nase vorsichtig mit beiden Händen und sah sie noch einmal aufmerksam an.

»Ja, das ist sie! Ja, das ist sie!« sagte Major Kowaljow. »Da ist auch das Pickelchen links, das sich gestern gezeigt hat.« Der Major lachte fast vor Freude. Aber auf dieser Welt ist nichts von Dauer, darum ist auch die Freude in der zweiten Minute niemals so lebhaft wie in der ersten; in der dritten Minute schwindet sie noch mehr und geht dann unmerklich in der gewöhnlichen Stimmung unter, wie auch der von einem ins Wasser geworfene Stein erzeugte Kreis schließlich auf der glatten Oberfläche verschwindet. Kowaljow wurde nachdenklich und begriff, dass die Sache noch nicht erledigt war: Die Nase ist wohl wieder da, aber man muss sie noch auf ihren Platz setzen.

»Was, wenn sie nicht festsitzen wird?«

Bei dieser Frage, die er an sich selbst richtete, erbleichte der Major.

Mit einer unbeschreiblichen Angst stürzte er zum Tisch und rückte den Spiegel heran, um die Nase nicht schief anzusetzen. Seine Hände zitterten. Ganz vorsichtig hielt er sie an den alten Platz. Oh, Schrecken! Die Nase wollte nicht halten!... Er führte sie an den Mund, erwärmte sie ein wenig mit dem Atem und setzte sie wieder auf die glatte Stelle zwischen seinen Wangen: aber die Nase wollte nicht halten.

»Na, na! Sitz doch, du Dumme!« sagt er zu ihr; die Nase war aber wie hölzern, und wenn sie auf den Tisch fiel, gab es einen seltsamen Ton, als ob es ein Stück Kork wäre. Die Züge Kowaljows verzerrten sich wie im Krampfe. »Wird sie denn nicht anwachsen?« sagte er sich voller Angst. Aber sooft er sie auch an ihren Platz setzte, seine Mühe blieb immer erfolglos.

Er rief Iwan und schickte ihn nach dem Arzt, der in der schönsten Wohnung im ersten Stock des gleichen Hauses wohnte.

Der Arzt, ein stattlicher Mann, nannte einen wunderschönen pechschwarzen Backenbart und eine frische, gesunde Gattin sein eigen, pflegte morgens frische Äpfel zu essen und hielt seinen Mund ungewöhnlich sauber: Er spülte ihn jeden Morgen fast dreiviertel Stunden lang und putzte die Zähne mit Bürsten von fünf verschiedenen Sorten. Der Arzt kam augenblicklich. Er erkundigte sich, vor wie viel Tagen das Unglück geschah, ergriff den Major Kowaljow am Kinn und gab ihm mit dem Daumen einen Nasenstüber auf die Stelle, wo sich früher die Nase befunden hatte, sodass der Major den Kopf in den Nacken warf und ihn ziemlich heftig an die Mauer schlug. Der Medikus erklärte, das habe nichts auf sich; er empfahl ihm, von der Wand wegzurücken und ließ ihn den Kopf erst nach rechts neigen; er betastete die Stelle, wo früher die Nase gesessen hatte, sagte: »Hm!«, ließ ihn dann den Kopf nach links wenden, sagte wieder: »Hm!« und gab ihm zum Schluss wieder einen Nasenstüber mit dem Daumen, sodass der Major Kowaljow den Kopf zurückwarf wie ein Gaul, dem man die Zähne untersucht. Nach dieser Probe schüttelte der Medikus den Kopf und sagte: »Nein, es wird nicht gehen. Bleiben Sie lieber so wie Sie sind, sonst kann es noch schlimmer werden. Die Nase kann man wohl befestigen; ich könnte es sogar jetzt gleich tun, aber ich versichere Ihnen, es wäre für Sie schlimmer.«

»Das ist ja wunderschön! Wie soll ich ohne die Nase leben?« sagte Kowaljow. »Schlimmer als jetzt kann es doch nicht werden. Da soll doch der Teufel dreinfahren! Wo kann ich mich mit einem solchen Pasquillgesicht zeigen? Ich komme in gute Gesellschaft: auch heute Abend muss ich zwei Besuche machen. Ich habe viele Bekannte: die Frau Staatsrat Tschechtarjowa, die Frau Stabsoffizier Podtotschina... wenn ich auch mit ihr jetzt nur noch durch Vermittlung der Polizei verkehre. Haben Sie Erbarmen!« fuhr Kowaljow mit flehender Stimme fort: »Gibt es denn kein Mittel? Befestigen Sie sie doch irgendwie, wenn auch nicht gut, dass sie nur irgendwie festsitzt; ich kann sie ja in schwierigen Fällen mit der Hand festhalten. Zudem tanze ich nicht und kann daher keine unvorsichtige Bewegung machen, die schaden könnte. Und was das Honorar für Ihren Besuch betrifft, so seien Sie versichert, dass ich bereit bin, soweit es meine Mittel gestatten ...«

»Glauben Sie mir«, sagte der Arzt weder zu laut noch zu leise, doch außerordentlich überzeugend und eindringlich: »ich praktiziere nicht aus Habgier. Ich nehme für die Besuche wohl Geld, aber nur, um niemand durch die Weigerung zu kränken. Gewiss, ich kann Ihnen die Nase wohl ansetzen; aber ich gebe Ihnen mein Ehrenwort, wenn Sie es mir so nicht glauben wollen, dass es für Sie schlimmer wäre. Verlassen Sie sich auf das Walten der Natur. Waschen Sie die Stelle öfter mit kaltem Wasser, und ich versichere Ihnen, dass Sie dann ohne Nase ebenso gesund sein werden, wie mit der Nase. Ich rate Ihnen, die Nase in Spiritus zu legen, oder, noch besser, zwei Esslöffel starken Branntwein und warmen Essig hineinzutun, dann können Sie sie recht vorteilhaft verkaufen. Ich will sie Ihnen sogar selbst abnehmen, wenn Sie nicht zu viel verlangen.«

»Nein, nein! Ich verkaufe sie um nichts in der Welt!« schrie der Major Kowaljow verzweifelt: »Dann soll sie schon lieber zugrunde gehen!«

»Verzeihen Sie!« sagte der Arzt aufbrechend: »Ich wollte Ihnen nützlich sein... Was kann ich tun! Jedenfalls haben Sie meinen guten Willen gesehen.« Mit diesen Worten ging der Arzt in schöner Haltung aus dem Zimmer. Kowaljow hatte in seiner tiefen Erregung sein Gesicht gar nicht gesehen und nur die aus den Ärmeln seines schwarzen Fracks hervorlugenden schneeweißen Manschetten bemerkt.

Am nächsten Tag entschloss er sich, bevor er eine Klage einreichte, der Frau Stabsoffizier zu schreiben, ob sie nicht bereit wäre, ihm kampflos das, was ihm gehörte, zurückzugeben. Der Brief lautete wie folgt:

Sehr geehrte Alexandra Grigorjewna!

Ich kann Ihre Handlungsweise, die für einen Unbeteiligten so befremdend ist, unmöglich begreifen. Seien Sie versichert, dass Sie, wenn Sie so handeln, gar nichts erreichen und mich keineswegs zwingen können, Ihre Tochter zu heiraten. Glauben Sie mir: die Geschichte mit der Nase ist mir gut bekannt, genau wie der Umstand, dass Sie und niemand anders die Hauptschuldige sind. Das plötzliche Verschwinden derselben von ihrem Platze, ihre Flucht und ihr Auftauchen erst in der Gestalt eines Beamten, dann in ihrer eigenen Gestalt ist nur eine Folge der Hexereien, die von Ihnen oder von anderen, die sich gleich Ihnen mit dergleichen Dingen beschäftigen, betrieben werden. Ich meinerseits halte es für meine Pflicht, Ihnen zu erklären, wenn die erwähnte Nase sich nicht noch heute auf ihrem Platze befindet, werde ich mich gezwungen sehen, den Schutz der Gesetze anzurufen.

Im Übrigen verbleibe ich in vorzüglicher Hochachtung

Ihr ergebenster Diener Piaton Kowaljow.

Sehr geehrter Herr Platon Kusmitsch!

Ihr Brief hat mich in höchstes Erstaunen versetzt. Ich muss Ihnen offen gestehen, dass ich es von Ihnen niemals erwartet hätte, am allerwenigsten aber Ihre ungerechten Anklagen. Ich versichere Ihnen, dass ich den Beamten, von dem Sie sprechen, weder in einer Maskierung, noch in seiner wahren Gestalt bei mir empfangen habe. Mich hat wohl Philipp Iwanowitsch Potantschikow besucht. Er hat sich zwar wirklich um die Hand meiner Tochter beworben, aber ich habe ihm, obwohl er ein trefflicher, nüchterner Mensch und sehr gebildet ist, keinerlei Hoffnung gegeben. Sie sprechen auch noch von der Nase. Wenn Sie damit meinen, ich hätte Ihnen eine Nase drehen, das heißt Sie abweisen wollen, so wundere ich mich, dass Sie selbst davon sprechen, während ich, wie Sie selbst wissen, anderer Ansicht war: Wenn Sie jetzt gleich in üblicher Form um die Hand meiner Tochter anhalten, so bin ich bereit, Ihren Wunsch zu erfüllen, denn dies war immer auch mein sehnlichster Wunsch. In dieser Hoffnung bin ich, stets zu Ihren Diensten,

Alexandra Podtotschina.

»Nein«, sagte Kowaljow, als er den Brief gelesen, »sie ist unschuldig. Es kann nicht sein! Der Brief ist so abgefasst, wie ihn ein Mensch, der ein Verbrechen auf dem Gewissen hat, niemals abfassen kann.« Der Kollegienassessor verstand sich darauf, da er im Kaukasusgebiet schon öfters an gerichtlichen Untersuchungen teilgenommen hatte. »Auf welche Weise mag es so gekommen sein? Da kennt sich nur der Teufel aus!« sagte er zuletzt und ließ die Hände sinken.

Inzwischen hatte sich das Gerücht über dieses außergewöhnliche Ereignis in der ganzen Residenz verbreitet, und zwar, wie es so geht, nicht ohne gewisse Ausschmückungen. Damals waren alle Geister für das Übersinnliche eingenommen, das Publikum hatte sich erst vor Kurzem für die Versuche mit dem Magnetismus interessiert. Auch waren die tanzenden Stühle in der Konjuschennaja-Straße noch so frisch in Erinnerung, dass es nicht zu verwundern ist, dass bald darauf das Gerücht aufkam, die Nase des Kollegienassessors Kowaljow spaziere um drei Uhr auf dem Newskij-Prospekt. Nun versammelte sich da jeden Tag eine Menge von Neugierigen. Jemand erzählte, die Nase halte sich im Junckerschen Kaufladen auf, und neben Juncker entstand ein solcher Auflauf, dass sogar die Polizei einschreiten musste. Ein Spekulant von ehrwürdigem Aussehen mit Backenbart, der vor dem Theater trockenes Gebäck verkaufte, ließ schöne, feste Holzbänke anfertigen, auf denen die Neugierigen gegen Bezahlung von achtzig Kopeken stellen durften. Ein verdienter Oberst verließ eigens zu diesem Zweck seine Wohnung und drängte sich mit Mühe durch die Menge; aber zu seiner großen Entrüstung sah er im Fenster des Kaufladens statt der Nase eine ganz gewöhnliche wollene Unterjacke und eine Lithografie, die ein junges Mädchen darstellte, das seinen Strumpf in Ordnung brachte, und einen Gecken mit modischer Weste und einem Spitzbart, der sie hinter einem Baume beobachtete, eine Lithografie, die seit mehr als zehn Jahren an der gleichen Stelle hing. Der Oberst drehte sich um und sagte empört: »Wie kann man nur mit solchen albernen und unwahrscheinlichen Gerüchten das Volk verwirren?« Später kam das Gerücht auf, dass die Nase des Majors Kowaljow nicht auf dem Newskij-Prospekt, sondern im Taurischen Garten herumspaziere; sie befinde sich schon seit langer Zeit dort; auch Chosrew-Mirza habe, als er dort gewohnt, sich sehr über dieses seltsame Naturspiel gewundert. Einige Studenten der Chirurgischen Akademie begaben sich dorthin. Eine vornehme und angesehene Dame wandte sich brieflich an den Aufseher des Gartens mit der Bitte, ihren Kindern dieses seltene Phänomen zu zeigen und, wenn möglich, eine für die Jugend belehrende und nützliche Erklärung zu geben.

Alle diese Ereignisse waren den ständigen Besuchern der Empfänge in der großen Welt, die die Damen gerne unterhielten und deren Material um jene Zeit erschöpft war, ganz besonders angenehm. Eine Minderheit ehrenwerter und wohlgesinnter Leute aber war außerordentlich unzufrieden. Ein Herr sagte empört, er könne nicht begreifen, wie sich bloß in diesem aufgeklärten Zeitalter derartige dumme Gerüchte verbreiten können, und er wundere sich nur, dass die Regierung nicht einschreite. Dieser Herr war offenbar einer von denjenigen, die die Regierung in alle Dinge einmischen möchten, sogar in ihre täglichen Streitigkeiten mit ihren Gattinnen. Bald darauf... aber hier werden die Ereignisse wieder von einem Nebel verhüllt, und es ist unbekannt, was weiter geschah.

III

In dieser Welt kommen die unsinnigsten Dinge vor, zuweilen solche, die ganz unwahrscheinlich sind: Dieselbe Nase, die als Staatsrat spazieren gefahren war und in der Stadt solches Aufsehen erregt hatte, befand sich plötzlich wieder, als ob nichts geschehen wäre, auf ihrem Platz, das heißt zwischen den beiden Wangen des Majors Kowaljow. Dies war schon am 7. April der Fall. Als der Major erwachte und in den Spiegel sah, erblickte er seine Nase! Er befühlte sie mit der Hand, – es war wirklich die Nase! »Aha!« sagte Kowaljow und wollte schon vor Freude barfuß einen Tanz aufführen, wurde aber von Iwan, der gerade ins Zimmer trat, daran verhindert. Er ließ sich sofort das Waschwasser bringen und sah beim Waschen wieder in den Spiegel die Nase war da! Als er sich abtrocknete, sah er noch einmal in den Spiegel, – die Nase war da!

»Schau mal her, Iwan, ich glaube, da sitzt ein Pickelchen auf der Nase!« sagte er und dachte bei sich: – Was, wenn Iwan mir sagt: ›Nein, Herr, es ist gar kein Pickelchen und auch keine Nase da!‹–

Iwan sagte aber: »Es ist kein Pickelchen da, die Nase ist ganz rein!«

»Schön ist es, hol mich der Teufel!« sagte der Major zu sich selbst und knipste mit den Fingern. In diesem Moment blickte der Barbier Iwan Jakowlewitsch ins Zimmer, aber so scheu wie eine Katze, die man eben wegen Entwendung eines Stückes Speck gezüchtigt hat.

»Sag es mir gleich, sind deine Hände sauber?« schrie ihm Kowaljow schon von Weitem zu.

»Ja, sie sind sauber.«

»Du lügst!«

»Bei Gott, sie sind sauber, Herr!«

»Nun, pass auf!«

Kowaljow setzte sich. Iwan Jakowlewitsch band ihm eine Serviette um und verwandelte in einem Augenblick sein ganzes Kinn und einen Teil seiner Wange mittels des Pinsels in eine Creme, wie man sie bei Namenstagsfeiern in Kaufmannshäusern aufträgt. »Ja, sieh mal an!« sagte Iwan Jakowlewitsch zu sich selbst, indem er die Nase ansah; dann wandte er seinen Kopf und blickte die Nase von der Seite an. »Sieh mal an! Wenn man es sich überlegt«, fuhr er fort und betrachtete lange die Nase. Endlich hob er ganz leicht und mit der größten Vorsicht zwei Finger, um die Nasenspitze zu erwischen. Iwan Jakowlewitsch hatte schon einmal dieses System.

»Na, na, pass auf!« rief Kowaljow. Iwan Jakowlewitsch ließ die Hände sinken, verlor jeden Mut und wurde so verwirrt wie noch nie. Schließlich fing er an, mit dem Rasiermesser ganz behutsam unter dem Kinn zu kitzeln, wie unbequem es auch war und wie schwer es ihm auch fiel, ohne den Stützpunkt auf dem Geruchsorgan zu rasieren; endlich überwand er doch alle Hindernisse, indem er seinen rauen Daumen gegen die Wange und den Unterkiefer stemmte, und rasierte den Major glücklich zu Ende.

Als alles fertig war, kleidete Kowaljow sich rasch an, mietete eine Droschke und fuhr in eine Konditorei. Beim Eintreten rief er schon von Weitem: »Kellner, eine Tasse Schokolade!« Dann lief er zum Spiegel: Die Nase war da. Er wandte sich lustig um und musterte ironisch, mit einem Auge blinzelnd, zwei Offiziere, deren einer eine Nase kaum so groß wie einen Westenknopf hatte. Darauf begab er sich in die Kanzlei des Departements, in dem er sich um einen Vize-Gouverneurs-Posten, oder wenigstens um den eines Exekutors bewarb. Als er das Empfangszimmer durchschritt, blickte er in den Spiegel – die Nase war da. Dann besuchte er einen anderen Kollegienassessor, oder Major, einen großen Spötter, dem er schon mehr als einmal auf dessen spöttische Bemerkungen gesagt hatte: »Ich kenne dich, du bist immer so giftig!«

Unterwegs dachte er sich: – Wälzt sich der Major, wenn er mich sieht, nicht vor Lachen, so ist es ein sicherer Beweis dafür, dass alles sich auf seinem Platze befindet. – Aber der Kollegienassessor sagte nichts. »Wie schön, hol mich der Teufel!« sagte Kowaljow zu sich selbst. Unterwegs begegnete er der Frau Stabsoffizier Podtotschina nebst Tochter; er machte eine Verbeugung und wurde mit freudigen Ausrufen begrüßt; also war alles in bester Ordnung. Er unterhielt sich mit ihnen sehr lange, nahm sogar seine Tabaksdose aus der Tasche und stopfte sich absichtlich vor ihren Augen sehr lange Schnupftabak in beide Löcher, wobei er zu sich selbst sagte:»Seht ihr es, ihr dummen Hennen! Die Tochter werde ich aber doch nicht heiraten. So einfach, par amour, dagegen, – mit Vergnügen!«

Von nun an zeigte sich der Major Kowaljow, als ob nichts vorgefallen wäre, auf dem Newskij-Prospekt, in den Theatern und überall. Auch seine Nase saß, als wäre nichts vorgefallen, auf ihrem Platz und man konnte ihr nicht anmerken, dass sie sich von ihm entfernt hatte. Man sah jetzt den Major Kowaljow immer in bester Laune; er lächelte, verfolgte alle hübschen Damen und blieb sogar einmal vor einem Laden im großen Kaufhaus stehen und kaufte sich ein Ordensband; wozu er es kaufte, blieb unbekannt, denn er hatte gar kein Recht auf irgendeinen Orden.

So eine Geschichte hat sich in der nordischen Residenz unseres ausgedehnten Vaterlandes ereignet! Wenn wir uns jetzt alle Umstände überlegen, sehen wir, dass an ihr vieles unwahrscheinlich ist. Schon ganz abgesehen davon, dass ein solches unnatürliches Verschwinden einer Nase und ihr Auftauchen an verschiedenen Orten in der Gestalt eines Staatsrates sehr sonderbar ist, – wie konnte es Kowaljow nicht eingesehen haben, dass man den Verlust einer Nase nicht gut durch die Zeitungsexpedition anzeigen kann? Ich will damit nicht gesagt haben, dass er für die Anzeige zu teuer bezahlt hätte; das ist unwesentlich, und ich bin gar nicht so habgierig; aber es ist unanständig, unpassend, unschön! Und dann, wie ist die Nase in das gebackene Brot geraten und was hatte Iwan Jakowlewitsch damit zu tun? ... Nein, ich verstehe es nicht, absolut nicht! Was ich aber am allerwenigsten verstehe, ist, dass sich ein Autor ein solches Thema wählen kann. Ich finde es, offen gestanden, ganz unbegreiflich! Das ist wirklich ... Nein, nein, ich kann es nicht verstehen! Erstens bringt es auch nicht den geringsten Nutzen dem Vaterlande, zweitens ... aber auch zweitens bringt es keinen Nutzen. Ich weiß einfach nicht, was es ist ...

Und doch, wenn man das eine, das andere und das dritte auch zugeben kann, sogar dass ... und wo gibt es keinen Unsinn? Wenn man es sich aber überlegt, so steckt doch etwas dahinter. Man mag sagen, was man will, solche Ereignisse kommen wirklich vor, – selten, aber sie kommen vor.

Das Porträt

I

Nirgends blieben so viele Menschen stehen wie vor dem kleinen Bilderladen im Schtschukinschen Kaufhause. Dieser Laden stellte in der Tat die bunteste Ansammlung von wunderlichen Dingen dar; die Bilder waren zum größten Teil mit Ölfarben gemalt, mit einem dunkelgrünen Lack überzogen und steckten in dunkelgelben Rahmen aus unechtem Gold. Eine Winterlandschaft mit weißen Bäumen, ein knallroter Abend, der wie eine Feuersbrunst aussieht, ein flämischer Bauer mit einer Pfeife im Munde und einem gebrochenen Arm, mehr einem Truthahn in Manschetten als einem Menschen ähnlich, – das ist der Inhalt der meisten Bilder. Zu erwähnen sind noch einige Porträtstiche: das Bildnis des Chosrew-Mirza in einer Lammfellmütze, die Bildnisse irgendwelcher Generäle mit schiefen Nasen in Dreimastern ... Außerdem ist die Eingangstüre eines solchen Ladens gewöhnlich mit bunten volkstümlichen Holzschnitten auf großen Bogen behängt, die von der angeborenen Begabung des Russen zeugen. Eines dieser Bilder stellt die Prinzessin Miliktrissa Kirbitjewna dar, ein anderes die Stadt Jerusalem, über deren Häuser und Kirchen man ganz ungeniert mit roter Farbe gefahren ist, welche auch einen Teil der Erde und zwei betende russische Bauern in Fausthandschuhen mitgenommen hat.

Für alle diese Kunstwerke gibt es nur wenige Käufer, dafür eine Menge Zuschauer. Irgendein Nichtstuer von einem Lakaien steht vor ihnen mit der Wirtshausmenage in der Hand da und lässt seinen Herrn warten, der die Suppe sicher in einem nicht zu heißen Zustande löffeln müssen wird. Vor ihm steht ebenso sicher ein Soldat in einem Mantel, dieser Kavalier des Trödelmarktes, der zwei Federmesser zu verkaufen hat; auch eine Händlerin aus der Ochta-Vorstadt mit einer Schachtel voller Schuhe ist dabei. Ein jeder ist auf seine Art entzückt; die Bauern tippen gewöhnlich mit den Fingern auf die Bilder; die Kavaliere betrachten sie mit ernster Miene; die jungen Lakaien und die Lehrlinge lachen und necken einander mit den dargestellten Karikaturen; die alten Lakaien in den Friesmänteln sehen sich die Bilder nur darum an, weil sie doch irgendwie die Zeit totschlagen müssen; aber die Händlerinnen, die jungen russischen Weiber, eilen rein aus Instinkt her, um sich anzuhören, was sich das Volk erzählt, und um sich anzuschauen, was sich das Volk anschaut.

Um diese Zeit blieb vor dem Laden der zufällig vorbeigehende junge Maler Tschartkow unwillkürlich stehen. Der alte Mantel und der gar nicht elegante Anzug ließen auf einen Menschen schließen, der sich mit Selbstaufopferung seiner Kunst ergeben hat und dem es an Zeit fehlt, um sich um seine Toilette zu kümmern, die doch sonst für die Jugend einen geheimnisvollen Zauber hat. Er blieb vor dem Laden stehen und lachte erst innerlich über die hässlichen Bilder. Schließlich bemächtigte sich seiner eine unwillkürliche Nachdenklichkeit: Er fragte sich, wer alle diese Kunstwerke brauche. Dass das russische Volk alle diese Prinzen Jeruslan Lasarewitschs, die »Fresser« und »Säufer«, die »Fomas« und »Jeremas« bewunderte, erschien ihm gar nicht sonderbar, die dargestellten Gegenstände waren dem Volke zugänglich und verständlich, wo blieben aber die Käufer für die bunten, schmutzigen Ölbilder? Wer brauchte diese flämischen Bauern, diese roten und blauen Landschaften, die einigen Anspruch auf eine höhere Stufe der Kunst erheben, die aber nur die tiefste Erniedrigung der Kunst spiegeln? Sie schienen durchaus nicht die Arbeiten eines kindlichen Autodidakten zu sein; sonst wäre in ihnen trotz der gefühllosen Karikiertheit des Ganzen ein starker innerer Drang zum Ausdruck gekommen. Aber man sah an ihnen nichts als Stumpfsinn und kraftlose, altersschwache Talentlosigkeit, die sich eigenmächtig neben die wahre Kunst gestellt hat, während ihr nur ein Platz unter den niedrigen Handwerken zukommt; eine Talentlosigkeit, die aber ihrem Berufe treu geblieben ist und in die Kunst selbst das Handwerksmäßige hineingebracht hat. Die gleichen Farben, die gleiche Manier, die gleiche gewohnte Hand, die eher einem roh gebauten Automaten als einem Menschen anzugehören scheint! ...

Lange stand er vor diesen schmierigen Bildern, an die er zuletzt gar nicht mehr dachte, während der Besitzer des Ladens, ein farbloses Männchen in einem Friesmantel, mit einem seit dem letzten Sonntag nicht mehr rasierten Kinn, auf ihn seit geraumer Zeit einredete, mit ihm feilschte und den Preis ausmachte, ohne sich erst erkundigt zu haben, was ihm gefiel und was er brauchte. »Für diese Bäuerlein und für die kleine Landschaft verlange ich einen Fünfundzwanziger. Diese Malerei! Die blendet einfach den Blick! Die Bilder kommen direkt vom Markt, der Lack ist noch nicht trocken. Oder dieser Winter hier, nehmen Sie doch den Winter! Fünfzehn Rubel! Was der Rahmen allein schon wert ist! Ist das ein prachtvoller Winter!« Der Händler schnellte mit den Fingern gegen die Leinwand, als wollte er auf diese Weise die

Güte des Winters zeigen.«Befehlen Sie, dass ich die Bilder zusammenbinde und Ihnen nachschicke? Wo geruhen Sie zu wohnen?

»Wart einmal, Bruder, nicht so schnell«, sagte der Maler, gleichsam zu sich kommend, als er sah, dass der flinke Händler die Bilder in allem Ernst zusammenband. Er genierte sich ein wenig, nichts zu kaufen, nachdem er so lange im Laden gestanden hatte; darum sagte er: »Wart einmal, ich will nachsehen, ob sich nicht hier etwas für mich findet!« Er bückte sich und fing an, die auf dem Boden aufgehäuften abgeriebenen und verstaubten alten Bilder aufzuheben, die hier offenbar nicht den geringsten Respekt genossen. Es waren alte Familienporträts von Menschen, deren Nachkommen sich wohl auf der ganzen Welt nicht mehr finden ließen; völlig unkenntliche Darstellungen auf zerrissener Leinwand; Rahmen, von denen die Vergoldung abgefallen war; mit einem Worte allerlei altes Gerümpel. Aber der Maler sah sich die Sachen dennoch an, indem er sich heimlich dachte: – Vielleicht lässt sich hier doch etwas finden. – Er hatte mehr als einmal gehört, wie man bei solchen kleinen Händlern zuweilen Bilder großer Meister entdeckte.

Als der Ladenbesitzer sah, für welche Dinge der Kunde sich interessierte, nahm er wieder seine gewöhnliche Haltung an, stellte sich würdevoll vor die Ladentür und begann die Vorübergehenden in sein Geschäft zu locken, indem er mit der einen Hand ins Innere des Ladens wies: »Hierher, Väterchen! Hier sind Bilder! Treten Sie nur ein! Sind soeben vom Markte gekommen.« Er hatte sich schon fast heiser geschrien, zum größten Teil fruchtlos; er hatte sich auch zur Genüge mit dem gegenüber vor der Tür seines Ladens stehenden Lumpenhändler unterhalten, als er sich plötzlich erinnerte, dass er in seinem Laden noch einen Kunden hatte; nun wandte er dem Publikum den Rücken zu und begab sich ins Innere des Ladens. »Nun, Väterchen, haben Sie sich schon etwas ausgesucht?« Der Maler stand aber schon seit geraumer Zeit unbeweglich vor einem Bildnis in einem mächtigen, einst wohl prunkvollen Rahmen, auf dem hier und da noch Reste der Vergoldung glänzten.

Das Porträt stellte einen alten Mann mit bronzefarbenem, welkem, breitknochigem Gesicht dar; die Gesichtszüge schienen im Augenblick einer krampfartigen Bewegung erfasst zu sein und zeugten von einem gar nicht nordischen Temperament, der glühende Süden spiegelte sich in ihnen. Der Alte war in ein weites asiatisches Gewand gehüllt. Wie beschädigt und verstaubt das Porträt auch war, sobald er das Gesicht vom Staube gereinigt hatte, erkannte Tschartkow die Spuren der Arbeit eines großen Künstlers. Das Porträt schien unvollendet; die Kraft des Pinselstriches war aber erstaunlich. Am ungewöhnlichsten waren die Augen; der Künstler schien auf sie die ganze Kraft seines Pinsels und seine ganze Sorgfalt verwendet zu haben. Die Augen sahen einen buchstäblich an, sie schauten sogar aus dem Bild selbst heraus und durchbrachen durch ihre ungewöhnliche Lebendigkeit die Harmonie des ganzen Bildes. Als er das Porträt zu der Tür brachte, sahen die Augen noch durchdringender. Fast den gleichen Eindruck machten sie auf das draußen stehende Volk. Eine Frau, die hinter ihm stehen geblieben war, rief: »Er schaut, er schaut!« und wich zurück. Auch Tschartkow selbst empfand ein unangenehmes, ihm selbst unverständliches Gefühl und stellte das Bild auf den Boden.

»Nun, nehmen Sie doch das Porträt!« sagte der Händler.

»Was soll es kosten?« fragte der junge Künstler.

»Was soll ich dafür viel verlangen? Geben Sie mir drei Viertelrubel dafür!«

»Nein.«

»Was geben Sie denn?«

»Zwanzig Kopeken«, sagte der Künstler und schickte sich zum Gehen an.

»Was Sie mir für einen Preis bieten! Für zwanzig Kopeken werden Sie nicht einmal den Rahmen bekommen! Sie haben wohl die Absicht, es morgen zu kaufen? Herr, Herr, kommen Sie zurück! Schlagen Sie wenigstens zehn Kopeken auf. Nun, nehmen Sie es, nehmen Sie es, geben Sie die zwanzig Kopeken her. Ich gebe es, nur um den Anfang zu machen, nur weil Sie heute der erste Käufer sind.« Darauf machte er eine Handbewegung, die zu sagen schien: »Fort mit Schaden!«

So hatte Tschartkow ganz unerwartet das alte Porträt gekauft; dabei dachte er sich: – Wozu habe ich es gekauft? Was brauche ich es? – Es war aber nichts mehr zu machen. Er holte aus der Tasche ein Zwanzigkopekenstück, gab es dem Händler, nahm das Porträt unter den Arm und schleppte es mit sich fort. Unterwegs erinnerte er sich, dass das Zwanzigkopekenstück, das er hergegeben hatte, sein letztes war. Seine Gedanken verdüsterten sich plötzlich. »Hol's der Teufel! Ekelhaft ist es auf dieser Welt!« sagte er sich mit dem Gefühl eines Russen, dem es schlecht geht. Und er eilte fast mechanisch mit schnellen Schritten, gleichgültig gegen alles auf der Welt. Der halbe Himmel war noch vom roten Licht des Abendrots umfangen, die nach Westen schauenden Häuser waren noch schwach von seinem warmen Licht übergossen, aber das kalte, bläuliche Licht des Mondes schien immer greller. Halb durchsichtige leichte Schatten, die von den Häusern und den Menschenbeinen geworfen wurden, legten sich als Schweife auf den Boden. Der Maler fing schon an, den Himmel zu bewundern, der von einem eigentümlichen, durchsichtigen, feinen, ungewissen Licht übergossen war, und seinen Lippen entfuhren fast gleichzeitig die Worte: »Was für ein zarter Ton!« und »Es ist ärgerlich, hol's der Teufel!« Er rückte das Bild, das unter seinem Arm rutschte, zurecht und beschleunigte die Schritte.

Müde und schweißbedeckt erreichte er seine Behausung in der fünfzehnten Linie der Wassiljewskij-Insel. Mit Mühe und schwer atmend stieg er die mit Schmutzwasser übergossene und mit Spuren von Hunden und Katzen gezierte Treppe hinauf. Auf sein Klopfen bekam er keine Antwort, sein Diener war nicht zu Hause. Er lehnte sich ans Fenster und wartete geduldig, bis hinter ihm endlich die Schritte seines Burschen in blauem Hemd ertönten – seines Dieners, Modells, Farbenreibers und Bodenkehrers, der übrigens die Böden gleich nach dem Kehren mit seinen Stiefeln wieder beschmutzte. Der Bursche hieß Nikita und pflegte die ganze Zeit, wo sein Herr nicht zu Hause war, vor dem Tore zu verbringen. Nikita gab sich lange Zeit Mühe, mit dem Schlüssel ins Schlüsselloch zu geraten, das infolge der Dunkelheit unsichtbar war. Endlich war die Tür aufgemacht. Tschartkow trat in sein Vorzimmer, in dem es unerträglich kalt war, wie es bei allen Malern zu sein pflegt, was sie übrigens nicht merken. Ohne Nikita seinen Mantel zu geben, trat er in sein Atelier, ein quadratisches, großes, doch niederes Zimmer mit zugefrorenen Fensterscheiben, das mit allerlei künstlerischem Gerümpel angefüllt war: Stücken von Gipsarmen, mit Leinwand bespannten Rahmen, angefangenen und aufgegebenen Skizzen und einer über die Stühle geworfenen Draperie. Er war sehr müde; er legte den Mantel ab, stellte das mitgebrachte Porträt zwischen zwei kleine Bilder und warf sich auf das schmale Sofa, von dem man nicht sagen konnte, dass es mit Leder bezogen wäre; die Reihe der Messingnägel, die einst das Leder festgehalten hatten, prangten schon längst ganz für sich, während das Leder gleichfalls ganz für sich blieb, sodass

Nikita darunter die schmutzigen Strümpfe, Hemden und die ganze schmutzige Wäsche zu verwahren pflegte. Nachdem Tschartkow eine Weile gesessen und gelegen hatte, soweit es das schmale Sofa überhaupt erlaubte, verlangte er schließlich nach einer Kerze.

»Es ist keine Kerze da«, sagte Nikita.

»Wieso ist keine da?«

»Es war auch gestern keine da«, sagte Nikita. Der Maler erinnerte sich, dass es gestern tatsächlich keine Kerze gegeben hatte; er beruhigte sich und verstummte. Dann ließ er sich entkleiden und zog seinen stark abgetragenen Schlafrock an.

»Ja, noch etwas, der Hausherr ist da gewesen«, sagte Nikita.

»So, er wollte wohl das Geld holen? Ich weiß es«, entgegnete der Maler und winkte wegwerfend mit der Hand.

»Er ist aber nicht allein da gewesen«, sagte Nikita.

»Mit wem denn?«

»Ich weiß nicht, mit wem ... Mit irgendeinem Revieraufseher.«

»Was wollte denn der Revieraufseher?«

»Ich weiß nicht, was er wollte; er sagte, die Miete sei noch immer nicht bezahlt.«

»Was soll denn daraus werden?«

»Ich weiß nicht, was daraus werden soll; er sagte: ›Wenn er nicht zahlen will, so soll er ausziehen.‹ Sie wollten beide morgen wiederkommen.« »Sollen sie nur kommen«, sagte Tschartkow mit trauriger Gleichgültigkeit, und die trübe Stimmung bemächtigte sich seiner nun gänzlich.

Der junge Tschartkow war ein Maler mit einem Talent, das viel versprach: Sein Pinsel zeigte zuweilen blitzartig eine feine Beobachtungsgabe, Intelligenz und einen starken Drang, der Natur nahezukommen. »Pass auf, Bruder«, hatte ihm sein Professor mehr als einmal gesagt: »Du hast Talent, und es wäre Sünde, wenn du es zugrunde richtetest; dir fehlt aber Geduld; wenn dich etwas anzieht, wenn dir irgendetwas gefällt, so bist du davon ganz hingerissen, und alles andere ist für dich Mist, alles andere ist dir nichts wert, und du willst es nicht mehr anschauen. Pass auf, dass aus dir kein modischer Maler wird. Deine Farben sind schon jetzt schreiend, deine Zeichnung ist nicht streng genug und zuweilen sogar ganz schwach, die Linie ist nicht zu sehen; du jagst der neumodischen Beleuchtung nach, Effekten, die zu allererst in die Augen springen, – pass auf, dass du nicht in die englische Manier verfällst. Nimm dich in acht: die große Welt zieht dich schon jetzt an; ich sehe dich oft ein elegantes Halstuch tragen oder auch einen glänzenden Hut... Es ist allerdings verlockend, man kann sich leicht herablassen, modische Bildchen und Porträts des Geldes wegen zu malen; dabei geht aber das Talent zugrunde, statt sich zu entfalten. Habe Geduld! Überlege dir jede Arbeit; gib die Eleganz auf, – sollen nur die andern Geld verdienen, deine Zukunft wird dir nicht entgehen!«

Der Professor hatte zum Teil recht. Unser Maler spürte zuweilen wirklich das Verlangen, ein wenig über die Schnur zu hauen und elegant aufzutreten, mit einem Worte hie und da seine Jugend zu zeigen; dabei hatte er sich aber doch in seiner Gewalt. Zuweilen war er imstande, wenn er einmal den Pinsel ergriffen, alles Übrige zu vergessen und sich von der Arbeit nicht anders als von einem schönen, unterbrochenen Traum loszureißen. Sein Geschmack entwickelte sich zusehends. Er hatte noch kein Verständnis für die ganze Tiefe eines Raffael, begeisterte sich aber schon für den schnellen, breiten Pinselstrich eines Guido Reni, blieb zuweilen vor den Bildnissen Tizians stehen und bewunderte die Flamen. Das Dunkel, das die alten Bilder hüllt, hatte sich vor ihm noch nicht ganz gelichtet; aber er ahnte schon etwas in diesen Bildern, obwohl er innerlich seinem Professor nicht zustimmen konnte, dass die alten Meister so unerreichbar hoch über uns stünden. Er glaubte sogar, das neunzehnte Jahrhundert hätte sie in manchen Dingen erheblich überholt; die Nachahmung der Natur sei in der letzten Zeit farbiger, lebhafter und getreuer geworden; mit einem Worte, er urteilte so, wie die Jugend zu urteilen pflegt, die schon etwas erfasst hat und sich dessen mit Stolz bewusst ist. Zuweilen ärgerte er sich, wenn er sah, wie irgendein zugereister Maler, ein Franzose oder Deutscher, der manchmal sogar kein Künstler aus innerem Berufe war, nur durch seine flotte Manier, die geschickte Pinselführung und die Leuchtkraft der Farben allgemeines Aufsehen erregte und in einem Augenblick ein ganzes Vermögen verdiente. Solche Gedanken kamen ihm aber in den Sinn, nicht wenn er ganz von seiner Arbeit hingerissen, Speise und Trank und die ganze Welt vergaß, sondern wenn an ihn die

Not herantrat, wenn er kein Geld hatte, um sich Pinsel und Farben zu kaufen, und wenn der zudringliche Hausherr zehnmal am Tage kam, um das Geld für die Wohnung zu mahnen. In solchen Augenblicken beschäftigte sich seine hungrige Fantasie mit dem beneidenswerten Los eines reichen Malers; dann kam ihm sogar der Gedanke, der so oft einen russischen Kopf zu durchzucken pflegt: alles aufzugeben und sich vor Kummer allem zum Trotz ganz dem Trunke zu ergeben.

»Ja, habe Geduld, habe Geduld!« sagte er geärgert. »Auch die Geduld hat einmal ein Ende. Habe Geduld! Womit soll ich aber morgen mein Essen bezahlen? Niemand wird mir doch etwas borgen. Und wenn ich meine Bilder und Zeichnungen verkaufe, so wird man mir für alles zwanzig Kopeken geben. Allerdings habe ich von allen diesen Arbeiten einen Nutzen gehabt: Eine jede von ihnen ist nicht umsonst unternommen worden, bei jeder habe ich doch auch etwas gelernt. Aber was habe ich davon? Es sind nur Studien und Versuche, und es werden immer nur Studien und Versuche bleiben und kein Ende nehmen. Wer wird sie kaufen, solange mein Name unbekannt ist? Wer braucht auch die Zeichnungen nach der Antike, die Aktstudien oder meine unvollendete liebe ›Psyche‹ oder die perspektivische Ansicht meines Zimmers oder das Porträt meines Nikita, obwohl es unvergleichlich besser ist als die Porträts irgendeines modischen Malers? Was denke ich mir noch? Warum quäle ich mich und mühe mich wie ein Schüler mit dem Abc ab, während ich wohl imstande bin, mich wie mancher andere hervorzutun und Geld zu verdienen?«

Als der Maler diese Worte gesprochen, musste er plötzlich erzittern und erbleichen. Ihn starrte hinter einem der Bilderrahmen ein krampfhaft verzerrtes Gesicht an: zwei schreckliche Augen bohrten sich in ihn, als wollten sie ihn auffressen; auf dem Munde stand der schreckliche Befehl geschrieben, zu schweigen. Er wollte vor Entsetzen aufschreien und Nikita rufen, der im Vorzimmer bereits ein lautes Schnarchen ertönen ließ, hielt aber plötzlich inne und fing an zu lachen. Die Angst war im Nu gewichen; es war das neu angeschaffte Porträt, das er inzwischen schon vergessen hatte. Das Mondlicht, das das Zimmer füllte, fiel auf das Bild und verlieh ihm eine seltsame Lebendigkeit. Er fing an, das Bild zu betrachten und zu reinigen. Er tauchte einen Schwamm ins Wasser, fuhr damit einige Mal über die Leinwand, wusch damit den Staub und den Schmutz ab, die sich auf dem Bilde festgesetzt hatten, hängte es vor sich an die Wand und musste sich noch mehr über die ungewöhnliche Arbeit wundern. Das ganze Gesicht war fast lebendig, und die Augen blickten ihn so durchdringend an, dass er zuletzt zusammenfuhr, zurückwich und erstaunt ausrief: »Er schaut, er schaut mit Menschenaugen!« Plötzlich fiel ihm eine Geschichte ein, die er einmal vor langer Zeit von seinem Professor gehört hatte, die Geschichte von einem Porträt des berühmten Lionardo da Vinci, an dem der große Meister mehrere Jahre gearbeitet hatte und das er immer noch für unvollendet hielt, während es die andern, nach dem Berichte Vasaris, für das vollkommenste und vollendetste hielten. Am vollendetsten waren darin die Augen, über die die Zeitgenossen staunten: selbst die allerkleinsten, kaum sichtbaren Äderchen waren nicht vernachlässigt und auf die Leinwand gebannt. Aber in diesem Porträt, das jetzt vor ihm stand, war etwas Ungewöhnliches. Das war schon keine Kunst mehr, das zerstörte sogar die Harmonie des Bildes selbst; es waren lebendige, es waren menschliche Augen! Sie schienen aus dem Gesicht eines lebendigen Menschen herausgeschnitten und in das Bild eingesetzt zu sein. Hier fehlte jener hohe Genuss, der die Seele beim Anblick eines wahren Kunstwerkes erfasst, wie schrecklich auch der dargestellte Gegenstand sein mag; hier empfand man ein krankhaftes, peinigendes Gefühl. – Was ist das? – fragte sich unwillkürlich der Künstler: – Es ist immerhin die Natur, die lebendige Natur; woher kommt dann dieses sonderbare, unangenehme Gefühl? Oder ist die sklavische, genaue Nachahmung der Natur schon ein Vergehen und erscheint als ein gellender, unharmonischer Aufschrei? Oder wirkt der Gegenstand, wenn man ihn ohne Teilnahme und Sympathie, ganz gefühllos erfasst, immer nur als eine erschreckende Wirklichkeit, ohne von der unfassbaren Idee, die allen Dingen innewohnt, durchleuchtet zu sein, wirkt als jene Wirklichkeit, die man vor sich hat, wenn man, um einen schönen Menschen zu erfassen, nach dem Messer des Anatomen greift, sein Inneres bloßlegt und einen abstoßenden Menschen erblickt? Warum erscheint die einfache, gemeine Natur bei dem einen Maler so erleuchtet, dass man durchaus keinen gemeinen Eindruck hat; im Gegenteil, man glaubt sogar einen Genuss zu haben und nachher alle Dinge um sich ruhiger und gleichmäßiger dahinfließen zu sehen? Und warum erscheint die gleiche Natur bei einem anderen Maler so gemein und schmutzig, obwohl er ihr ebenso treu ist wie der andere? Aber nein, nein, nein, es ist nichts Erleuchtendes in ihr. Es ist ganz wie eine Landschaft in der Natur: Sie mag noch so großartig sein, aber es fehlt ihr immer etwas, wenn keine Sonne am Himmel steht. –

Er ging wieder auf das Porträt zu, um diese wunderlichen Augen näher zu betrachten, und merkte mit Schrecken, dass sie ihn wirklich ansahen. Es war keine Kopie der Natur mehr; es war jene seltsame Lebendigkeit, von der das Gesicht eines aus dem Grabe auferstandenen Toten erfüllt sein mag. War es das Mondlicht, das Träume mit sich bringt und alles in eine andere Gestalt kleidet, die den Gestalten des positiven Tages entgegengesetzt ist, oder hatte es einen anderen Grund, – jedenfalls war es ihm plötzlich, er wusste selbst nicht warum, schrecklich, allein im Zimmer zu sitzen. Er trat still vom Porträt weg, wandte sich um und bemühte sich, es nicht mehr anzusehen, aber seine Augen schielten immer wieder unwillkürlich hin. Zuletzt war es ihm sogar unheimlich, im Zimmer auf und ab zu gehen: Es schien ihm, dass gleich jemand anders anfangen würde, hinter ihm auf und ab zu gehen, und er sah sich jedes Mal ängstlich um. Er war niemals feige gewesen; aber seine Fantasie und seine Nerven waren sehr empfindlich, und an diesem Abend hätte er sich auch selbst seine unwillkürliche Angst nicht erklären können. Er setzte sich in einen Winkel, aber auch hier war es ihm, als würde ihm gleich jemand über seine Schulter ins Gesicht blicken. Selbst das Schnarchen Nikitas, das aus dem Vorzimmer herüberklang, vermochte seine Angst nicht zu verscheuchen. Schließlich erhob er sich ängstlich, ohne die Augen zu heben, von seinem Platz, ging hinter den Bettschirm und legte sich aufs Bett. Durch die Ritzen im Bettschirm sah er sein vom Mondlicht erleuchtetes Zimmer und das direkt vor ihm hängende Porträt. Die Augen bohrten sich noch schrecklicher, noch bedeutungsvoller in ihn und schienen nur ihn allein anschauen zu wollen. Von einem beklemmenden Gefühl erdrückt, entschloss er sich, vom Bett aufzustehen, ergriff ein Laken, ging auf das Porträt zu und hüllte es ganz ein.

Nachdem er dies getan, legte er sich etwas beruhigt ins Bett und begann über die Armut und das elende Los des Künstlers nachzudenken und über den dornenvollen Pfad, der ihm in diesem Leben bevorstand; indessen blickten aber seine Augen unwillkürlich durch die Ritze im Bettschirm auf das in das Laken gehüllte Porträt. Das Mondlicht ließ die Leinwand noch weißer erscheinen, und es schien ihm, als fingen die schrecklichen Augen an, durch das Laken hindurchzuleuchten. Entsetzt blickte er hin, als wolle er sich überzeugen, dass es nur Einbildung sei. Aber in der Tat... er sieht, er sieht es klar, das Laken ist nicht mehr da... das Porträt ist ganz aufgedeckt und schaut an allem vorbei direkt auf ihn, blickt in sein Inneres ... Es wurde ihm kalt ums Herz.

Und er sieht: der Alte rührt sich und stützt sich mit beiden Händen gegen den Rahmen, streckt beide Beine heraus und springt aus dem Bilde... Durch die Ritze im Bettschirm ist nur noch der leere Rahmen zu sehen. Im Zimmer tönen Schritte, die immer näher und näher an den Bettschirm kommen! Dem armen Maler klopft furchtbar das Herz. Mit vor Angst verhaltenem Atem erwartet er, dass der Alte gleich zu ihm hinter dem Bettschirm hereinblicken würde. Da blickt er auch schon wirklich hinter den Bettschirm, es ist das gleiche bronzefarbene Gesicht mit den großen Augen. Tschartkow versuchte aufzuschreien, fühlte aber, dass er keine Stimme hatte, er versuchte sich zu rühren, irgendeine Bewegung zu machen, aber seine Glieder wollten sich nicht regen. Mit offenem Munde und stockendem Atem blickte er auf das seltsame lange Phantom in dem weiten asiatischen Talar und wartete, was es wohl anfangen würde. Der Alte setzte sich fast zu seinen Füßen hin und holte dann etwas aus den Falten seines weiten Gewandes. Es war ein Sack. Der Greis band ihn auf, ergriff die beiden Zipfel und schüttelte ihn, mit dumpfem Klirren fielen schwere lange Rollen auf den Boden; eine jede war in blaues Papier gewickelt und mit der Inschrift »1000 Dukaten« versehen. Der Alte streckte seine langen knochigen Hände aus den weiten Ärmeln heraus und fing an, die Rollen aufzuwickeln. Das Gold blitzte auf. Wie groß auch die schwere Beklemmung und die bewusstlose Angst des Malers waren, richtete er doch seine Blicke auf das Gold und beobachtete regungslos, wie es von den knochigen Händen aufgewickelt wurde, wie es leuchtete, fein und dumpf klirrte und dann wieder ins Papier eingerollt wurde. Da bemerkte er eine Rolle, die weiter als die anderen bis dicht an das Bettbein an seinem Kopfende gerollt war. Fast krampfhaft griff er danach und sah zugleich voller Angst, ob der Alte es nicht bemerkt hätte. Der Alte schien aber sehr beschäftigt; er packte alle seine Rollen zusammen, tat sie wieder in den Sack und ging, ohne Tschartkow anzublicken, hinter den Bettschirm. Tschartkows Herz klopfte heftig, als er hörte, wie sich die schlürfenden Schritte durch das Zimmer entfernten. Er drückte, am ganzen Leibe zitternd, die Rolle in der Hand fest zusammen und hörte plötzlich, wie die Schritte sich wieder dem Bettschirm näherten. Der Alte hatte offenbar bemerkt, dass ihm eine der Rollen fehlte. Da blickte er wieder zu ihm hinter den Schirm. Der Maler drückte seine Rolle voller Verzweiflung mit aller Kraft zusammen, machte eine krampfhafte Anstrengung, schrie auf und erwachte.

Er war ganz in kalten Schweiß gebadet; sein Herz schlug so heftig, wie es überhaupt schlagen konnte; seine Brust war beengt, als ob ihr der letzte Atemzug entweichen wollte. – War das denn nur ein Traum? – fragte er sich, indem er sich mit beiden Händen an den Kopf fasste. Aber die entsetzliche Lebendigkeit der Erscheinung hatte so gar nichts von einem Traume. Er sah in schon wachem Zustande, wie der Alte in seinen Rahmen zurückkehrte, er sah sogar den Saum seines weiten Gewandes vorbeihuschen, und seine Hand fühlte ganz deutlich, dass sie vor einem Augenblick etwas Schweres gehalten hatte. Das Mondlicht durchflutete sein Zimmer und ließ in dessen dunklen Ecken hier eine Leinwand, dort einen Gipsarm und eine auf einem Stuhle zurückgelassene Draperie, hier eine Hose und dort ein Paar ungeputzte Stiefel hervortreten. Nun merkte er erst, dass er nicht mehr im Bette lag, sondern auf seinen Beinen dicht vor dem Porträt stand. Wie er hingeraten war, konnte er selbst nicht begreifen. Noch mehr wunderte er sich darüber, dass das Porträt ganz aufgedeckt war und dass das Laken wirklich fehlte. Regungslos vor Entsetzen blickte er das Bild an und sah, wie die lebendigen menschlichen Augen ihn anstarrten. Kalter Schweiß trat ihm ins Gesicht; er wollte vom Bilde weggehen, fühlte aber, dass seine Füße wie angewurzelt waren. Und da sieht er – es ist kein Traum mehr – er sieht, wie die Züge des Alten zucken, wie seine Lippen sich ihm entgegenspitzen, als wollten sie ihn aussaugen... Mit einem Schrei der Verzweiflung prallte er zurück – und erwachte.

– War denn auch das ein Traum? – Sein Herz klopfte so, als wollte es zerreißen, und er tastete mit den Händen um sich. Ja, er liegt im Bett, in der gleichen Lage, in der er eingeschlafen war. Vor ihm ist der Bettschirm; das Mondlicht füllt das Zimmer. Durch die Ritze im Bettschirm sieht er das Bild, es ist ordentlich in das Laken gehüllt, so wie er es selbst eingeschlagen hat. Es war also doch ein Traum! Aber seine zusammengeballte Hand hat noch immer das Gefühl, als halte sie etwas. Das Herz klopft ihm heftig, beinahe entsetzlich; die Last auf der Brust ist unerträglich. Er heftet seine Augen auf die Ritze und starrt unverwandt auf das Laken. Da sieht er ganz deutlich, wie das Laken langsam aufgeht, als versuchten zwei Hände hinter ihm, es abzuwerfen. »Mein Gott, mein Gott, was ist das!« schrie er auf; er bekreuzigte sich voller Verzweiflung – und erwachte.

Auch das war ein Traum! Er sprang halb wahnsinnig, fast bewusstlos aus dem Bett und konnte sich unmöglich erklären, was mit ihm vorging: War es ein Albdruck, ein Hausgeist, ein Fieberwahn oder eine lebendige Erscheinung. Indem er sich bemühte, seine Aufregung und seine gespannten Pulse, die er in allen Adern fühlte, ein wenig zu stillen, trat er ans Fenster und öffnete eine Luke. Der kalte Wind, der ins Zimmer hereinwehte, brachte ihn wieder zu Bewusstsein. Das Mondlicht lag noch immer auf den Dächern und auf den weißen Hausmauern, obwohl kleine Wolken immer öfter über den Himmel zogen. Alles war still; nur ab und zu wurde das Rasseln einer fernen Droschke hörbar, deren Kutscher in einer unsichtbaren Nebengasse, in Erwartung eines verspäteten Fahrgastes, von seiner faulen Mähre in den Schlaf gewiegt, auf dem Bocke duselte. Lange blickte er hinaus, den Kopf aus dem Fenster gesteckt. Am Himmel zeigten sich schon die ersten Spuren des nahenden Morgenrots; schließlich fühlte er Müdigkeit, schlug das Fenster zu, ging zum Bett, legte sich hin und versank bald in einen festen Schlaf.

Er erwachte sehr spät mit dem unangenehmen Gefühl, das sich des Menschen nach einem Aufenthalte in einem dunstigen Raum bemächtigt; sein Kopf schmerzte in einer unangenehmen Weise. Im Zimmer war es trübe; eine unangenehme Feuchtigkeit erfüllte die Luft und drang durch die Ritzen der mit Bildern und grundierter Leinwand verstellten Fenster ins Zimmer. Griesgrämig, unzufrieden wie ein begossener Hahn setzte er sich auf sein zerfetztes Sofa und wusste nicht, was er anfangen, was er unternehmen sollte; plötzlich erinnerte er sich seines Traumes. In dem Maße, als er sich auf alles besann, erschien ihm der Traum so bedrückend, dass ihm sogar ein Zweifel kam, ob es wirklich nur ein Traum und ein gewöhnliches Fieberdelirium gewesen sei, ob er nicht eine Vision gehabt habe. Er riss das Laken herunter und sah sich das seltsame Porträt bei Tageslicht an. Die Augen waren tatsächlich von einer ungewöhnlichen Lebendigkeit, doch er konnte an ihnen nichts sonderlich Schreckliches finden; aber ein unerklärliches unangenehmes Gefühl blieb dennoch in seiner Seele. Bei alldem konnte er sich doch nicht ganz davon überzeugen, dass es nur ein Traum gewesen sei. Es schien ihm, als ob im Traume auch ein seltsamer Fetzen der Wirklichkeit enthalten gewesen wäre. Selbst der Blick und der Gesichtsausdruck des Alten schienen zu sagen, dass er ihn in der letzten Nacht besucht habe; seine Hand fühlte noch immer die Schwere eines Gegenstandes, den sie erst eben gehalten habe und den ihr jemand vor einem Augenblick entrissen hätte. Er hatte den Eindruck, dass, wenn er die

Rolle fester gehalten hätte, sie auch nach dem Erwachen in seiner Hand geblieben wäre.

»Mein Gott, wenn ich doch nur einen Teil dieses Geldes haben könnte!« sagte er mit einem schweren Seufzer. In seiner Fantasie fielen alle die Rollen mit der verlockenden Inschrift »1000 Dukaten« wieder aus dem Sack. Die Papierhüllen öffneten sich, das Gold blitzte auf und wurde wieder eingerollt, – er aber saß da, starrte regungslos und sinnlos in die leere Luft, außerstande, sich von diesem Bilde loszureißen, wie ein Kind, das vor einer süßen Speise sitzt und zusieht, wie sie die andern verzehren, während ihm das Wasser im Munde zusammenläuft.

Plötzlich wurde an die Tür geklopft, und dieses Klopfen weckte Tschartkow auf eine höchst unangenehme Weise. Es kam der Hausherr in Begleitung des Revieraufsehers, dessen Erscheinen für die kleinen Leute bekanntlich noch peinlicher ist als das Gesicht eines Bittstellers für den Reichen. Der Besitzer des kleinen Hauses, in dem Tschartkow wohnte, war eines der Geschöpfe, wie sie die Hausbesitzer irgendwo in der fünfzehnten Linie der Wassiljewskij-Insel, auf der Petersburger Seite oder in einem entlegenen Winkel der Kolomna-Vorstadt immer zu sein pflegen, ein Geschöpf, wie es ihrer in Russland viele gibt und deren Charakter sich ebenso schwer bestimmen lässt wie die Farbe eines abgetragenen Rockes. In seiner Jugend war er Hauptmann und ein großer Schreier gewesen, wurde auch im Zivildienste verwendet, verstand sich meisterhaft aufs Prügeln, war rührig, geckenhaft und dumm; aber im Alter vereinigten sich alle diese scharf ausgeprägten Eigenschaften zu einem trüben und ungewissen Gemisch. Er war schon verwitwet und außer Dienst, trug sich nicht mehr elegant, prahlte nicht, war nicht mehr so rauflustig und liebte nur noch, Tee zu trinken und dabei allerlei Unsinn zu schwatzen; er ging in seinem Zimmer auf und ab und putzte den Talglichtstummel; am Ende eines jeden Monats besuchte er pünktlich seine Mieter und mahnte den Zins; oft trat er mit dem Schlüssel in der Hand auf die Straße, um sich das Dach seines Hauses anzusehen; er jagte einige Mal am Tage den Hausknecht aus der Kammer, in die sich jener zum Schlafen verkroch; mit einem Wort, er war ein Mann außer Dienst, dem nach dem ganzen zügellosen Leben und den langen Jahren in der schüttelnden Postkutsche nur noch die gemeinsten Gewohnheiten übrig blieben.

»Belieben Sie doch selbst zu sehen, Waruch Kusmitsch«, sagte der Hausherr zum Revieraufseher, die Hände spreizend: »Er zahlt nicht den Zins, er zahlt ihn einfach nicht.«

»Was soll ich machen, wenn ich kein Geld habe! Warten Sie ein wenig, ich werde schon bezahlen.«

»Ich kann nicht warten, Väterchen«, sagte der Hausherr erbost, die Hand mit dem Schlüssel schwingend. »Da wohnt bei mir der Oberstleutnant Potogonkin, seit sieben Jahren wohnt er schon bei mir; Anna Petrowna Buchmisterowa hat sich bei mir eine Wagenremise und einen Stall für zwei Pferde gemietet, drei leibeigene Diener hält sie sich, – solche Leute habe ich hier bei mir wohnen! Offen gestanden ist es bei mir nicht üblich, dass die Mieter die Wohnung nicht bezahlen. Wollen Sie den Zins augenblicklich bezahlen oder die Wohnung räumen.«

»Ja, wenn Sie sich einmal verpflichtet haben, so belieben Sie zu zahlen«, sagte der Revieraufseher, indem er leicht den Kopf schüttelte und seine Finger zwischen zwei Knöpfe seines Uniformrocks steckte.

»Aber womit soll ich bezahlen? Das ist die Frage. Ich habe jetzt nicht einen Heller.«

»In diesem Falle entschädigen Sie doch Iwan Iwanowitsch mit den Erzeugnissen Ihres Berufs«, sagte der Revieraufseher. »Vielleicht wird er sich bereit erklären, statt Geld Bilder zu nehmen.«

»Nein, Väterchen, für die Bilder danke ich. Wenn es noch wenigstens Bilder mit einem vornehmen Inhalt wären, die man an die Wand hängen könnte: zum Beispiel irgendein General mit einem Ordensstern an der Brust oder ein Porträt des Fürsten Kutusow; da hat er aber einen Bauern gemalt, einen ganz gewöhnlichen Bauern in einem Hemd, seinen Diener, der ihm die Farben reibt. Wie kommt das Schwein dazu, dass man es abkonterfeit! Ich werde ihm noch den Buckel vollhauen. Er hat mir alle Nägel aus den Riegeln herausgezogen, der Halunke. Schauen Sie nur, was er für Gegenstände malt: sein eigenes Zimmer hat er gemalt. Wenn es wenigstens ein aufgeräumtes und sauberes Zimmer wäre; er hat es aber mit dem ganzen Dreck, der bei ihm herumliegt, dargestellt. Schauen Sie nur, wie er mir das Zimmer verdreckt hat; sehen Sie es sich nur an! Andere Mieter wohnen bei mir seit sieben Jahren, Oberstleutnants, Anna Petrowna Buchmisterowa ... Nein, ich sage

Ihnen, es gibt keinen ärgeren Mieter als so einen Kunstmaler: Er lebt wie ein Schwein, dass Gott erbarm'.«

Das alles musste der arme Maler geduldig anhören. Der Revieraufseher betrachtete indessen die Bilder und Studien und zeigte dabei, dass sein Herz doch lebendiger war als das des Hausherrn und dass ihm sogar künstlerische Interessen nicht ganz fremd waren.

»He«, sagte er, mit dem Finger auf eine Leinwand tippend, auf der eine nackte Frau dargestellt war: »Das Sujet ist recht pikant ... Und warum hat dieser da einen schwarzen Fleck unter der Nase? Hat er eine Prise genommen?«

»Es ist ein Schatten«, antwortete Tschartkow mürrisch, ohne ihn anzublicken.

»Nun, den Schatten hätten Sie an eine andere Stelle setzen können, unter der Nase ist er viel zu sichtbar«, sagte der Revieraufseher. »Und wessen Porträt ist dieses da?« fuhr er fort, auf das Porträt des Alten zugehend. »Der ist gar zu schrecklich! Ist er auch in Wirklichkeit so schrecklich? Mein Gott, er schaut ja einen wirklich an! Ein wahrer Donnerer! Wen haben Sie da abkonterfeit?«

»Einen gewissen ...« sagte Tschartkow und kam nicht weiter: etwas krachte. Der Revieraufseher hatte wohl den Rahmen des Porträts infolge der rohen Konstruktion seiner Polizeihände zu kräftig angefasst. Die Seitenleisten brachen ein; eine von ihnen fiel zu Boden, und gleichzeitig fiel mit schwerem Klirren eine in blaues Papier eingewickelte Rolle herab. Tschartkow sah die Inschrift: »1000 Dukaten.« Wie wahnsinnig stürzte er hin, packte die Rolle und drückte sie krampfhaft mit der Hand zusammen, die von der schweren Last abwärts gezogen wurde.

»Hat nicht eben Geld geklirrt?« fragte der Revieraufseher, der etwas zu Boden fallen hörte, aber infolge der Schnelligkeit, mit der sich Tschartkow über die Rolle gestürzt hatte, nicht sehen konnte, was es war. »Was geht es Sie an, was ich hier habe?«

Das geht mich insofern an, als Sie sofort dem Hausherrn den Zins bezahlen müssen; denn Sie haben Geld und wollen nicht zahlen; das geht es mich an.«

»Ich werde ihn heute noch bezahlen.«

»Warum wollten Sie dann nicht schon früher bezahlen und machen dem Hausherrn Scherereien, sodass er die Polizei belästigen muss?«

»Weil ich dieses Geld nicht anrühren wollte. Ich werde ihn heute noch bezahlen und morgen ausziehen, denn ich will bei einem solchen Hausherrn nicht länger bleiben.«

»Nun, Iwan Iwanowitsch, er wird bezahlen«, sagte der Revieraufseher, sich an den Hausherrn wendend. »Wenn Sie aber bis heute Abend nicht vollständig befriedigt sind, so wird es der Herr Kunstmaler schon entschuldigen müssen!« Mit diesen Worten setzte er seinen Dreimaster auf und verließ die Wohnung. Der Hausherr folgte ihm mit gesenktem Kopf und, wie es schien, in Gedanken versunken.

»Gott sei Dank, dass der Teufel sie geholt hat!« sagte Tschartkow, als er die Tür im Vorzimmer ins Schloss fallen hörte. Er blickte ins Vorzimmer hinaus, schickte Nikita fort, um ganz allein zu bleiben, schloss die Tür hinter ihm ab und begann, in sein Zimmer zurückgekehrt, unter heftigem Herzklopfen die Rolle aufzuwickeln. Sie enthielt lauter funkelnagelneue und wie Feuer glänzende Dukaten. Fast wahnsinnig saß er über dem goldenen Haufen und fragte sich immer noch: – Ist es kein Traum? – Die Rolle enthielt genau tausend Dukaten; sie sah von außen genauso aus, wie er sie im Traume gesehen hatte. Einige Minuten wühlte er in den Dukaten, musterte sie und konnte sich noch immer nicht beruhigen. In seiner Fantasie erwachten plötzlich alle Geschichten von den vergrabenen Schätzen und den Schatullen mit Geheimfächern, die die Ahnen für ihre verarmten Enkel zurücklassen, fest davon überzeugt, dass diese dereinst ruiniert sein werden. Er dachte sich: – Ist es nicht irgendeinem Großvater eingefallen, seinem Enkel ein Geschenk zu hinterlassen und es in den Rahmen des Familienporträts einzuschließen? – Von einem romantischen Wahn erfüllt, fragte er sich sogar, ob hier nicht irgendein geheimnisvoller Zusammenhang mit seinem eigenen Schicksal bestehe. Ob die Existenz des Porträts nicht irgendwie mit seiner eigenen Existenz zusammenhänge und ob nicht schon in der bloßen Anschaffung des Porträts eine Fügung des Schicksals liege. Er begann, neugierig den Rahmen des Porträts zu untersuchen. Dieser hatte an der einen Seite eine Höhlung, die so geschickt und unmerklich von einem Brettchen verdeckt war, dass, wenn nicht die mächtige Hand des Revieraufsehers den Bruch verursacht hätte, die Dukaten wohl bis ans Ende aller Zeiten darin verborgen geblieben wären. Indem er das Porträt betrachtete, bewunderte er wieder die herrliche Malerei und die ungewöhnliche Ausarbeitung der Augen. Sie erschienen ihm nicht mehr schrecklich, aber in seiner Seele blieb noch immer ein unwillkürliches unangenehmes Gefühl. – Nein –, sagte er zu sich selbst, – wessen Großvater du auch seist, ich lasse dich dafür hinter Glas und in einen goldenen Rahmen setzen.« Er legte die Hand auf den goldenen Haufen, und bei dieser Berührung fing sein Herz an, heftig zu klopfen. – Was soll ich mit ihnen anfangen? – fragte er sich, die Dukaten anstarrend. – Jetzt bin ich für wenigstens drei Jahre versorgt; ich kann mich in meinem Zimmer einschließen und arbeiten. Jetzt habe ich Geld für die Farben; auch für Essen, Tee, für alle Auslagen und für die Wohnung; nun wird mich niemand mehr stören und ärgern. Ich kaufe mir eine gute Gliederpuppe, bestelle mir einen Torso und ein Paar Füße aus Gips, stelle mir eine Venus auf und schaffe mir Stiche nach den ersten Meistern an. Und wenn ich drei Jahre ohne Übereilung und nicht des Geldes wegen, für mich allein arbeite, überhole ich sie alle und kann ein berühmter Künstler werden. –

So sprach er im Einklang mit der Vernunft, die ihm zuflüsterte; doch aus seinem Innern klang noch eine andere, lautere Stimme. Er sah das Gold noch einmal an, und seine zweiundzwanzig Jahre und seine überschäumende Jugend sagten etwas ganz anderes. Nun hatte er in seiner Macht alles, was er bisher nur aus der Ferne mit neidischen Augen angeschaut und bewundert hatte, während ihm das Wasser im Munde zusammenlief. Ach, wie klopfte ihm das Herz, als er daran dachte! Einen modernen Frack kaufen, sich nach den langen Fasten ordentlich satt essen, eine schöne Wohnung mieten, sofort ins Theater gehen, in eine Konditorei, in eine... und so weiter... Er packte das Geld und war mit einem Satze auf der Straße.

Zu allererst begab er sich zu einem Schneider, ließ sich vom Kopf bis zu den Füßen neu bekleiden und betrachtete sich wie ein Kind fortwährend im Spiegel; er kaufte sich Parfüms und Pomade, mietete, ohne zu handeln, die erste beste Wohnung auf dem Newskij-Prospekt mit Spiegeln und großen Fensterscheiben; kaufte sich so ganz nebenbei ein teures Lorgnon, eine Menge Halsbinden, viel mehr als er brauchte, ließ sich vom Friseur die Haare kräuseln, fuhr zweimal in einer feinen Equipage ohne jeden Zweck durch die Stadt, überaß sich in einer Konditorei an Konfekt und kehrte in ein französisches Restaurant ein, von dem er bisher einen ebenso unklaren Begriff gehabt hatte wie vom chinesischen Staate. Hier aß er zu Mittag, die Hände in die Hüften gestemmt, mit hochmütigen Blicken die anderen Gäste musternd und sich in einem fort vor dem Spiegel die gebrannten Locken richtend. Hier trank er auch eine Flasche Champagner, den er bisher auch nur vom Hörensagen kannte. Der Wein stieg ihm in den Kopf; er trat auf die Straße lebhaft und unternehmungslustig und war, wie man in Russland sagt, »selbst dem Teufel kein Bruder«. Er ging stolz wie ein Pfau über das Trottoir und musterte alle durch sein Lorgnon. Auf der Brücke gewahrte er seinen alten Professor und huschte geschickt an ihm vorbei, als hätte er ihn gar nicht bemerkt. Der Professor stand noch lange wie zu Stein erstarrt auf der Brücke, während sein Gesicht ein Fragezeichen ausdrückte.

Seine ganze Habe – Staffelei, Rahmen, Bilder – wurde noch am gleichen Abend in die neue prachtvolle Wohnung gebracht. Die besseren Sachen stellte er sichtbar auf, die weniger guten warf er in eine Ecke; dann ging er durch die prunkvollen Zimmer und betrachtete sich fortwährend in den Spiegeln. In seinem Herzen regte sich der unüberwindliche Wunsch, den Ruhm gleich auf der Stelle am Schwanze zu packen und sich der Welt zu zeigen. Er glaubte schon die Rufe zu hören: »Tschartkow, Tschartkow! Haben Sie schon das Bild Tschartkows gesehen? Was für einen flotten Pinsel hat doch dieser Tschartkow! Welch ein starkes Talent!« Er ging verzückt in seinem Zimmer auf und ab und schweifte in seiner Fantasie Gott weiß wo herum. Am anderen Tag steckte er sich zehn Dukaten in die Tasche und begab sich zum Herausgeber einer verbreiteten Zeitung, um ihn um großmütige Förderung zu bitten; der Journalist empfing ihn ungemein freundlich, sprach ihn mit »Verehrtester« an, drückte ihm beide Hände, erkundigte sich eingehend nach dem Namen, Vatersnamen und der Adresse, und schon am nächsten Tag erschien in der Zeitung gleich nach einer Anzeige über eine neu erfundene Sorte von Talglichtern ein Artikel mit der Überschrift: »Von der ungewöhnlichen Begabung Tschartkows!« – »Wir beeilen uns, den gebildeten Bewohnern der Residenz zu einer neuen, man kann wohl sagen, in jeder Beziehung herrlichen Erscheinung zu gratulieren. Alle sind darin einig, dass wir wohl eine Menge wunderbarer Physiognomien und schöner Gesichter haben; es fehlte aber bisher an einem Mittel, sie auf eine wundertätige Leinwand zu bannen, um sie der Nachwelt zu überliefern. Dieser Mangel ist jetzt aufgehoben; es hat sich ein Maler gefunden, der in sich alles, was man dazu braucht, vereinigt. Die Schöne kann jetzt überzeugt sein, dass sie mit der ganzen Grazie ihrer luftigen, leichten, bezaubernden, angenehmen, wunderbaren Anmut, die an einen über Frühlingsblüten schwebenden Falter gemahnt, verewigt sein wird. Der ehrwürdige Familienvater wird sich von seiner ganzen Familie umgeben sehen. Der Kaufmann, der Soldat, der Bürger, der Staatsmann, ein jeder wird seine Tätigkeit mit neuem Eifer fortsetzen können. Eilt, eilt, vom Spaziergang, vom Gange zu einem Freund, zu einer Cousine, in ein glänzendes Geschäft, eilt, woher es auch sei. Das großartige Atelier des Künstlers (Newskij-Prospekt, Nummer soundsoviel) ist mit Werken seines Pinsels angefüllt, der eines Van Dyck und eines Tizian würdig wäre. Man weiß nicht, worüber man mehr staunen soll: über die Naturtreue und die Ähnlichkeit mit den Originalen oder über die ungewöhnliche Lebendigkeit und Frische der Pinselführung. Ehre sei Ihnen, Herr Künstler! Sie haben ein glückliches Los in der Lotterie gezogen. Vivat Andrej Petrowitsch! (Der Journalist liebte wohl familiäre Wendungen). Machen Sie sich und auch uns berühmt. Wir verstehen Sie zu schätzen. Der allgemeine Zulauf und zugleich auch irdische Güter, – obwohl mancher Journalist gegen diese kämpft, – werden Ihr Lohn sein.«

Mit geheimer Wonne las der Maler diese Reklame, und sein Gesicht erstrahlte. Man sprach von ihm schon in der Presse, – das war für ihn neu. Einige Mal las er die Zeilen durch. Der Vergleich mit Van Dyck und Tizian schmeichelte ihm sehr. Der Satz: »Vivat Andrej Petrowitsch!« gefiel ihm gleichfalls sehr. Man nannte ihn in der Zeitung mit seinem Vor- und Vatersnamen, – diese Ehre war ihm bisher ganz und gar unbekannt. Er fing an, mit schnellen Schritten auf und ab zu gehen und sich das Haar zu zerzausen; bald setzte er sich in einen Sessel, bald stand er auf und setzte sich auf das Sofa, wobei er sich immer vorstellte, wie er die Besucher und Besucherinnen empfangen würde; bald trat er vor die Leinwand und machte eine elegante Geste mit dem Pinsel, indem er sich bemühte, der Hand einen möglichst graziösen Schwung zu verleihen. Am nächsten Tage klingelte es an seiner Tür, er beeilte sich, selbst aufzumachen. Es war eine Dame, in Begleitung eines Lakaien in pelzgefütterter Livree; zugleich mit der Dame erschien ihre Tochter, ein junges Mädchen von siebzehn Jahren. »Monsieur Tschartkow?« fragte die Dame.

Der Maler verbeugte sich.

»Es wird über Sie so viel geschrieben; man sagt, Ihre Porträts seien der Gipfel der Vollkommenheit.« Mit diesen Worten nahm die Dame ihr Lorgnon und eilte zur Wand, an der jedoch nichts hing. »Wo sind denn Ihre Porträts?«

»Man hat sie hinausgetragen«, antwortete der Maler, etwas verwirrt. »Ich bin soeben in diese Wohnung gezogen, und die Bilder sind unterwegs... sie sind noch nicht hier.«

»Waren Sie schon in Italien?« fragte die Dame, ihr Lorgnon auf ihn richtend, da sie nichts anderes fand, worauf sie es hätte richten können.

»Nein, ich war noch nicht dort, wollte aber hin... Ich habe es übrigens nur aufgeschoben... Hier ist ein Sessel; sind Sie nicht müde?...«

»Ich danke, ich habe lange genug in der Equipage gesessen. Da sehe ich endlich Ihre Werke!« sagte die Dame, zu der Wand gegenüber laufend und das Lorgnon auf die auf dem Boden stehenden Studien, Skizzen, Perspektiven und Porträts richtend. »C'est charmant, Lise! Lise, venez ici. Ein Zimmer im Stile Teniers'. Siehst du? Eine Unordnung, ein Durcheinander, ein Tisch, darauf eine Büste, eine Hand, eine Palette; da ist auch Staub... siehst du, wie der Staub gemalt ist! C'est charmant! Und hier auf dem anderen Bilde eine Frau, die sich das Gesicht wäscht – quelle jolie figure! Ach, ein Bäuerlein! Lise! Lise! Ein Bäuerlein im russischen Hemd! Siehst du: ein Bäuerlein! Sie malen also nicht nur Porträts?«

»Ach, das ist nichts... ich habe es nur zum Zeitvertreib gemacht... es sind Studien...«

»Sagen Sie, welche Meinung haben Sie von den jetzigen Porträtmalern? Nicht wahr, es gibt unter ihnen keinen, der wie Tizian wäre? Es fehlt diese Kraft im Kolorit, es fehlt diese ... wie schade, dass ich es Ihnen nicht russisch erklären kann. (Die Dame war eine Liebhaberin der Malerei und hatte mit ihrem Lorgnon alle Galerien Italiens durchrast.) »Übrigens Monsieur Nohl ... ach, wie der malt! Welch ein ungewöhnlicher Pinsel! Ich finde, dass seine Gesichter sogar mehr Ausdruck haben als die des Tizian. Sie kennen Monsieur Nohl nicht?«

»Wer ist dieser Nohl?« fragte der Maler.

»Monsieur Nohl. Ach, ist das ein Talent! Er hat ihr Porträt gemalt, als sie erst zwölf Jahre alt war. Sie müssen unbedingt zu uns kommen. Lise, du wirst ihm dein Album zeigen. Wissen Sie, wir sind hergekommen, damit Sie sofort mit ihrem Porträt beginnen.«

»Gewiss, ich bin sofort bereit.« Er schob im Nu die Staffelei mit einem fertig bespannten Rahmen heran, nahm die Palette in die Hand und richtete seinen Blick auf das blasse Gesichtchen der Tochter. Wäre er Kenner der menschlichen Natur, so hätte er darin sofort den Ausdruck einer beginnenden kindlichen Leidenschaft für Bälle, einer quälenden Langweile an Vormittagen und an Nachmittagen und des Wunsches, im neuen Kleide auf der Promenade herumzulaufen, die schweren Spuren eines stumpfen Eifers für allerlei Künste, den ihr die Mutter zwecks Hebung ihrer Seele und ihrer Gefühle einflößte, gelesen. Der Maler sah aber in diesem zarten Gesichtchen nur die für den Pinsel verlockende, beinahe porzellanartige Durchsichtigkeit, die bezaubernde leichte Mattigkeit, den feinen, leuchtenden Hals und die aristokratische Zierlichkeit. Er machte sich schon im Voraus bereit, zu triumphieren, die Leichtigkeit und den Glanz seines Pinsels zu zeigen, der bisher nur mit den harten Zügen der rohen Modelle, den strengen Antiken und den Kopien nach einigen klassischen Meistern zu tun gehabt hatte. Er stellte sich schon im Geiste vor, wie ihm dieses zarte Gesichtchen geraten würde.

»Wissen Sie«, sagte die Dame mit einem sogar beinahe rührenden Gesichtsausdruck: »Ich möchte ... sie hat jetzt ein Kleid an; offen gestanden, möchte ich sie nicht in diesem Kleide gemalt sehen, an das wir so gewöhnt sind. Ich möchte, sie wäre ganz einfach gekleidet und säße im Schatten grüner Bäume; im Hintergrunde sollen aber irgendwelche Felder, Herden oder ein Wäldchen zu sehen sein ... man soll es ihr nicht ansehen, dass sie eben im Begriff ist, zu irgendeinem Ball oder einer modischen Abendunterhaltung zu fahren. Unsere Bälle töten, offen gestanden, die Seele und die letzten Reste der Gefühle ... Einfachheit, verstehen Sie, ich möchte mehr Einfachheit.« (Ach! In den Gesichtern der Mutter und der Tochter stand aber geschrieben, dass sie schon so viel auf Bällen getanzt hatten, dass sie fast wächsern geworden waren.)

Tschartkow machte sich an die Arbeit: er setzte sein Modell in einen Sessel, durchdachte sich die Arbeit, fuhr mit dem Pinsel durch die Luft, fixierte im Geiste die Hauptpunkte, kniff einige Mal ein Auge zusammen, beugte sich zurück, sah noch einmal aus größerer Entfernung hin und begann mit der Untermalung, die auch sofort fertig war. Mit der Untermalung zufrieden, machte er sich an die Ausführung; die Arbeit riss ihn hin; er hatte schon alles vergessen, sogar dass er sich in Gesellschaft aristokratischer Damen befand; er fing sogar an, gewisse

Malerangewohnheiten zu zeigen und verschiedene Laute von sich zu geben und zu trällern, wie es oft die Maler tun, wenn sie mit der ganzen Seele bei der Arbeit sind. Er zwang sogar sein Modell, das zuletzt unruhig hin und her rückte und große Müdigkeit zeigte, ganz ungeniert mit einem bloßen Wink des Pinsels, den Kopf zu heben.

»Genug, fürs erste Mal ist es genug«, sagte die Dame.

»Noch ein bisschen!« bat der Maler, der ganz hingerissen war.

»Nein, es ist Zeit! Lise, es ist schon drei!« sagte sie, indem sie eine kleine Uhr, die an goldener Kette an ihrem Gürtel hing, hervorholte. Dann schrie sie auf: »Ach, es ist schon so spät!«

»Nur noch ein Weilchen!« sagte Tsdiartkow mit der flehenden Stimme eines Kindes.

Die Dame schien aber diesmal gar nicht geneigt, seinen künstlerischen Bedürfnissen entgegenzukommen und versprach, nur, das nächste Mal etwas länger zu bleiben.

– Es ist aber ärgerlich –, dachte sich Tschartkow: – meine Hand war gerade so schön in Schwung gekommen. – Und er erinnerte sich, dass ihn niemand zu unterbrechen und zu stören wagte, als er noch in seinem Atelier auf der Wassiljewskij-Insel arbeitete; Nikita pflegte unbeweglich auf einem Fleck zu sitzen, und er konnte ihn, solange er wollte, malen; Nikita brachte es sogar fertig, in der angegebenen Stellung einzuschlafen. Unzufrieden legte er Pinsel und Palette auf einen Stuhl und blieb nachdenklich vor der Leinwand stehen.

Ein Kompliment der vornehmen Dame weckte ihn aus seiner Versunkenheit. Er stürzte zur Türe, um die beiden hinauszubegleiten; auf der Treppe erhielt er die Einladung, in der nächsten Woche bei ihnen zu essen, und kehrte mit vergnügter Miene in sein Zimmer zurück. Die aristokratische Dame hatte ihn ganz bezaubert. Bisher hatte er solche Geschöpfe als etwas Unerreichbares angesehen, als etwas, was nur dazu geboren sei, um in einer prächtigen Equipage mit livrierten Lakaien und einem eleganten Kutscher vorbeizusausen und einen gleichgültigen Blick auf den im ärmlichen Mantel zu Fuß vorbeigehenden Menschen zu werfen. Nun ist aber eines dieser Geschöpfe in sein Zimmer getreten; er malt sein Bildnis und ist in ein aristokratisches Haus zum Essen geladen. Er war ungemein zufrieden und wie berauscht; dafür belohnte er sich mit einem feinen Mittagessen und einem Theaterbesuch am Abend und fuhr wieder ohne jeden Zweck in einer vornehmen Equipage durch die Stadt.

Alle diese Tage wollte ihm seine gewohnte Arbeit nicht in den Sinn. Er bereitete sich nur vor und wartete auf das Läuten an der Tür. Endlich kam die aristokratische Dame mit ihrer blassen Tochter wieder. Er ließ sie Platz nehmen, rückte die Leinwand heran, was er jetzt recht geschickt und mit einem Anspruch auf vornehme Manieren tat, und machte sich an die Arbeit. Der sonnige Tag und die gute Beleuchtung unterstützten ihn. Er entdeckte in seinem graziösen Modell vieles, was, auf die Leinwand gebannt, dem Porträt eine hohe Qualität verleihen könnte; er sah, dass hier etwas Außerordentliches geschaffen werden konnte, wenn es ihm gelänge, alles so vollendet wiederzugeben, wie ihm jetzt das Original erschien. Sein Herz fing sogar zu beben an, als er fühlte, dass es ihm gelingen würde, etwas wiederzugeben, was den anderen entgangen war. Die Arbeit nahm ihn ganz gefangen; er versenkte sich in sie und dachte nicht mehr an die aristokratische Abstammung des Modells. Mit stockendem Atem sah er, wie ihm die leichten Züge und das fast durchsichtige, zarte Fleisch des siebzehnjährigen Mädchens gerieten. Er erhaschte jede Schattierung, die gelblichen Töne, den kaum sichtbaren bläulichen Anflug unter den Augen und war schon im Begriff, auch den kleinen Pickel, der auf der Stirne erblüht war, festzuhalten, als er plötzlich die Stimme der Mutter vernahm: »Ach, wozu das? Das ist nicht nötig«, sagte die Dame. »Auch das ... hier, an einigen Stellen ... es scheint mir etwas gelb, und auch hier die dunklen Fleckchen.« Der Maler begann ihr zu erklären, dass gerade diese Fleckchen und der gelbe Ton sich besonders gut machten und die angenehmen und zarten Töne des Gesichts bewirkten. Darauf bekam er zur Antwort, dass sie gar nichts bewirkten und gar keinen Ton ausmachten und dass es ihm nur so vorkomme. »Aber erlauben Sie, dass ich nur hier, an dieser Stelle ein wenig mit gelber Farbe nachfahre«, sagte der Künstler einfältig. Aber man erlaubte es ihm nicht. Man erklärte ihm, dass Lise heute ausnahmsweise etwas indisponiert sei und dass sie sonst niemals gelb aussähe; ihr Gesicht sei vielmehr von einer erstaunlichen Frische. Traurig machte er sich an die Beseitigung dessen, was sein Pinsel auf die Leinwand gebannt hatte. Es verschwanden viele fast unmerkliche Züge, und mit ihnen verschwand auch zum Teil die Ähnlichkeit. Er begann dem Porträt ganz gefühllos das allgemeine Kolorit zu verleihen, das man auswendig kennt und das selbst die nach der Natur gemalten Gesichter in kalte Idealgestalten verwandelt, wie man sie auf Schülerarbeiten sieht. Aber die Dame war sehr zufrieden, dass das verletzende Kolorit beseitigt war. Sie äußerte nur ihr Erstaunen darüber, dass die Arbeit so lange daure, und fügte hinzu, dass sie gehört habe, er pflege sonst ein Porträt in zwei Sitzungen fertigzumachen. Der Maler wusste nicht, was darauf zu antworten. Die Damen erhoben sich und schickten sich zum Gehen an. Er legte den Pinsel weg, begleitete sie bis zur Tür und stand dann lange nachdenklich und unbeweglich vor dem Porträt.

Das Porträt blickte ihn ganz dumm an, aber in seinem Kopfe schwebten noch die leichten weiblichen Züge, die Farben und luftigen Töne, die er wahrgenommen und die sein Pinsel so grausam vernichtet hatte. Ganz von ihnen erfüllt, stellte er das Porträt zur Seite und holte das Köpfchen der Psyche hervor, das er einst skizzenhaft hingeworfen und dann aufgegeben hatte. Es war ein geschickt gemaltes, aber durchaus ideales, kaltes Gesichtchen, das nur aus ganz allgemeinen Zügen bestand, die sich noch nicht in lebendiges Fleisch gekleidet hatten. Um die Zeit totzuschlagen, fuhr er nun mit dem Pinsel nach und dachte dabei an alle Einzelheiten, die er im Gesicht des aristokratischen Modells wahrgenommen hatte. Jene Züge und Töne erstanden hier in der geläuterten Form, in der sie erscheinen, wenn der Künstler, nachdem er sich an der Natur sattgesehen, sich von ihr entfernt und ein ihr gleichwertiges Werk schafft. Die Psyche erwachte zum Leben, und die schwach angedeutete Idee wurde allmählich zu lebendigem Fleisch. Der Gesichtstypus des aristokratischen jungen Mädchens teilte sich wie von selbst der Psyche mit, und diese erhielt dadurch einen eigenartigen Ausdruck, der ihr den Wert eines wirklich originellen Werkes verlieh. Er hatte sich anscheinend wie im Einzelnen, so auch im Allgemeinen alles zunutze gemacht, was ihm das Original geboten, und versenkte sich ganz in diese Arbeit. Einige Tage lang war er nur mit ihr beschäftigt. Bei dieser Arbeit trafen ihn auch die beiden bekannten Damen. Er hatte nicht Zeit gehabt, das Bild von der Staffelei zu nehmen. Beide Damen schrien freudig überrascht auf und schlugen die Hände zusammen.

»Lise, Lise! Ach, wie ähnlich! Süperbe, süperbe! Wie schön ist doch Ihr Einfall, sie in ein griechisches Kostüm zu kleiden! Ach, diese Überraschung!«

Der Künstler wusste nicht, wie den Damen die angenehme Täuschung auszureden. Geniert, mit gesenktem Kopf sagte er leise: »Es ist Psyche.«

»Sie haben sie als Psyche dargestellt? C'est charmant!« sagte die Mutter lächelnd, worauf dann auch die Tochter lächelte.

»Nicht wahr, Lise, es steht dir am besten, als Psyche dargestellt zu sein? Quelle idée délicieuse! Aber diese Arbeit! Ein wahrer Correggio. Offen gestanden habe ich wohl viel von Ihnen gelesen und gehört, habe aber nicht gewusst, dass Sie so ein Talent haben. Nein, Sie müssen unbedingt auch mein Porträt malen.« Die Dame wollte offenbar auch als eine Psyche dargestellt werden.

– Was soll ich mit ihnen anfangen? fragte sich der Maler. – Wenn sie es selbst wollen, so soll die Psyche als das gelten, was sie in ihr sehen wollen. – Dann sagte er laut: »Wollen Sie noch ein wenig sitzen: ich will nur hie und da mit dem Pinsel nachfahren.«

»Ach, ich fürchte, dass Sie sie ... sie ist jetzt so ähnlich ...«

Der Maler erriet, dass die Befürchtungen den gelben Ton betrafen, und beruhigte die beiden, indem er sagte, er wolle nur etwas mehr Glanz und Ausdruck den Augen verleihen. In Wirklichkeit quälte ihn doch zu sehr das Gewissen, und er wollte dem Porträt wenigstens etwas mehr Ähnlichkeit mit dem Original verleihen, damit ihm niemand absolute Schamlosigkeit vorwerfen könne. In der Gestalt der Psyche begannen nun in der Tat die Züge des blassen Mädchens deutlicher hervorzutreten.

»Genug!« sagte die Mutter, die schon befürchtete, dass die Ähnlichkeit allzu groß werden könnte. Dem Maler wurde jeglicher Lohn zuteil: ein Lächeln, Geld, Komplimente, ein herzlicher Händedruck und eine Einladung zum Mittagessen, – mit einem Worte, tausend schmeichelhafte Belohnungen.

Das Porträt erregte in der Stadt Aufsehen. Die Dame zeigte es ihren Freundinnen. Alle staunten über die Kunst, mit der der Maler es verstanden hatte, die Ähnlichkeit zu wahren und zugleich dem Original Anmut zu verleihen. Das Letztere wurde natürlich nicht ohne Neid bemerkt. Der Maler war plötzlich von Auftraggebern belagert. Die ganze Stadt schien sich von ihm malen lassen zu wollen. An seiner Tür ging fortwährend die Klingel. Einerseits hätte es für ihn gut sein können, da ihm die unendliche Mannigfaltigkeit der Gesichter eine große Praxis bot. Zu seinem Unglück waren es aber lauter Menschen, mit denen es schwer auszukommen war; hastige, viel beschäftigte Menschen, oder solche, die der großen Welt angehörten und folglich noch mehr beschäftigt als die anderen, und somit äußerst ungeduldig waren. Von allen Seiten wurde verlangt, dass er gut und noch schnell arbeite.

Der Maler sah bald die Unmöglichkeit ein, die Porträts wirklich zu vollenden, und dass er es durch Geschicklichkeit und flotte Pinselführung ersetzen müsse. Es galt nur das Ganze, den allgemeinen Ausdruck zu erfassen, ohne sich mit dem Pinsel in die feineren Einzelheiten zu versenken; es war, mit einem Wort, ganz unmöglich, der Natur in ihrer Vollendung nachzuspüren. Es ist außerdem zu bemerken, dass die Menschen, die sich von ihm malen ließen, noch viele andere Ansprüche an ihn stellten. Die Damen verlangten, dass die Porträts vorwiegend die Seelen und die Charaktere darstellten, alles Übrige aber mitunter ganz weggelassen werden dürfe: dass alles Eckige abgerundet, jeder Fehler geglättet und sogar womöglich ganz vernachlässigt werde, – mit einem Wort, dass das Porträt in dem Beschauer Bewunderung, wenn nicht gar Liebe wecke. Darum nahmen auch die Damen, wenn sie ihm saßen, mitunter einen solchen Ausdruck an, dass der Maler nur so staunte: die eine bemühte sich, Melancholie, die andere Verträumtheit zu mimen; die dritte wollte um jeden Preis ihren Mund kleiner erscheinen lassen und spitzte ihn so, dass er sich schließlich in einen Punkt, kaum so groß wie ein Stecknadelkopf, verwandelte. Dabei verlangten sie von ihm alle Ähnlichkeit und ungezwungene Natürlichkeit. Auch die Männer waren durchaus nicht besser als die Damen: Der eine wollte mit einer starken, energischen Wendung des Kopfes dargestellt werden. Der andere mit nach oben gerichteten durchgeistigten Augen; ein Gardeleutnant forderte, dass aus seinen Augen Gott Mars blicke; der Zivilbeamte wünschte, dass sein Gesicht möglichst viel Offenheit und Edelsinn ausdrücke, und dass die Hand auf einem Buche mit der deutlich lesbaren Inschrift: »Er trat immer für die Wahrheit ein« ruhe.

Solche Zumutungen machten den Maler anfangs schwitzen: Alle diese Dinge wollten ja überlegt sein, während man ihm nur wenig Zeit dazu ließ. Endlich begriff er, was man von ihm wollte, und machte sich keine Mühe mehr. Schon aus wenigen Worten erfasste er, als was sich der und jener dargestellt sehen wollte. Wer nach dem Gott Mars verlangte, dem malte er den Mars ins Gesicht; wer sich für einen Byron hielt, dem verlieh er die Pose und die Wendung Byrons. Wollte sich eine Dame als Corinna, Undine oder Aspasia dargestellt sehen, er ging immer mit der größten Bereitwilligkeit auf alles ein und verlieh einem jeden außerdem auch eine gewisse Anmut, die bekanntlich niemals schadet, für die man dem Maler aber auch Unähnlichkeit verzeiht. Bald staunte er selbst über die wunderbare Schnelligkeit und Flottheit seines Pinsels. Die sich von ihm malen ließen, waren aber selbstverständlich entzückt und erklärten ihn für ein Genie.

Tschartkow wurde in jeder Beziehung zu einem Modemaler. Er fing an, Diners zu besuchen, Damen in die Galerien und sogar auf die Promenade zu begleiten, sich elegant zu kleiden und laut zu verkünden, dass der Künstler der Gesellschaft angehören und seinen Stand hochhalten müsse, während die Künstler sich sonst wie die Schuster kleideten, kein Benehmen hätten, den feineren Ton nicht beobachteten und jeder Bildung entbehrten. In seiner Wohnung und in seinem Atelier sah er auf äußerste Ordnung und Reinlichkeit; er stellte sich zwei großartige Lakaien an, nahm elegante Schüler auf, wechselte einige Mal am Tage allerlei Morgenanzüge und kräuselte sich das Haar. Er vervollkommnete immer mehr seine Manieren, mit denen er die Besucher empfing, und widmete sich der Verschönerung seines Äußeren mit allen möglichen Mitteln, um auf die Damen einen angenehmen Eindruck zu machen; mit einem Worte, bald konnte man in ihm den bescheidenen jungen Maler, der einst von niemand gesehen, in seinem Loch auf der Wassiljewskij-Insel gearbeitet hatte, nicht mehr wiedererkennen. Über die anderen Maler und über die Kunst urteilte er nun sehr scharf: er behauptete, dass den alten Meistern eine viel zu hohe Bedeutung zugemessen werde, dass sie alle vor Raffael keine Menschen, sondern Heringe gemalt hätten; dass es nur eine Einbildung der Beschauer sei, wenn behauptet werde, in diesen Bildern sei etwas Heiliges enthalten; dass Michelangelo ein Prahler sei, der überall nur mit seinen anatomischen Kenntnissen habe prahlen wollen; dass ihm jede Grazie fehle, und dass man den wahren Glanz und die wahre Kraft der Pinselführung und des Kolorits nur heutzutage, im jetzigen Jahrhundert suchen dürfe.

So brachte er die Rede natürlich und unwillkürlich auf sich selbst. »Nein«, pflegte er zu sagen, »ich kann nicht verstehen, wie die andern sich so abmühen können. Ein Mensch, der sich einige Monate mit einem Bilde plagt, ist meiner Ansicht nach ein Arbeiter und kein Künstler; ich kann unmöglich glauben, dass er Talent hat. Das Genie schafft kühn und schnell. Dieses Porträt da«, sagte er, sich an die Besucher wendend, »habe ich in zwei Tagen gemalt, dieses Köpfchen in einem Tag, dieses hier in einigen Stunden, und dieses in etwas mehr als einer Stunde. Nein, ich ... ich muss gestehen, dass ich es nicht als Kunst ansehen kann, was Strich auf Strich entsteht; es ist Handwerk und keine Kunst.«

So sprach er zu seinen Besuchern, und die Besucher staunten über die Kraft und den Schwung seines Pinsels und stießen sogar Rufe des Erstaunens aus, als sie hörten, wie schnell die Werke entstanden waren. Hinterher sagten sie zueinander: »Das ist ein Talent! Ein wahres Talent! Schauen Sie nur, wie er spricht, wie seine Augen leuchten! Il y a quelque chose d'extraordinaire dans toute sa figure!«

Es schmeichelte dem Künstler, solche Äußerungen zu hören. Wenn in den Zeitungen lobende Aufsätze erschienen, freute er sich wie ein Kind, obwohl er das Lob mit eigenem Gelde bezahlt hatte. Er trug so ein Zeitungsblatt immer bei sich und zeigte es wie zufällig seinen Bekannten und Freunden, und das machte ihm selbst eine einfältige Freude. Sein Ruhm wuchs, und er hatte immer mehr Arbeit und Aufträge. Schon fingen ihn die immer gleichen Porträts und Gesichter, deren Posen und Wendungen er auswendig kannte, zu langweilen an. Er malte sie schon ohne große Lust und bemühte sich nur irgendwie den Kopf zu skizzieren, überließ aber die Vollendung seinen Schülern. Früher hatte er sich noch immerhin bemüht, eine neue Stellung zu erfinden, den Beschauer durch Kraft und Effekt zu verblüffen. Jetzt langweilte ihn aber auch das schon. Sein Geist war zu müde, Neues zu erfinden. Das konnte er nicht mehr und hatte auch keine Zeit dazu: Das Leben voller Zerstreuung und die Gesellschaft, in der er eine Rolle spielen wollte, lenkten ihn von der Arbeit und vom Denken ab. Sein Pinsel wurde kälter und stumpfer, und er schloss sich, für sich selbst unmerklich, in eintönige, bestimmte, längst abgeleierte Formen ein. Die gleichförmigen, kalten, zugeknöpften, immer gepflegten Gesichter der Militär- und Zivilbeamten boten seinem Pinsel kein zu weites Feld; er interessierte sich nicht mehr für die prunkvollen Drapierungen, für die starken Bewegungen und Leidenschaften. Von geschickten Gruppierungen, künstlerischer Dramatik und erhabener Komposition war nicht mehr die Rede; er sah vor sich nur die Uniform, das Korsett und den

Frack, vor denen der wahre Künstler nur Kälte empfindet und jede Fantasie schwindet. An seinen Werken konnte man nun auch die gewöhnlichsten Qualitäten nicht mehr finden, und trotzdem wurden sie noch immer gekauft und erfreuten sich der Berühmtheit, obwohl die wahren Kenner und Künstler beim Anblick seiner letzten Arbeiten nur die Achseln zuckten. Manche aber, die Tschartkow früher gekannt hatten, konnten unmöglich begreifen, wie ein Talent, dessen Anzeichen sich in ihm einst so leuchtend offenbart hatten, so spurlos verschwinden konnte, und bemühten sich zu ergründen, wie im Menschen eine Begabung zu einer Zeit erlöschen konnte, in der er gerade die volle Entfaltung aller seiner Kräfte erreicht.

Der berauschte Künstler hörte aber von diesem Gerede nichts. Er war schon wie an Geist, so auch an Jahren gereift, er fing an dick zu werden und in die Breite zu gehen. In den Zeitungen und Zeitschriften las er schon die Epitheta: »Unser verehrter Andrej Petrowitsch, unser hochverdienter Andrej Petrowitsch.« Schon bot man ihm allerlei Ehrenämter an und lud ihn zur Teilnahme an Prüfungen und Komitees ein. Schon fing er an, wie es alle älteren Leute tun, für Raffael und die alten Meister Partei zu ergreifen, doch nicht etwa, weil er sich von ihrem hohen Werte überzeugt hätte, sondern um sie den jungen Künstlern vor die Nase zu reiben. Schon fing er an, wie es in diesem reifen Alter üblich ist, der ganzen Jugend, ohne Ausnahme, Unmoral und schlechte Gesinnung vorzuwerfen. Schon glaubte er, dass alles in dieser Welt höchst einfach geschähe, dass es eine Inspiration von oben gar nicht gäbe und dass alles dem gleichen strengen Gesetze der Ordnung und Gleichförmigkeit unterworfen werden müsse. Mit einem Worte, sein Leben erreichte schon jenes Alter, wo alles, was im Menschen drängt und atmet, zusammenschrumpft, wo die Töne des machtvollen Bogens immer schwächer in sein Inneres dringen und sich nicht mehr als gellende Töne um sein Herz winden, wo die Berührung mit der Schönheit keine jungfräulichen Kräfte mehr in Feuer und Flamme verwandelt, wo aber alle zu Asche verbrannten Gefühle dem Klirren des Goldes zugänglicher werden, seiner verlockenden Musik immer aufmerksamer lauschen und sich von ihr unmerklich einschläfern lassen. Der Ruhm kann einem, der ihn gestohlen und nicht verdient hat, keinen Genuss geben: Er lässt nur einen, der seiner würdig ist, erzittern. Darum wandten sich all seine Gefühle und sein ganzes Streben dem Golde zu. Das Gold wurde ihm zur Leidenschaft, zum Ideal, zur Angst, zum Genuss, zum Ziel. Die Haufen von Banknoten in seinen Truhen wuchsen beständig, und wie jeder, dem diese schreckliche Gabe zufällt, fing er an sich zu langweilen, zu einem gegen alles außer Gold gleichgültigen, sinnlosen Geizhals und Sammler zu werden und war schon im Begriff, sich in eines jener sonderbaren Geschöpfe zu verwandeln, von denen es in unserer gefühllosen Welt so viele gibt, auf die ein lebendiger fühlender Mensch nur mit Grauen blickt und dem sie als wandelnde steinerne Särge erscheinen, die eine Leiche anstelle eines Herzens bergen. Aber ein Ereignis erschütterte ihn mächtig und weckte alles Lebendige in ihm.

Eines Tages fand er auf seinem Tisch ein Schreiben, mit dem die Akademie der Künste ihn, als ihr würdigstes Mitglied, aufforderte, zu kommen, um ein Urteil über ein neues Werk abzugeben, das ein russischer Künstler aus Italien, wo er sich vervollkommnete, geschickt hatte. Dieser Künstler war einer seiner einstigen Kollegen, der von frühester Jugend an eine Leidenschaft für die Kunst in sich trug und sich mit der glühenden Seele eines Eiferers in sie versenkte; er hatte sich von seinen Freunden, Verwandten, von allen seinen geliebten Gewohnheiten losgerissen und war dorthin geeilt, wo unter dem schönen Himmel die großartige Pflanzstätte der Künste blüht, – in das herrliche Rom, dessen Name allein das feurige Herz eines Künstlers so voll und mächtig schlagen lässt. Dort vertiefte er sich wie ein Einsiedler in die Arbeit und ließ sich durch nichts von ihr ablenken. Er kümmerte sich nicht darum, was man von seinem Charakter sprach, von seiner Unfähigkeit, mit Menschen umzugehen, von seiner Missachtung gegen die Sitten der Gesellschaft und von der Erniedrigung, die er der Kunst durch seinen ärmlichen, uneleganten Anzug zufügte. Er kümmerte sich nicht darum, ob ihm seine Kollegen zürnten oder nicht. Unermüdlich besuchte er die Galerien und stand stundenlang vor den Werken der großen Meister, um ihrer wunderbaren Pinselführung nachzuspüren. Er vollendete kein Werk, ohne sich zuvor vor diesen großen Lehrmeistern geprüft und aus ihren Werken einen stummen doch beredten Rat geholt zu haben. Er beteiligte sich nicht an den geräuschvollen Gesprächen und Debatten und trat weder für noch gegen die Puristen ein. Er ließ einem jeden Gerechtigkeit widerfahren und schöpfte aus allem nur das, was darin wirklich schön war; zuletzt erkor er sich den göttlichen Raffael zu seinem einzigen Lehrer, – ebenso wie ein großer Meister der Dichtkunst, der verschiedene, von vielen Vorzügen und erhabenen Schönheiten erfüllte Werke gelesen hat, zuletzt nur Homers Ilias als einziges Handbuch behält, nachdem er gefunden, dass sie alles, was man nur wolle, enthalte und dass es nichts gäbe, was sich nicht schon in ihr in einer tiefen und großen Vollkommenheit widerspiegele. Dafür hatte der Künstler aus dieser Schule eine erhabene Idee des Schaffens, eine mächtige Schönheit des Denkens und eine hohe Vollkommenheit seines himmlischen Pinsels geschöpft.

Als Tschartkow in den Saal trat, traf er bereits eine Menge von Geladenen an, die sich vor dem Bilde versammelt hatten. Ein tiefes Schweigen, wie es in einer so großen Ansammlung von Kunstkennern nur selten anzutreffen ist, herrschte diesmal im ganzen Saal. Er beeilte sich, eine vielsagende Kennermiene aufzusetzen, und näherte sich dem Bilde. Gott, was erblickte er da!

Keusch, makellos und schön wie eine Braut stand vor ihm das Kunstwerk. Bescheiden, göttlich, unschuldig und einfach wie ein Genie erhob es sich über allem. Die himmlischen Gestalten schienen, wie über die vielen auf sie gerichteten Blicke erstaunt, ihre schönen Wimpern schamhaft zu senken. Mit dem Gefühl eines unwillkürlichen Staunens betrachteten die Kenner dieses neue, nie gesehene Werk. Alles schien hier vereint: das Studium Raffaels, das sich im hohen Adel der Stellungen spiegelte, das Studium Correggios, von dem die Vollendung der Pinselführung zeugte. Mächtiger als alles sprach aber daraus die in der Seele des Künstlers selbst eingeschlossene Schöpfergabe. Auch der letzte Gegenstand im Bilde war von ihr durchdrungen; in allen Dingen war das Gesetz und die innere Kraft erfasst; wie auch jene sanfte Rundung der Linien, die in der Natur enthalten ist und die nur das Auge des schöpferischen Künstlers erspäht, während sie beim Kopisten eckig gerät. Man sah, wie der Künstler alles, was er aus der äußeren Welt geschöpft, zuerst in seine eigene Seele eingeschlossen und dann erst dieser innersten Quelle als einen harmonischen, feierlichen Gesang hatte entsteigen lassen. Und es wurde selbst den Uneingeweihten klar, was für ein unermesslicher Abgrund zwischen einem Kunstwerk und einer einfachen Kopie nach der Natur liegt. Es ist fast unmöglich, die ungewöhnliche Stille zu beschreiben, von der alle, die ihre Blicke auf das Bild hefteten, ergriffen waren: kein Geräusch, kein Ton; das Bild erschien aber von Minute zu Minute erhabener: immer strahlender und wunderbarer löste es sich von allem, was es umgab, los und wurde zuletzt zu einem Augenblick, zur Frucht des dem Künstler vom Himmel eingegebenen Gedankens, – zu einem Augenblick, vor dem das ganze Leben des Menschen nur als eine Vorbereitung erschien. Die

Gäste, die das Bild umringten, waren dem Weinen nahe. Alle Geschmacksrichtungen, alle kühnen und gesetzwidrigen Verirrungen des Geschmacks schienen sich zu einer stummen Hymne auf das göttliche Werk zu vereinigen.

Unbeweglich, mit offenem Munde stand Tschartkow vor dem Bilde und kam erst dann wieder zu sich, als die Gäste und Kenner allmählich das Schweigen brachen, um über den hohen Wert des Werkes zu sprechen, und sich an ihn mit der Bitte wandten, seine Meinung zu äußern. Er wollte schon seine gewohnte, gleichgültige Miene aufsetzen, er wollte eine der üblichen, abgeschmackten Ansichten verhärteter Künstler zum Besten geben, wie: »Ja, gewiss, man kann dem Künstler die Begabung wohl nicht absprechen; es ist schon etwas daran; man sieht, dass er etwas ausdrücken wollte; was aber die Hauptsache betrifft ...« und dann selbstverständlich einiges Lob hinzufügen, das keinem Künstler wohl bekommen wäre; er wollte es tun, aber die Worte erstarben auf seinen Lippen, Tränen und Schluchzen entrangen sich ihm, und er stürzte wie ein Wahnsinniger aus dem Saal.

Eine Minute lang stand er unbeweglich und bewusstlos mitten in seinem großartigen Atelier. Sein tiefstes Wesen, sein ganzes Leben war in einem Augenblick erwacht, als wäre seine Jugend zurückgekehrt, als seien die erloschenen Funken seines Talents von Neuem entfacht. Von seinen Augen fiel plötzlich die Binde. O Gott! So erbarmungslos die besten Jahre seiner Jugend zugrunde richten, den Funken des Feuers verlöschen, das vielleicht in seiner Brust geglüht hatte, das sich vielleicht jetzt in Majestät und Schönheit entwickelt und vielleicht ebensolche Tränen der Bewunderung und der Dankbarkeit hervorgerufen hätte! Dies alles zugrunde richten, ohne jedes Mitleid zugrunde richten! In diesem Augenblick schien die ganze Spannung, das ganze Streben seiner Seele, das er einst so gut gekannt hatte, wieder erwacht. Er ergriff den Pinsel und trat vor die Leinwand. Schweiß der Anstrengung trat ihm auf die Stirn; er verwandelte sich ganz in einen einzigen Wunsch, er entbrannte in einem einzigen Gedanken: Er wollte einen gefallenen Engel darstellen. Dieses Thema entsprach am besten dem Zustande seiner Seele. Aber ach! Seine Figuren, Posen, Gruppierungen und Einfälle gerieten gezwungen und unharmonisch. Sein Pinsel und seine Fantasie hatten sich zu sehr in enge Grenzen eingeschlossen, und der ohnmächtige Versuch, alle Schranken und Fesseln, die er sich selbst auferlegt hatte, zu sprengen, erweckte den Eindruck von Fehlerhaftigkeit und Unnatur. Er hatte die ermüdend lange Stufenleiter der allmählich zu erwerbenden Kenntnisse und die ersten Elementargesetze der künftigen Größe missachtet. Er fühlte Verdruss. Er ließ alle seine letzten Werke, alle die leblosen Modebildchen, die Porträts von Husaren, Damen und Staatsräten aus seinem Atelier entfernen; er schloss sich allein in seinem Zimmer ein, befahl, niemand vorzulassen und versenkte sich ganz in die Arbeit. Wie ein geduldiger Jüngling, wie ein Schüler saß er an seiner Arbeit. Aber wie grausam undankbar war alles, was unter seinem Pinsel erstand! Auf jedem Schritt hemmte ihn die Unkenntnis der ursprünglichsten Elemente; die einfache bedeutungslose Technik kühlte seinen ganzen Eifer und stand vor seiner Fantasie als eine Schwelle, die sie nicht zu übertreten vermochte. Sein Pinsel wandte sich unwillkürlich den auswendig gelernten Formen zu, die Hände falteten sich immer auf die gleiche angelernte Weise, die Köpfe wagten es nicht, eine ungewöhnliche Stellung anzunehmen, selbst die Falten der Gewänder erinnerten an angelernte Formeln und wollten sich den ihnen unbekannten Körperstellungen nicht fügen. Und all das fühlte und sah er selbst!

»Habe ich aber wirklich einmal Talent gehabt?« fragte er sich endlich: »Habe ich mich nicht getäuscht?« Mit diesen Worten ging er auf seine früheren Werke zu, die er einst so keusch, so uneigennützig, dort, in der elenden Kammer auf der entlegenen Wassiljewskij-Insel geschaffen hatte, fern von allen Menschen, frei von Überfluss und Launen. Er ging nun auf sie zu und begann sie aufmerksam zu betrachten, und zugleich mit ihnen erstand vor ihm sein ganzes früheres ärmliches Leben. »Ja«, sagte er sich verzweifelt, »ich habe wohl ein Talent gehabt! Überall, an allem sehe ich seine Anzeichen und Spuren...« Er hielt inne und erzitterte plötzlich am ganzen Leibe: seine Augen begegneten anderen Augen, die ihn regungslos anstarrten. Es war jenes ungewöhnliche Porträt, das er im Schtschukinschen Kaufhause gekauft hatte. Es war die ganze Zeit über von andern Bildern verstellt gewesen und ihm ganz aus dem Gedächtnis geschwunden. Aber jetzt, als alle die modischen Porträts und Bilder, die sein Atelier gefüllt hatten, entfernt waren, blickte es plötzlich zugleich mit den früheren Werken seiner Jugend hervor. Als er sich der ganzen sonderbaren Geschichte des Bildes erinnerte, als er sich erinnerte, dass dieses seltsame Porträt gewissermaßen die Ursache seiner Wandlung gewesen war, dass der Schatz, den er auf eine so wunderbare Weise gewonnen, in ihm alle die eitlen Regungen, die sein Talent zugrunde gerichtet, geweckt hatte, – verfiel er beinahe in Raserei. Er ließ das verhasste Porträt augenblicklich hinaustragen. Aber die seelische Erregung wollte sich trotzdem nicht legen. Alle seine Gefühle, sein ganzes Wesen waren bis auf den Grund erschüttert, und er erfuhr jene entsetzliche Qual, die in der Natur nur als erstaunliche Ausnahme vorkommt, wenn ein schwaches Talent versucht, sich in einem Werke zu äußern, das sein Können übersteigt, – jene Qual, die in der Seele des Jünglings auch Großes zeugen kann, aber in einem Manne, der die Grenze der Jugendträume überschritten hat, sich in einen fruchtlosen Durst verwandelt, – jene schreckliche Qual, die den Menschen zu schrecklichen Verbrechen fähig macht. Seiner bemächtigte sich ein schrecklicher, an Raserei grenzender Neid. Die Galle trat ihm ins Gesicht, wenn er nur ein Werk erblickte, das den Stempel eines Talents trug. Er knirschte mit den Zähnen und verzehrte es mit den Blicken eines Basilisken. In seiner Seele entstand der teuflischste Plan, den ein Mensch je gehegt hat, und er begann, ihn mit rasender Energie zu verwirklichen. Er fing an, alles Beste, was die Kunst je hervorgebracht, zusammenzukaufen. Sobald er ein gutes Bild um teures Geld erstanden, brachte er es behutsam in sein Zimmer, stürzte sich mit der Wut eines Tigers darüber, zerriss und zerschnitt es in Stücke und trat es mit den Füßen; das alles begleitete er mit einem wollüstigen Gelächter. Die zahllosen von ihm aufgespeicherten Geldmittel lieferten ihm alle Möglichkeiten, dies höllische Bedürfnis zu befriedigen. Er band alle seine Geldsäcke auf und öffnete alle seine Truhen. Kein Ungeheuer der Barbarei hat noch so viele herrliche Kunstwerke vernichtet, wie dieser wütende Rächer. Auf allen Auktionen, bei denen er erschien, musste ein jeder jede Hoffnung auf den Erwerb eines Kunstwerkes aufgeben. Es war, als hätte der erzürnte Himmel selbst diese furchtbare Geißel in die Welt geschickt, um ihr ihre ganze Harmonie zu nehmen. Diese fürchterliche Leidenschaft verlieh im ein grauenhaftes Kolorit: Sein Gesicht war immer gelb vor Galle. Weltverachtung und Weltverleugnung spiegelten sich in seinen Zügen. In ihm hatte sich gleichsam jener schreckliche Dämon verkörpert, den Puschkin in idealisierter Gestalt geschildert. Aus seinem Munde kam nichts als giftige Worte und ewiger Tadel. Er glich einer Harpyie, und wenn ihn jemand, selbst einer von seinen Bekannten, auf der Straße von Weitem erblickte, so beeilte er sich, ihm aus dem Wege zu gehen und behauptete, dass eine solche Begegnung genüge, um einem Menschen den ganzen Tag zu vergiften.

Zum Glück für die Welt und für die Kunst konnte solch ein gespanntes und gewalttätiges Leben nicht lange dauern: Das Maß der Leidenschaften war für seine schwachen Kräfte zu unregelmäßig und kolossal. Anfälle von Raserei und Wahnsinn kamen immer öfter, und schließlich wurde das alles zu einer schrecklichen Krankheit. Ein grausames Fieber, mit galoppierender Schwindsucht vereint, fiel so heftig über ihn her, dass von ihm schon nach drei Tagen nur ein Schatten übrig blieb. Dazu gesellten sich auch alle Anzeichen eines hoffnungslosen Irrsinns. Manchmal konnten ihn selbst mehrere Männer nicht festhalten. Die längstvergessenen, lebendigen Augen des ungewöhnlichen Porträts schwebten ihm immer öfter vor, und dann wurde seine Raserei ganz entsetzlich. Alle, die sein Krankenlager umstanden, erschienen ihm als grauenhafte Porträts. Das Porträt verdoppelte, vervierfachte sich vor seinen Augen; alle Wände schienen mit Porträts bedeckt zu sein, die in ihn ihre unbeweglichen, lebendigen Augen bohrten; schreckliche Porträts blickten von der Decke und vom Boden. Das Zimmer dehnte und verlängerte sich in die Unendlichkeit, um möglichst viel dieser unbeweglichen Augen fassen zu können. Der Arzt, der sich verpflichtet hatte, ihn zu behandeln, und der schon einiges von seiner seltsamen Geschichte gehört hatte, gab sich alle Mühe, den geheimen Zusammenhang zwischen den Gespenstern, die jener sah, und den Ereignissen seines Lebens zu ergründen, brachte es aber nicht fertig. Der Kranke begriff und fühlte nichts außer seinen Qualen und gab nur schreckliche Schreie und unverständliche Worte von sich. Endlich riss sein Lebensfaden in einem letzten, bereits lautlosen Schmerzensausbruch. Der Anblick seiner Leiche war schrecklich. Von seinen großen Reichtümern konnte man nichts finden; als man aber die zerschnittenen Stücke der erhabenen Kunstwerke, deren Wert Millionen überstieg, fand, begriff man, was er für einen entsetzlichen Gebrauch von ihnen gemacht hatte.

II

Eine Menge von Equipagen, Droschken und Kutschen stand vor der Einfahrt des Hauses, in dem die Auktion des Nachlasses eines jener reichen Kunstliebhaber stattfand, die, von Zephiren und Amoretten umschwebt, ihr ganzes Leben im süßen Schlummer verbracht und ohne ihr Dazutun den Ruhm von Mäzenen erworben haben, indem sie dazu in einfältigster Weise die Millionen verwandten, die ihre solideren Väter und oft sogar sie selbst durch frühere Arbeit angesammelt hatten. Solche Mäzene gibt es heute bekanntlich nicht mehr, und unser neunzehntes Jahrhundert hat schon längst die langweilige Physiognomie eines Bankiers angenommen, der seine Millionen nur in Gestalt einer auf dem Papiere stehenden Reihe von Ziffern genießt. Der lange Saal war von einer sehr bunten Menge von Besuchern gefüllt, die wie die Raubvögel zu einem unbeerdigten Leichnam zusammengeflogen waren. Hier sah man eine ganze Flottille russischer Händler aus dem großen Kaufhause und selbst vom Trödelmarkte in blauen deutschen Röcken. Ihr Aussehen und Gesichtsausdruck waren hier viel sicherer und freier und hatte nichts von der süßlichen Dienstfertigkeit, die der russische Kaufmann stets in seinem Laden vor dem Kunden zeigt. Hier achteten sie gar nicht auf ihre gesellschaftliche Stellung, obwohl sich im gleichen Saale eine Menge von den Aristokraten befanden, vor denen sie an einem andern Orte bereit wären, mit ihren Bücklingen den Staub abzuwischen, den sie mit ihren eigenen Stiefeln hereingetragen. Hier gaben sie sich ganz ungezwungen, betasteten ohne Umstände die Bücher und Bilder, um sich von der Güte der Ware zu überzeugen, und überboten kühn die Preise, die die gräflichen Kenner nannten. Hier waren auch viele von den obligaten Liebhabern, die jeden Morgen statt des Frühstücks eine Auktion genießen; aristokratische Kenner, die es für ihre Pflicht halten, keine Gelegenheit vorbeigehen zu lassen, um ihre Sammlung zu vergrößern und die in der Zeit zwischen zwölf und eins nichts anderes zu tun haben; schließlich jene adligen Herren, deren Kleider und Geldmittel gleich gering sind und die täglich ohne jede eigennützige Absicht herkommen, einzig um zu sehen, wie die Sache endet, wer mehr und wer weniger bietet, wer wen überbietet und wem was zufällt. Eine Menge von Bildern stand ohne jede Ordnung umher; dazwischen gab es auch Möbel und Bücher mit dem Monogramm ihres einstigen Besitzers, der vielleicht gar nicht das lobenswerte Interesse gehabt hatte, in sie hineinzublicken. Chinesische Vasen, marmorne Tischplatten, neue und alte Möbel mit geschwungenen Linien, mit Greifen, Sphinxen und Löwentatzen, vergoldete und nicht vergoldete Lüster und Lampen, – alles war hier durcheinandergeworfen ohne die Ordnung, in der man diese Sachen in Kaufläden stehen sieht. Alles bildete ein Chaos der Künste. Das Gefühl, das wir beim Anblick einer Auktion empfinden, ist überhaupt beklemmend, sie gemahnt uns irgendwie an eine Beerdigung. Der Saal, in dem die Auktion stattfindet, ist immer düster; die von Möbeln und Bildern verstellten Fenster lassen nur spärliches Licht eindringen; das Schweigen, in dem alle Gesichter erstarrt sind, die Grabesstimme des Auktionators, der mit seinem Hammer klopft und eine Totenmesse für die hier auf eine so sonderbare Weise zusammengeratenen Künste zelebriert, – dies alles scheint den so unangenehmen Eindruck noch zu verstärken.

Die Auktion schien im vollen Gange. Eine ganze Menge anständiger Menschen drängte sich dicht zusammen und tat sehr geschäftig. Die Rufe:»Noch ein Rubel! Noch ein Rubel! Noch ein Rubel!«, die von allen Seiten tönten, ließen dem Auktionator keine Zeit, die schon vervierfachten Preise auszurufen. Die Menge ereiferte sich wegen eines Porträts, das die Aufmerksamkeit aller, die nur etwas Verständnis für die Malerei hatten, fesseln musste. Die hohe Meisterschaft des Malers kam darin unzweifelhaft zum Ausdruck. Das Porträt war offenbar schon einige Mal restauriert worden und stellte die dunklen Züge eines Asiaten in weitem Gewände, mit einem ungewöhnlichen, sonderbaren Gesichtsausdruck dar; am meisten staunten aber alle, die sich um das Porträt drängten, über die ungewöhnliche Lebendigkeit der Augen. Je länger man sie ansah, um so tiefer schienen sie einem ins Innere zu blicken. Diese Eigentümlichkeit, dieser ungewöhnliche Kunstgriff des Malers fesselte die Aufmerksamkeit fast aller. Viele von den Bewerbern waren schon zurückgetreten, weil der Preis ganz ungeheuerlich hinaufgetrieben worden war. Zuletzt blieben nur zwei Aristokraten, bekannte Kunstliebhaber, übrig, von denen keiner auf eine solche Erwerbung verzichten wollte. Sie ereiferten sich und hätten den Preis wohl wahnwitzig hinaufgetrieben, wenn nicht plötzlich einer von den Betrachtern die Worte gesprochen hätte:»Gestatten Sie mir, dass ich Ihren Streit für eine Weile unterbreche, vielleicht habe ich mehr als irgend jemand Anrecht auf die Erwerbung dieses Porträts.«

Diese Worte lenkten sofort die Aufmerksamkeit aller auf den Sprechenden. Es war ein schlanker junger Mann von etwa fünfunddreißig Jahren, mit langen schwarzen Locken. Sein angenehmes, von einer heiteren Sorglosigkeit erfülltes Gesicht spiegelte eine Seele wider, der alle Aufregungen der großen Welt fern waren; seine Kleidung erhob keinerlei Anspruch auf Mode: alles zeugte von einem Künstler. Es war in der Tat der Maler B., den viele von den Anwesenden persönlich kannten.

»Wie seltsam Ihnen meine Worte auch erscheinen mögen«, fuhr er fort, als er die auf ihn gerichtete allgemeine Aufmerksamkeit sah, – »werden Sie, wenn Sie sich entschließen, meine kurze Geschichte anzuhören, vielleicht doch einsehen, dass ich wohl das Recht hatte, sie zu sprechen. Alles bestärkt mich in der Gewissheit, dass dieses Porträt dasselbe ist, das ich suche.«

Eine durchaus natürliche Neugierde leuchtete in fast allen Augen auf, und der Auktionator selbst hielt mit dem Hammer in der erhobenen Hand inne und schickte sich an, zuzuhören. Zu Beginn der Erzählung wandten viele ihre Blicke unwillkürlich dem Porträt zu, hefteten sie aber dann auf den Erzähler allein, in dem Maße, als seine Erzählung immer fesselnder wurde.

»Sie kennen den Stadtteil, den man Kolomna nennt«, so begann er die Erzählung. »Hier ist alles ganz anders als in den anderen Teilen Petersburgs: hier ist weder Hauptstadt noch Provinz. Wenn man in die Straßen von Kolomna kommt, glaubt man zu fühlen, wie man von allen jugendlichen Wünschen und Bestrebungen verlassen wird. Die Zukunft blickt hier nicht herein, hier ist alles still und außer Dienst, – hier sammelt sich der Niederschlag der Brandung der Hauptstadt. Hierher ziehen verabschiedete Beamte, Witwen, unbemittelte Menschen, die angenehme Beziehungen zum Senat unterhalten und sich daher selbst zum ständigen Aufenthalt in Kolomna verurteilt haben; Köchinnen außer Dienst, die sich den ganzen Tag auf den Märkten drängen, allerlei Unsinn mit dem Krämer im kleinen Laden zusammenschwatzen und jeden Tag für fünf Kopeken Kaffee und für vier Kopeken Zucker einkaufen; schließlich die ganze Kategorie von Menschen, die man mit dem Worte ›aschgrau‹ bezeichnen kann; Menschen, deren Kleidung, Gesichter, Haare und Augen eine trübe aschgraue Färbung haben, wie ein Tag, der weder stürmisch, noch heiter, sondern weder das eine noch das andere ist: Ein Nebel senkt sich herab und nimmt allen Gegenständen die Konturen. Hierher sind auch verabschiedete Theaterdiener, verabschiedete Titularräte, verabschiedete Marssöhne mit einem ausgestochenen Auge und geschwollenen Lippen zu zählen. Diese Menschen sind absolut leidenschaftslos: Sie gehen einher, ohne etwas anzuschauen, und schweigen, ohne an etwas zu denken. Sie haben in ihren Behausungen nicht viele Sachen stehen; ihre ganze Habe besteht oft aus einer Flasche reinen russischen Schnapses, den sie den ganzen Tag ununterbrochen saufen, ohne dass er ihnen in den Kopf steigt, welches Vergnügen sich an Sonntagen die jungen deutschen Handwerker leisten, diese Studenten der Mjeschtschanskaja-Straße, die allein über das ganze Trottoir herrschen, wenn Mitternacht vorüber ist.

Das Leben in Kolomna ist still; nur selten sieht man hier eine Equipage fahren, höchstens eine mit Schauspielern, die allein durch ihr Gepolter und Gerassel die allgemeine Stille stört. Hier gehen alle zu Fuß; die Droschkenkutscher fahren oft ohne Fahrgäste mit einer Ladung Heu für ihre zottigen Mähren. Eine Wohnung kann man hier schon für fünf Rubel im Monat finden, sogar mit Morgenkaffee. Die Witwen, die von der Pension leben, bilden die hiesige Aristokratie; sie führen sich anständig auf, kehren ihre Stuben oft und unterhalten sich mit ihren Freundinnen über die hohen Fleisch- und Kohlpreise; sie haben oft eine junge Tochter bei sich, ein schweigsames, stilles, manchmal anmutiges Geschöpf, ein ekelhaftes Hündchen und eine Wanduhr mit einem traurig tickenden Pendel. Dann kommen die Schauspieler, denen ihr Gehalt nicht erlaubt, in einen anderen Stadtteil zu ziehen, ein freies Volk, das wie alle Künstler, nur dem Genuss lebt. So ein Schauspieler sitzt im Schlafrock da, repariert eine Pistole, klebt aus Pappe allerlei im Haushalt nützliche Sächelchen, spielt mit einem Freunde, der ihn besucht, Dame oder Karten und verbringt damit den ganzen Vormittag; ebenso verbringt er auch den Abend, nur dass er sich am Abend manchmal auch noch einen Punsch leistet. Nach diesen Aristokraten und großen Tieren von Kolomna folgt ein ungewöhnlich niedriges Gesindel. Es ist ebenso schwer alle diese Leute zu nennen, wie die Lebewesen aufzuzählen, die in altem Essig keimen. Es gibt hier alte Weiber, welche beten; alte Weiber, welche saufen; alte Weiber, welche zugleich beten und saufen; alte Weiber, die sich auf eine unerklärliche Weise durchschlagen, die wie Ameisen Bündel alter Lumpen und Wäsche von der Kalinkin-Brücke zum Trödelmarkt schleppen, nur um sie dort für fünfzehn Kopeken zu verkaufen; mit einem Worte, die unglücklichste Hefe der Menschheit, deren Lage zu verbessern selbst der wohltätigste Volkswirtschaftler keine Mittel wüsste.

Ich habe alle diese Leute aufgezählt, um Ihnen zu zeigen, wie oft diese Leute in die Lage kommen, rasche, zeitweilige Hilfe zu suchen und Anleihen machen zu müssen; darum lassen sich unter ihnen Wucherer eigener Art nieder, die ihnen kleine Darlehen gegen Pfand und hohe Zinsen geben. Diese kleinen Wucherer sind oft unvergleichlich gefühlloser als die großen, weil sie ihre Tätigkeit unter lauter Bettlern, die ihre Lumpen offen zur Schau tragen, ausüben, welche ein reicher Wucherer, der nur mit Leuten, die ihn in Equipagen besuchen, zu tun hat, nie zu Gesicht bekommt. Darum erstarb in ihren Herzen allzu früh jedes menschliche Gefühl. Unter diesen Wucherern gab es einen ... aber ich muss vorausschicken, dass die Geschichte, die ich Ihnen erzähle, ins vergangene Jahrhundert, und zwar in die Regierungszeit der verstorbenen Kaiserin Katharina II. gehört. Sie können sich selbst denken, dass das Aussehen und das innere Leben von Kolomna sich inzwischen erheblich verändert haben müssen. Unter den Wucherern gab es also einen, ein in allen Beziehungen ungewöhnliches Geschöpf, das sich in diesem Stadtteile schon seit langer Zeit niedergelassen hatte. Er kleidete sich in weite asiatische Gewänder; seine dunkle Gesichtsfarbe zeugte von seiner südlichen Herkunft; welcher Nation er aber angehörte, ob er ein Inder, Grieche oder Perser war, das wusste niemand sicher. Der fast ungewöhnlich hohe Wuchs, das dunkle, hagere, sonnenverbrannte Gesicht von einer unergründlich unheimlichen Farbe, die großen, ungewöhnlich brennenden Augen, die überhängenden dichten Brauen unterschieden ihn scharf und krass von allen aschgrauen Bewohnern der Hauptstadt. Selbst seine Behausung glich gar nicht den kleinen hölzernen Häusern. Es war ein steinerner Bau von der Art, wie sie einst die genuesischen Kaufleute in großer Menge errichteten, mit unregelmäßigen Fenstern verschiedener Größe und eisernen Läden und Riegeln. Dieser Wucherer unterschied sich von allen anderen schon dadurch, dass er imstande war, einem jeden, vom ärmsten alten Weibe bis zum verschwenderischen Höfling, jede beliebige Summe zu verschaffen. Vor seinem Hause erschienen oft die glänzendsten Equipagen, aus denen manchmal der Kopf einer eleganten Weltdame herausblickte. Das Gerücht behauptete natürlich, dass seine eisernen Truhen ungezählte Haufen von Geld, Wertsachen, Brillanten und allerlei Pfänder enthielten, dass ihm aber die Habgier, die die anderen Wucherer auszeichne, fremd sei. Er gab das Geld gern her, teilte die Zahlungstermine scheinbar günstig ein, ließ aber die Zinsen mittels sonderbarer arithmetischer Operationen in eine schwindelhafte Höhe steigen. Das behauptete wenigstens das Gerücht. Was aber am seltsamsten war und viele in Erstaunen setzen musste, war das sonderbare Schicksal aller, die von ihm Geld erhielten; sie beschlossen alle ihr Leben auf eine elende Weise. Ob es bloß die allgemeine Meinung der Menschen war, ein dummes abergläubisches Geschwätz, oder ein mit Absicht verbreitetes Gerücht, – das blieb unbekannt. Aber einige Fälle, die sich in kurzer Zeit vor den Augen aller abspielten, waren allen gegenwärtig und verblüffend.

Unter den damaligen Aristokraten fiel besonders ein Jüngling aus bester Familie auf, der sich schon in jungen Jahren im Staatsdienste ausgezeichnet hatte, ein leidenschaftlicher Verehrer alles Wahren und

Erhabenen, ein Eiferer für alles, was die Kunst und der Geist des Menschen gezeugt haben, ein künftiger Mäzen. Er wurde bald auch von der Kaiserin nach Verdienst ausgezeichnet, die ihn mit einem wichtigen Posten betraute, der durchaus seinen eigenen Anforderungen entsprach, – einem Posten, in dem er für die Wissenschaften und für alles Gute viel tun konnte. Der junge Würdenträger umgab sich mit Künstlern, Dichtern und Gelehrten. Er wollte allen Arbeit geben, alle fördern. Er unternahm auf eigene Kosten eine Menge nützlicher Veröffentlichungen, vergab eine Menge von Aufträgen, schrieb verschiedene Preise aus, verausgabte für diese Zwecke einen Haufen von Geld und geriet schließlich in Schwierigkeiten. Von großmütigem Streben erfüllt, wollte er sein Werk jedoch nicht aufgeben und suchte überall nach Darlehen; schließlich wandte er sich an den uns bekannten Wucherer. Nachdem er von ihm ein bedeutendes Darlehen erhalten, veränderte sich dieser junge Mensch in kürzester Zeit: Er wurde zum Unterdrücker und Verfolger aller aufstrebenden Geister und Talente. In allen Werken sah er nur die Schattenseiten und missdeutete jedes Wort. Unglücklicherweise brach gerade die Französische Revolution aus. Das diente ihm als Vorwand zu allerlei Gemeinheiten. Er fing an, in allen Dingen eine revolutionäre Gesinnung zu sehen und überall Anspielungen zu wittern. Er wurde so argwöhnisch, dass er zuletzt sich selbst verdächtigte; er schenkte jeder schrecklichen, ungerechten Denunziation Gehör und machte eine Menge von Menschen unglücklich. Selbstverständlich mussten solche Handlungen schließlich auch dem Throne bekannt werden. Die großmütige Kaiserin entsetzte sich und sprach, vom Edelmut, der die Träger der Krone ziert, beseelt, Worte, die uns zwar nicht genau überliefert werden konnten, deren tiefster Sinn sich aber den Herzen vieler eingeprägt hatte. Die Kaiserin bemerkte, da es nicht die monarchische Regierung sei, die die hohen und edlen Seelenregungen und die Schöpfungen des Geistes, der Dichtung und der Künste unterdrücke und verfolge; dass vielmehr die Monarchen allein ihre Beschützer gewesen seien; dass die Shakespeares und Molières sich ihres hochherzigen Schutzes erfreut hätten; während Dante in seiner republikanischen Heimat kein Obdach hätte finden können; dass die wahren Genies stets in den Perioden des Glanzes und der Macht der Staaten und der Herrscher aufgekommen seien, nicht aber in den Zeiten hässlicher politischer Erscheinungen und republikanischer Schreckensherrschaft, die der Welt noch keinen einzigen wahren Dichter geschenkt habe, dass man die Dichter und Künstler auszeichnen müsse, weil sie doch nur Ruhe und den schönsten Frieden den Seelen einflößten, nicht aber Aufruhr und Murren; dass die Gelehrten, Dichter und alle schaffenden Künstler Perlen und Diamanten in der kaiserlichen Krone seien: sie schmücken und erleuchten das Zeitalter des großen Fürsten. Mit einem Worte, die Kaiserin, die diese Worte sprach, war in jenem Augenblick von einer göttlichen Schönheit. Ich erinnere mich, dass die alten Leute davon nicht ohne Tränen sprechen konnten. Alle zeigten große Teilnahme für den ungewöhnlichen Fall. Zur Ehre unseres Volkes muss bemerkt werden, dass dem russischen Herzen stets die Neigung innewohnt, die Partei des Unterdrückten zu ergreifen. Der Würdenträger, der das ihm geschenkte Vertrauen missbraucht hatte, wurde exemplarisch bestraft und seines Postens enthoben. Aber eine weit strengere Strafe las er in den Mienen seiner Mitbürger: Es war eine entschiedene und allgemeine Verachtung. Es lässt sich gar nicht sagen, wie schwer seine ehrgeizige Seele darunter litt: Stolz, gekränkte Eigenliebe, zusammengestürzte Hoffnungen, – alles hatte sich vereinigt, und sein Lebensfaden riss unter Anfällen eines schrecklichen Wahnsinns.

Ein anderer erstaunlicher Fall spielte sich auch vor aller Augen ab: Unter den Schönen, an denen unsere nordische Hauptstadt damals gar nicht arm war, übertraf eine alle die anderen. Es war eine eigenartig herrliche Verbindung unserer nordischen Schönheit mit der Schönheit des Südens, – ein Diamant, wie man ihn nur selten findet. Mein Vater pflegte zu sagen, er hätte in seinem Leben niemals etwas Ähnliches gesehen. Alles schien sich in ihr vereinigt zu haben: Reichtum, Geist und seelische Schönheit. Eine Menge von Bewerbern umschwärmte sie, und unter diesen fiel besonders der Fürst R. auf, der edelste und beste von allen jungen Leuten, der schönste von Angesicht wie auch von ritterlicher Gesinnung, das hohe Ideal der Romane und der Frauen. Ein Grandison in jeder Beziehung. Fürst R. war leidenschaftlich, wahnsinnig verliebt; eine gleiche Liebe wurde ihm auch von ihr entgegengebracht. Aber ihren Verwandten kam die Partie unpassend vor. Die Erbgüter des Fürsten gehörten ihm schon längst nicht mehr, die Familie war in Ungnade, und die schlechte Vermögenslage war allen bekannt. Plötzlich verlässt der Fürst die Hauptstadt, um seine Verhältnisse in Ordnung zu bringen, und kehrt nach kurzer Zeit von einem unerhörten Reichtum und Glanz umgeben zurück. Die glänzenden Bälle und Feste, die er gibt, erregen selbst bei Hofe Aufsehen. Der Vater der Schönen schenkt ihm seine Huld, und die Stadt erlebt die interessanteste Hochzeit. Woher diese Wandlung und der unerhörte Reichtum des Bräutigams kamen, vermochte niemand zu erklären; aber man erzählte sich, dass er irgendein Abkommen mit dem rätselhaften Wucherer getroffen und von ihm ein größeres Darlehen bekommen habe. Wie dem auch war, die ganze Stadt interessierte sich für diese Hochzeit, und Braut und Bräutigam wurden zum Gegenstand des allgemeinen Neides. Allen war ihre glühende, treue Liebe bekannt, die langen Qualen, die sie zu erdulden gehabt hatten, und die hohen Vorzüge der beiden. Heißblütige Frauen malten sich im Voraus die paradiesischen Wonnen aus, die die jungen Gatten genießen sollten. Es kam aber alles anders. In einem Jahre geschah im Gatten eine schreckliche Wandlung. Sein bis dahin so edler und schöner Charakter wurde auf einmal von argwöhnischer Eifersucht, von Unduldsamkeit und ewigen Launen vergiftet. Er wurde zum Tyrannen und Peiniger seiner Frau und ließ sich sogar, was niemand vorausgesehen hätte, zu den unmenschlichsten Handlungen und selbst Schlägen herbei. Nach einem Jahre schon hätte niemand die Frau wiedererkennen können, die noch vor Kurzem so geglänzt und ganze Scharen ergebener Verehrer angezogen hatte. Endlich hatte sie nicht mehr die Kraft, das schwere Los länger zu tragen, und brachte selbst die Rede auf Scheidung. Der Mann geriet schon beim bloßen Gedanken daran in Raserei. Im ersten Wutausbruch stürzte er mit einem Messer in der Hand in ihr Zimmer und hätte sie zweifellos erstochen, wenn man ihn nicht rechtzeitig ergriffen und daran gehindert hätte. Im Anfalle von Wut und Verzweiflung wandte er nun das Messer gegen sich selbst und beschloss sein Leben in den schrecklichsten Qualen.

Außer diesen beiden Fällen, die sich vor den Augen der ganzen Gesellschaft zugetragen hatten, berichtete man noch von einer ganzen Reihe anderer, die sich in den niederen Gesellschaftsschichten abgespielt und die fast alle ebenso entsetzlich geendet hatten. In einem Falle war ein ehrlicher nüchterner Mensch zu einem Trunkenbold geworden; in einem anderen begann ein Kaufmannsgehilfe seinen Herrn zu bestehlen; in einem dritten erstach ein Fuhrmann, der diesen Beruf einige Jahre ehrlich ausgeübt hatte, wegen eines Groschens seinen Fahrgast. Selbstverständlich hatten alle solche Erzählungen, die oft nicht ohne Übertreibungen wiedergegeben wurden, den bescheidenen Bewohnern von Kolomna eine unwillkürliche Angst eingejagt. Niemand zweifelte, dass in diesem Menschen ein unsauberer Geist wohnte. Man erzählte sich, dass er solche Bedingungen stellte, vor denen einem die Haare zu

Berge stiegen und die keiner der Unglücklichen einem andern mitzuteilen wagte; dass sein Geld die Hand verbrenne, von selbst glühend werde und mit irgendwelchen seltsamen Zeichen versehen sei ... mit einem Worte, es gab über ihn eine Menge unsinniger Gerüchte. Es ist bemerkenswert, dass die ganze Bevölkerung von Kolomna, diese ganze Welt der armen alten Frauen, kleinen Beamten, kleinen Schauspieler und der übrigen kleinen Leute, die wir eben aufgezählt haben, es vorzog, die bitterste Not zu leiden, als sich an den schrecklichen Wucherer zu wenden; man fand sogar verhungerte alte Frauen auf, die es vorgezogen hatten, ihr Fleisch zu töten, als ihre Seelen zu verderben. Wenn man ihm auf der Straße begegnete, empfand man ein unwillkürliches Grauen. Die Fußgänger wichen vorsichtig zurück und sahen sich dann noch mehrmals nach ihm um, seine in der Ferne verschwindende unglaublich hohe Gestalt mit den Augen verfolgend. Schon in seinem Äußeren lag so viel Ungewöhnliches, dass ihm ein jeder unwillkürlich eine übernatürliche Existenz zuschrieb. Diese starken Züge, so tief wie bei keinem anderen Menschen eingemeißelt; diese glühende, bronzene Gesichtsfarbe; diese ungewöhnlich buschigen Augenbrauen, die unerträglichen schrecklichen Augen, selbst die weiten Falten seines asiatischen Gewandes, – alles schien zu sagen, dass vor den Leidenschaften, die diesen Körper bewegten, alle Leidenschaften der anderen Menschen verblassten. Mein Vater blieb regungslos stehen, sooft er ihm begegnete, und konnte sich niemals der Worte enthalten: ›Der Teufel, der leibhaftige Teufel!‹ Aber ich muss Sie jetzt schnell mit meinem Vater bekannt machen, der nebenbei bemerkt die Hauptperson in meiner Geschichte ist.

Mein Vater war ein in vielen Beziehungen merkwürdiger Mensch. Er war ein Maler, wie es ihrer wenige gibt, eines der Wunder, wie sie nur dem jungfräulichen Schoße Russlands entstammen, ein Autodidakt, der ganz von selbst, ohne Schule und Lehrer, in seiner Seele alle Gesetze und Regeln gefunden hatte, nur vom Drange nach Vervollkommnung beseelt, ein Mensch, der aus Gründen, die ihm selbst vielleicht unbekannt waren, nur den einen, ihm von seiner Seele gewiesenen Weg ging; eines jener ursprünglichen Wunder, die die Zeitgenossen oft mit dem verletzenden Wort ›Ignorant‹ titulieren und die, ohne sich durch die Beschimpfungen und die eigenen Misserfolge abkühlen zu lassen, immer neuen Eifer und neue Kräfte finden und sich in ihrer Seele weit von den Werken entfernen, die ihnen den Titel ›Ignorant‹ einbrachten. Durch einen hoch entwickelten inneren Instinkt fühlte er in jedem Gegenstand den ihm innewohnenden Gedanken – er erfasste ganz von selbst den wahren Sinn des Wortes ›Historienmalerei‹; er begriff, warum ein einfacher Kopf, ein einfaches Porträt Raffaels, Lionardos, Tizians oder Correggios als Historienmalerei gelten dürfe und warum manches Riesengemälde mit historischem Inhalt ein bloßes ›tableau de genre‹ sei, trotz aller Ansprüche des Malers auf Historie. Sein inneres Gefühl wie auch seine eigene Überzeugung ließen seinen Pinsel sich christlichen Sujets zuwenden, der höchsten und letzten Stufe des Erhabenen. Er kannte weder Ehrgeiz noch Reizbarkeit, die den Charakter so vieler Maler auszeichnen. Er war ein fester Charakter, ein ehrlicher, offener Mensch, äußerlich etwas grob, auch nicht ohne Stolz, und urteilte über alle Menschen zugleich milde und streng. ›Was soll ich mich um sie kümmern?‹ pflegte er zu sagen: ›Ich arbeite ja nicht für sie. Ich werde meine Werke nicht in den Salon tragen. Wer mich versteht, der wird mir danken, und wer mich nicht versteht, der wird vor dem Bilde auch so zu Gott beten. Man darf einem Menschen aus der vornehmen Gesellschaft nicht vorwerfen, dass er nichts von Malerei versteht, dafür versteht er sich auf Karten, auf guten Wein und auf Pferde; was braucht so ein vornehmer Herr noch mehr zu verstehen? Wenn er von solchen Dingen kostet und dann zu klügeln anfängt, so wird er erst recht unangenehm werden! Jedem das Seine, möge sich jeder mit seinen Sachen beschäftigen. Was mich betrifft, so ist mir ein Mensch, der offen erklärt, dass er gar nichts versteht, lieber als einer, der heuchelt und behauptet, Dinge zu verstehen, die er nicht versteht, und nur alles verdirbt und verunreinigt.‹ Er arbeitete gegen eine bescheidene Bezahlung, das heißt gegen eine, die ihm gerade noch ausreichte, um seine Familie zu ernähren und seine eigene Arbeitskraft zu erhalten. Außerdem verweigerte er niemals einem anderen Künstler die Hilfe; er hatte noch den einfachen, frommen Glauben seiner Vorfahren, und vielleicht darum erschien in den von ihm gemalten Antlitzen von Heiligen ganz von selbst jener erhabene Ausdruck, den selbst manche glänzende Talente nicht zu erreichen vermögen. Schließlich errang er durch seine beharrliche Arbeit und das Festhalten am Wege, den er sich selbst vorgezeichnet, auch die Achtung derjenigen, die ihn einen Ignoranten und einen hausbackenen Autodidakten nannten. Er bekam fortwährend Aufträge, Kirchenbilder zu malen, und die Arbeit riss bei ihm niemals ab. Eine dieser Arbeiten fesselte ihn ganz besonders. Ich kann mich an das Sujet nicht mehr genau erinnern, ich weiß nur, dass auf dem Bilde der Geist der Finsternis dargestellt werden sollte. Lange überlegte er sich, welche Gestalt ihm zu geben sei: Er wollte in seinem Gesicht alles Schwere und den Menschen Bedrückende verkörpern. Während solcher Überlegungen ging ihm zuweilen die Gestalt des geheimnisvollen Wucherers durch den Sinn, und er dachte sich unwillkürlich: ›Der wäre doch das beste Modell für den Teufel!‹ Stellen Sie sich nun sein Erstaunen vor, als eines Tages, während er in seinem Atelier arbeitete, an die Tür geklopft wurde und der schreckliche Wucherer bei ihm eintrat. Er fühlte, wie ein Zittern durch seinen ganzen Körper lief.

›Bist du Maler?‹ fragte jener ganz ohne Umstände.

›Ja, ich bin Maler‹, antwortete mein Vater verdutzt und wartete, was nun kommen würde.

›Gut. Male mein Porträt. Vielleicht werde ich bald sterben, und Kinder habe ich nicht; aber ich will nicht ganz sterben, ich will leben. Kannst du mein Porträt so malen, dass es wie lebendig wäre?‹

Mein Vater dachte sich: ›Was kann ich mir Besseres wünschen? Er will mir selbst für den Teufel auf meinem Bilde sitzen.‹ Er versprach es ihm. Sie einigten sich über die Zeit und den Preis, und schon am nächsten Tage nahm mein Vater Palette und Pinsel und begab sich zu ihm. Der von hohen Mauern eingefasste Hof, Hunde, eiserne Türen und Riegel, bogenförmige Fenster, mit merkwürdigen Teppichen bedeckte Truhen und schließlich auch der sonderbare Hausherr selbst, der sich vor ihm unbeweglich hinsetzte, – das alles machte auf meinen Vater einen seltsamen Eindruck. Die Fenster waren wie absichtlich unten so verstellt und verbarrikadiert, dass das Licht nur von oben hereindrang. ›Hol's der Teufel, wie gut ist jetzt sein Gesicht beleuchtet!‹ sagte sich mein Vater und begann mit Gier zu malen, als fürchte er, dass die günstige Beleuchtung verschwinden könne. ›Diese Kraft!‹ sagte er vor sich hin: ›Wenn ich ihn auch nur halb so ähnlich darstelle, wie ich ihn jetzt sehe, so erschlägt er alle meine Heiligen und Engel: sie werden vor ihm erblassen. Diese teuflische Kraft! Er wird mir einfach aus der Leinwand springen, wenn ich der Natur auch nur ein wenig treu bleibe. – Was für ungewöhnliche Züge!‹ wiederholte er fortwährend vor sich hin, seinen Eifer verdoppelnd, und schon sah er einige der Züge auf der Leinwand erstehen. Je mehr er sich ihnen aber näherte, ein um so schwereres, bangeres Gefühl, das ihm selbst unverständlich war, bemächtigte sich seiner. Aber er nahm sich doch vor, jeden noch so unmerklichen Zug und Ausdruck zu verfolgen. Vor allem machte er sich an die Ausarbeitung der Augen. In diesen Augen lag so viel Kraft, dass es zunächst undenkbar schien, sie so wiederzugeben, wie sie in der Natur waren. Aber er entschloss sich, koste es, was es wolle, in ihnen jeden feinsten Strich und Ton aufzuspüren, ihr Geheimnis zu ergründen ... Kaum hatte er aber angefangen, sich in sie mit seinem Pinsel zu vertiefen, als in seiner Seele ein so seltsamer Abscheu, ein so unerklärliches drückendes Gefühl erwachte, dass er den Pinsel für eine Weile weglegen musste, ehe er weitermalen konnte. Schließlich konnte er es nicht mehr ertragen: Er fühlte, wie sich diese Augen in seine Seele bohrten und in ihr eine unfassbare Unruhe weckten. Am zweiten und am dritten Tage war dieses Gefühl noch schrecklicher. Es wurde ihm unheimlich zumute. Er warf den Pinsel weg und sagte sehr entschieden, dass er nicht weitermalen könne. Man muss gesehen haben, wie sich der schreckliche Wucherer bei diesen Worten veränderte. Er fiel meinem Vater zu Füßen und flehte ihn an, das Porträt zu vollenden, indem er sagte, dass davon sein Schicksal und sein Dasein in der Welt abhänge; dass mein Vater mit seinem Pinsel schon seine lebendigen Züge erfasst habe; dass, wenn er sie treu wiedergeben würde, sein Leben durch eine übernatürliche Kraft im Bilde festgehalten sein werde; dass er dann nicht ganz sterben werde; dass er noch länger in der Welt bleiben müsse. Mein Vater fühlte Grauen: Diese Worte erschienen ihm so seltsam und schrecklich, dass er Pinsel und Palette wegwarf und Hals über Kopf aus dem Zimmer stürzte.

Die Erinnerung daran peinigte ihn den ganzen Tag und die ganze Nacht, am Morgen bekam er aber vom Wucherer das Porträt zurück; eine Frau, das einzige Wesen, das bei ihm diente, brachte es ihm; sie erklärte, dass ihr Herr das Porträt weder haben noch bezahlen wolle und es meinem Vater zurückschicke. Am Abend des gleichen Tages erfuhr mein Vater, dass der Wucherer gestorben war und dass man Anstalten machte, ihn nach den Gebräuchen seiner Religion zu beerdigen. Das alles kam ihm unbegreiflich und seltsam vor. Indessen begann im Charakter meines Vaters von diesem Tage an eine merkliche Veränderung, er fühlte sich von einer bangen Unruhe ergriffen, deren Ursache er selbst nicht begreifen konnte, und ließ sich bald darauf zu einer Tat herbei, die von ihm kein Mensch erwartet hätte. Seit einiger Zeit hatten die Arbeiten eines seiner Schüler angefangen, die Aufmerksamkeit eines kleinen Kreises von Kennern und Liebhabern auf sich zu ziehen. Mein Vater hatte sein Talent schon früher erkannt und ihm daher sein besonderes Wohlwollen geschenkt. Plötzlich fühlte er Neid gegen diesen Schüler. Die allgemeine Teilnahme und das Gerede wurden ihm unerträglich. Das Maß seines Ärgers wurde aber voll, als er erfuhr, dass der Schüler den Auftrag erhalten hatte, ein Bild für eine neu erbaute reiche Kirche zu malen. Das machte ihn wütend. ›Nein, dieser Milchbart darf nicht triumphieren!‹ sagte er: ›Du bist noch zu jung, Bruder, um einen Alten zu blamieren! Ich habe ja noch, Gott sei Dank, Kraft genug. Wir wollen sehen, wer wen blamieren wird.‹ Und der aufrechte, herzensreine Mann wandte allerlei Intrigen und Ränke an, die er bisher verabscheut hatte; schließlich setzte er es durch, dass für das Bild ein Wettbewerb ausgeschrieben wurde und dass auch andere Künstler ihre Arbeiten einliefern durften. Dann schloss er sich in seinem Zimmer ein und machte sich mit Feuereifer an die Arbeit. Er schien alle seine Kräfte und sein ganzes Wesen in das Bild hineinlegen zu wollen. Und es wurde daraus in der Tat eines seiner besten Werke. Niemand zweifelte, dass er der Sieger im Wettstreit sein würde. Alle Bilder waren eingeliefert, und alle unterschieden sich von dem seinen wie die Nacht von dem Tage. Plötzlich aber machte eines der Mitglieder der Kommission, wenn ich nicht irre eine geistliche Amtsperson, eine Bemerkung, die alle verblüffte. ›Das Bild des Künstlers zeugt allerdings von viel Talent‹, sagte er, ›aber den Gesichtern fehlt die Heiligkeit; im Gegenteil, in den Augen steckt etwas Dämonisches, als hätte ein unsauberes Gefühl seinen Pinsel geleitete. Alle sahen das Bild noch einmal an und mussten sich von der Richtigkeit dieser Worte überzeugen. Mein Vater stürzte auf sein Bild zu, als wolle er die Stichhaltigkeit der verletzenden Bemerkung nachprüfen, und sah mit Entsetzen, dass er fast allen Gesichtern die Augen des Wucherers verliehen hatte. Sie blickten so dämonisch und vernichtend, dass er selbst unwillkürlich zusammenfuhr. Das Bild wurde zurückgewiesen, und mein Vater musste zu seinem unbeschreiblichen Verdruss hören, dass sein Schüler den Sieg davongetragen hatte. Die Wut, in der er nach Hause zurückkehrte, lässt sich gar nicht beschreiben. Beinahe hätte er meine Mutter geschlagen; er jagte die Kinder hinaus, zerbrach alle seine Pinsel und die Staffelei, riss von der Wand das Porträt des Wucherers und ließ sich ein Messer geben und im Kamin Feuer machen, in der Absicht, das Porträt in Stücke zu schneiden und zu verbrennen. Bei diesem Vorhaben traf ihn ein Freund, der zufällig ins Zimmer trat, ein Maler gleich ihm, ein lustiger Patron, der mit sich stets zufrieden war, nach keinen hohen Zielen strebte, vergnügt jede Arbeit machte, die sich ihm gerade bot, und mit noch größerem Vergnügen sich an einem Schmause und Zechgelage beteiligte.

›Was machst du da? Was willst du verbrennen‹ fragte er und trat an das Porträt heran. ›Erlaube doch, es ist eines deiner besten Werke. Das ist der vor Kurzem gestorbene Wucherer; es ist ein höchst vollkommenes Werk. Du hast den Mann nicht bloß getroffen, du bist ihm auch in die Augen eingedrungen. Die Augen haben selbst bei seinen Lebzeiten niemals so geblickt, wie sie bei dir blicken!‹

›Ich will mal sehen, wie sie im Feuer blicken werden!‹ sagte mein Vater und machte eine Bewegung, um das Porträt in den Kamin zu werfen.

›Halt ein, um Gottes willen!‹ sagte der Freund, indem er ihm in die Hand fiel. ›Gib es dann lieber mir, wenn es dein Auge so sehr beleidigt.‹ Mein Vater weigerte sich anfangs, willigte aber schließlich doch ein, und der lustige Patron trug, über seine Erwerbung sehr erfreut, das Porträt heim.

Als er fort war, fühlte sich mein Vater plötzlich ruhiger. Es war, als wäre ihm zugleich mit dem Porträt eine Last vom Herzen gefallen. Er wunderte sich nun selbst über seine Gehässigkeit, seinen Neid und die offensichtliche Veränderung seines Charakters. Als er sich seine Handlungsweise überlegt hatte, spürte er Trauer in seiner Seele und sagte sich nicht ohne Zerknirschung: ›Nein, das war eine Strafe Gottes; mein Bild ist mit Recht unterlegen. Es war mit der Absicht begonnen worden, um meinen Nächsten zugrunde zu richten. Das dämonische Gefühl des Neides hat meinen Pinsel geleitet, und ein dämonisches Gefühl hat sich auch dem Bilde mitgeteilt.‹ Er suchte sofort seinen früheren Schüler auf, umarmte ihn, bat ihn um Verzeihung und gab sich jede Mühe, sein Vergehen wiedergutzumachen. Nun konnte er wieder ruhig arbeiten, aber sein Gesicht zeigte immer wieder einen nachdenklichen Ausdruck. Er betete immer mehr, war öfter schweigsam und urteilte nicht mehr so streng über die Menschen; selbst seine äußeren Umgangsformen wurden milder. Bald darauf erschütterte ihn ein Ereignis noch mehr. Er hatte seinen Freund, der sich das Porträt von ihm erbettelt hatte, lange nicht gesehen. Schon wollte er ihn aufsuchen, als jener plötzlich selbst zu ihm ins Zimmer trat. Nach einigen Worten und Fragen von den beiden Seiten sagte jener: ›Nicht umsonst hast du das Porträt verbrennen wollen, Bruder. Hol es der Teufel, es ist etwas

Schreckliches darin ... Ich glaube nicht an Hexerei, aber in diesem Porträt steckt, du magst sagen, was du willst, etwas Teuflisches...‹

›Wieso?‹ fragte mein Vater.

›Gleich nachdem ich es bei mir im Zimmer aufgehängt hatte, beschlich mich ein so bedrückendes Gefühl, als wolle ich jemand erstechen. Mein Lebtag habe ich nicht gewusst, was Schlaflosigkeit ist, jetzt aber habe ich nicht nur die Schlaflosigkeit kennengelernt, sondern auch solche Träume, dass ... Ich vermag selbst nicht zu sagen, ob es bloß Träume sind oder etwas anderes. Es ist mir, wie wenn ein Teufel mich würgte, und dabei sehe ich immer den verfluchten Alten vor mir. Mit einem Worte, ich kann dir meinen Zustand gar nicht beschreiben. Etwas Ähnliches habe ich noch nie erlebt. Alle diese Tage irrte ich wie ein Verrückter umher: Ich fühlte fortwährend irgendeine Angst, irgendeine unangenehme Erwartung. Ich fühle, dass ich kein einziges lustiges, aufrichtiges Wort sprechen kann; es ist mir, als ob in mir ein Spion säße. Erst als ich das Porträt meinem Neffen schenkte, der selbst danach verlangte, war es mir, als ob mir ein Stein vom Herzen gefallen wäre: Plötzlich fühlte ich mich wieder lustig, wie du mich jetzt siehst. Ja, Bruder, einen schönen Teufel hast du fertig gekriegt!‹

Mein Vater hörte seinen Bericht mit gespannter Aufmerksamkeit an und fragte schließlich: ›Befindet sich das Porträt jetzt bei deinem Neffen?‹

›Ach was, beim Neffen! Der hielt es auch nicht aus!‹ sagte der lustige Patron. ›Die Seele des Wucherers scheint ins Porträt gefahren zu sein: er springt aus dem Rahmen, geht durch das Zimmer, und was mein Neffe über ihn erzählt, ist einfach unfassbar. Ich würde ihn für verrückt halten, wenn ich es zum Teil nicht auch selbst erlebt hätte. Er hat das Porträt irgendeinem Bildersammler verkauft, und auch dieser hielt es nicht aus und verkaufte es weiter.‹

Diese Erzählung machte auf meinen Vater einen starken Eindruck. Er wurde tief nachdenklich, verfiel in Hypochondrie und war zuletzt ganz davon überzeugt, dass sein Pinsel als teuflisches Werkzeug gedient habe, dass das Leben des Wucherers auf irgendeine Weise zum Teil wirklich ins Porträt gefahren sei und die Menschen beunruhige, indem es ihnen teuflische Gedanken eingäbe, die Künstler vom Wege abbringe, grässlichen Neid erzeuge und so weiter. Die drei Unglücksfälle, die sich bald darauf ereigneten, die drei plötzlichen Tode: Der seiner Frau, seiner Tochter und seines kleinen Sohnes sah er als eine himmlische Strafe an und fasste den unabänderlichen Entschluss, die Welt zu fliehen. Als ich neun Jahre alt geworden war, gab er mich auf die Kunstakademie, rechnete dann mit allen seinen Gläubigern ab und zog sich in ein entlegenes Kloster zurück, wo er bald darauf die Mönchsweihen empfing. Dort setzte er durch seine strenge Lebensführung und durch die peinliche Befolgung aller Klosterregeln die Mönche in Erstaunen. Als der Prior des Klosters von seiner Kunst erfuhr, gab er ihm den Auftrag, für die Klosterkirche ein Altarbild zu malen. Aber der demütige Bruder weigerte sich entschieden und sagte, dass er unwürdig sei, den Pinsel zu ergreifen, weil dieser entweiht sei, und dass er erst durch Mühe und große Opfer seine Seele läutern müsse, um der Ehre teilhaftig zu werden, solch ein Werk zu unternehmen. Man wollte ihn dazu nicht zwingen. Er erschwerte für sich selbst, soweit es ging, die Strenge des klösterlichen Lebens. Zuletzt erschien ihm auch dieses nicht streng genug. Mit Genehmigung des Priors entfernte er sich in eine Einsiedelei, um ganz allein zu sein. Dort baute er sich aus Baumästen eine Zelle, lebte nur von rohen Wurzeln, schleppte Steine von einem Ort zum andern und stand von Sonnenaufgang bis zum Sonnenuntergang immer auf dem gleichen Fleck, die Arme gen Himmel erhoben und unausgesetzt Gebete sprechend – mit einem Worte, er erfand wohl alle denkbaren Stufen der Kasteiung und jener unfassbaren Selbstaufopferung, für die man höchstens in der Heiligenlegende Beispiele finden kann. So kasteite er lange, mehrere Jahre hindurch seinen Körper und stärkte ihn zugleich mit der belebenden Kraft des Gebets. Endlich kam er eines Tages ins Kloster und sagte dem Prior mit fester Stimme: ›Nun bin ich bereit; wenn es Gott gefällig ist, werde ich das Werk vollenden.‹ Der Gegenstand, den er wählte, war die Geburt des Heilands. Ein ganzes Jahr arbeitete er daran, ohne seine Zelle zu verlassen, von karger Kost lebend und ununterbrochen betend. Nach Ablauf des Jahres war das Bild fertig. Es war tatsächlich ein Wunder der Malkunst. Es ist zu bemerken, dass weder die Klosterbrüder noch der Prior viel Verständnis für die Malerei hatten, aber alle waren über den ungewöhnlich heiligen Ausdruck der Gestalten erstaunt. Das Gefühl göttlicher Demut und Milde im Antlitz der allerreinsten Gottesmutter, die sich über das Kind beugte, die tiefe Weisheit in den Augen des göttlichen Kindes, das schon das feierliche Schweigen der vom göttlichen Wunder erschütterten Heiligen Drei Könige zu seinen Füßen in der Zukunft zu schauen schien, und endlich die heilige, unaussprechliche Stille, von der das ganze Bild erfüllt war – dies alles stellte sich in einer so harmonischen Kraft und machtvollen Schönheit dar, dass der Eindruck magisch war. Alle Klosterbrüder fielen vor dem neuen Bilde in die Knie, und der gerührte Prior sprach: ›Nein es ist unmöglich, dass ein Mensch mithilfe der menschlichen Kunst allein ein solches Kunstwerk geschaffen hat: Eine heilige, höhere Macht hat deinen Pinsel geleitet, und der Segen des Himmels senkte sich auf dein Werk herab.‹

Um diese Zeit beendete ich das Studium an der Akademie, erhielt die goldene Medaille und mit ihr die beseligende Aussicht auf eine Italienreise – den schönsten Traum eines jungen Künstlers. Mir blieb nur noch, mich von meinem Vater zu verabschieden, den ich seit zwölf Jahren nicht gesehen hatte. Ich muss gestehen, dass selbst sein Bild aus meiner Erinnerung geschwunden war. Ich hatte schon einiges von der strengen Heiligkeit seines Lebens gehört und stellte ihn mir als einen rauen Einsiedler vor, der gegen alles in der Welt außer seiner Zelle und seinen Gebeten gleichgültig sei, als einen ausgemergelten, durch das ewige Fasten und Wachen erschöpften Menschen. Wie war ich aber erstaunt, als ich vor mir einen schönen, beinahe göttlichen Greis erblickte! Sein Gesicht zeigte nicht die geringste Spur von Kasteiungen, es leuchtete vor himmlischer Heiterkeit. Der schneeweiße Bart und die feinen, beinahe luftigen Haare vom selben silbernen Weiß flossen malerisch über seine Brust und die Falten seiner schwarzen Kutte und fielen bis zum Stricke hinab, mit dem er sein ärmliches Mönchsgewand umgürtete. Am meisten war ich aber erstaunt, als ich aus seinem Munde Worte und Gedanken über die Kunst hörte, die ich, offen gestanden, lange in meiner Seele bewahren werde, und ich wünsche aufrichtig, dass auch jeder meiner Brüder in der Kunst dasselbe tue.

›Ich habe dich erwartet, mein Sohn‹, sagte er mir, als ich auf ihn zuging, um mir seinen Segen zu erbitten. ›Es steht dir ein Weg bevor, dem dein Leben nun folgen wird. Dein Weg ist rein, irre von ihm nicht ab. Du hast ein Talent; das Talent ist das kostbarste Geschenk Gottes – richte es nicht zugrunde. Erforsche und studiere alles, was du erblickst, mache alles deinem Pinsel Untertan; lerne aber, in allem die darin verborgene Idee zu erkennen und bemühe dich am meisten, das hohe Geheimnis der Schöpfung zu ergründen. Selig ist der Auserwählte, der es beherrscht. Für diesen gibt es in der ganzen Natur nichts Gemeines. Der schöpfende Künstler ist im Geringen ebenso groß wie im Großen;

im Verächtlichen gibt es für ihn nichts Verächtliches, denn es ist sichtbar von der schönen Seele des Schöpfers durchleuchtet, und das Verächtliche erhält dadurch einen erhabenen Ausdruck, weil es im Fegefeuer seiner Seele geläutert worden ist ... Die Ahnung vom Göttlichen, vom himmlischen Paradiese ist für den Menschen in der Kunst enthalten, und schon darum ist sie erhabener als alles. Ebenso wie feierliche Ruhe über jede weltliche Unruhe erhaben ist, so erhaben ist auch die Schöpfung über die Zerstörung; wie der Engel schon durch die keusche Unschuld seiner lichten Seele über die zahllosen Heere und die hochmütigen Leidenschaften des Satans erhaben ist, so steht auch die hehre Schöpfung der Kunst über allen Dingen der Welt. Bringe ihr alles zum Opfer und liebe sie mit deiner ganzen Leidenschaft – nicht mit der Leidenschaft, die irdisches Begehren atmet, sondern mit der stillen, himmlischen Leidenschaft: ohne sie hat der Mensch nicht die Gewalt, sich über die Erde zu erheben und die wunderbaren Tone des Friedens anzustimmen; denn das hehre Werk der Kunst steigt auf die Erde herab, nur um allen Ruhe und Versöhnung einzuflößen. Es kann in der Seele kein Murren wecken, sondern strebt als klingendes Gebet zu Gott empor. Aber es gibt Augenblicke, finstere Augenblicke ...‹ Er hielt inne, und ich merkte, dass sein leuchtendes Antlitz plötzlich wie von einer flüchtigen Wolke verdüstert wurde. ›Es gab ein Ereignis in meinem Leben‹, sagte er. ›Ich kann auch heute nicht begreifen, wer jenes seltsame Wesen war, das ich malte. Es war wie eine teuflische Erscheinung. Ich weiß, die Welt leugnet die Existenz des Teufels, und darum werde ich von ihm nicht sprechen; ich will nur sagen, dass ich ihn mit Abscheu malte. Damals fühlte ich nicht die geringste Liebe für mein Werk. Ich wollte mich gewaltsam bezwingen und alles in mir unterdrücken, um seelenlos treu der Natur zu folgen. Es war keine Schöpfung der Kunst, und darum sind die Gefühle, die sich der Menschen bei seinem Anblick bemächtigen, aufrührerische, unruhige Gefühle und nicht die eines Künstlers, denn der Künstler atmet selbst in der Unruhe Ruhe. Man sagte mir, das Porträt gehe von Hand zu Hand und verbreite die quälendsten Eindrücke; es erzeuge im Künstler Neid, finsteren Hass gegen seinen Bruder und das gehässige Bestreben, alles zu unterdrücken und zu verfolgen. Der Allmächtige möge dich vor solchen Leidenschaften bewahren! Es gibt nichts Schrecklicheres als sie. Es ist besser, selbst die ganze Bitternis aller möglichen Verfolgungen zu kosten, als einen andern zu verfolgen. Bewahre die Reinheit deiner Seele. Wer ein Talent in sich birgt, der muss an Seele reiner als alle sein.

Einem andern wird vieles verziehen, was ihm nicht verziehen wird. Wenn ein Mensch in hellem festlichem Gewände aus dem Hause getreten ist, so genügt schon ein einziger Schmutzspritzer von einem Wagen, damit die Menge ihn umringe, auf ihn mit dem Finger weise und von seiner Unsauberkeit spreche, während die gleiche Menge die vielen Schmutzspritzer an anderen Menschen, die ihre Werktagskleider anhaben, nicht sieht; denn auf den Werktagskleidern sind die Flecke nicht sichtbar.‹

Er segnete und umarmte mich. Nie im Leben war ich von solcher Rührung erschüttert wie an diesem Tag. Andächtig, mit einem Gefühl, das mehr als Sohnesliebe war, fiel ich ihm an die Brust und küsste seine herabfließenden silbernen Haare. Tränen glänzten in seinen Augen. ›Mein Sohn, erfülle mir meine einzige Bitte‹, sagte er beim Abschied. ›Vielleicht wird es sich fügen, dass du irgendwo das Porträt findest, von dem ich sprach – du wirst es an den ungewöhnlichen Augen und an ihrem natürlichen Ausdruck erkennen – so vernichte es um jeden Preis ...‹

Sie können selbst urteilen, ob es mir möglich war, ihm nicht zu schwören, seine Bitte zu erfüllen. Fünfzehn Jahre lang konnte ich nichts finden, was auch entfernt der Beschreibung, die mir mein Vater gab, entsprochen hätte. Aber auf dieser Auktion ...«

Der Künstler sprach den Satz nicht zu Ende und richtete seinen Blick auf die Wand, um das Porträt noch einmal zu sehen. Die gleiche Bewegung machten augenblicklich auch alle Zuhörer, und alle Augen suchten das ungewöhnliche Porträt. Zum höchsten Erstaunen aller hing es aber nicht mehr an der Wand. Ein unruhiges Gemurmel lief durch die ganze Menge, und gleich darauf ließ sich deutlich das Wort vernehmen: »Gestohlen!« Jemand hatte sich die Aufmerksamkeit der von der Erzählung hingerissenen Zuhörer zunutze gemacht und das Bild entwendet. Lange noch blieben die Anwesenden bestürzt, und niemand wusste, ob man die ungewöhnlichen Augen tatsächlich gesehen hatte, oder ob es nur ein Traum war, der ihren durch das lange Betrachten alter Bilder ermüdeten Augen vorgeschwebt.

Aufzeichnungen eines Irren

Heute hat sich was Außergewöhnliches ereignet. Ich stand des Morgens ziemlich spät auf, und als Mawra mir meine geputzten Stiefel brachte, fragte ich sie, wie spät es sei. Als ich hörte, dass es schon längst zehn geschlagen habe, beeilte ich mich, mich anzukleiden. Offen gestanden, ich wäre am liebsten gar nicht ins Departement gegangen, da ich schon wusste, welch eine saure Miene unser Abteilungschef machen würde. Er pflegt mir schon seit längerer Zeit zu sagen: »Was hast du für ein Durcheinander im Kopfe, mein Bester? Manchmal rennst du wie ein Irrsinniger herum, bringst die Akten so durcheinander, dass der Satan selbst sich nicht auskennt, schreibst den Titel mit einem kleinen Anfangsbuchstaben und setzt weder Datum noch Nummer hin.« So ein verdammter Reiher! Er beneidet mich sicher, weil ich im Kabinett des Direktors sitze und für Seine Exzellenz die Federn zuschneide. Mit einem Worte, ich wäre gar nicht ins Departement gegangen, hätte ich nicht die Hoffnung gehabt, den Kassierer zu sehen und von diesem Juden wenigstens einen kleinen Vorschuss auf mein Gehalt zu erbetteln. Das ist auch so ein Geschöpf! Dass er auch nur einmal das Gehalt für einen Monat vorausbezahlt – du lieber Gott, eher bricht das Jüngste Gericht herein. Man mag ihn bitten, bis man zerspringt, und wenn man auch in der größten Klemme sitzt, der alte Teufel gibt keinen Pfennig her. Bei sich daheim lässt er sich aber von seiner eigenen Köchin ohrfeigen; das weiß die ganze Welt. Ich sehe nicht ein, was es für einen Vorteil haben soll, im Departement zu dienen, man hat ja gar keine Einnahmen dabei. In der Gouvernements-Verwaltung, in der Zivilkammer, im Rentamt ist es doch ganz anders: Dort sitzt mancher Beamter in schäbigem Frack, mit einer Fratze, die man anspucken möchte, in seinem Winkelchen und schreibt, aber was sich der Kerl für eine Villa leistet! Mit einer vergoldeten Porzellantasse wage man sich an ihn gar nicht heran: »Das ist ja ein Geschenk für einen Doktor!« sagte er; man gebe ihm lieber entweder ein Paar Traber, oder einen Wagen, oder einen Biberpelz im Werte von dreihundert Rubeln. Er sieht so bescheiden aus und spricht so zart: »Leihen Sie mir doch Ihr Messerchen, ich will mir ein Federchen zuschneiden« – dabei rupft er aber den Bittsteller so, dass ihm kein Hemd am Leibe bleibt. Freilich ist unser Dienst edler, alles ist von einer Sauberkeit, wie man sie in einer Gouvernements-Verwaltung nie zu Gesicht bekommt, die Tische sind aus Mahagoni, und alle Vorgesetzten sagen zu einem »Sie« ... Ja, ich muss gestehen, wenn nicht dieser edle Dienst wäre, so hätte ich das Departement schon längst verlassen.

Ich zog meinen alten Mantel an und nahm den Schirm, denn es regnete in Strömen. Auf den Straßen war niemand; ich sah nur einige einfache Weiber, die ihre Rockzipfel über den Kopf geschlagen hatten, einige altrussische Kaufleute mit Regenschirmen und einige Kanzleidiener. Von besserem Publikum sah ich nur einen Beamten. Ich traf ihn an einer Straßenecke. Als ich ihn erblickte, sagte ich mir: – Aha, mein Lieber, du gehst gar nicht ins Departement; du steigst jener Dame nach, die dort vorne läuft, und schaust ihr auf die Füßchen. – Was für eine Bestie ist doch so ein Beamter! Er gibt selbst einem Offizier nichts nach: Kaum sieht er so ein Wesen in einem Hütchen, sofort hat er mit ihr angebandelt. Als ich mir dieses dachte, sah ich eine Equipage vor einem Laden halten, an dem ich gerade vorüberging. Ich erkannte sie sofort: es war die Equipage unseres Direktors. – Er hat in diesem Laden nichts zu suchen –, dachte ich mir, – es wird wohl seine Tochter sein. – Ich drückte mich an die Wand. Der Lakai öffnete den Wagenschlag, sie hüpfte heraus wie ein Vögelchen. Wie bezaubernd blickte sie nach rechts und links und bewegte Brauen und Augen ... Du lieber Gott, ich war verloren, ganz verloren! ... Was braucht sie bei solchem Regen auszufahren! Nun soll mir einer sagen, dass die Frauen keine Leidenschaft für Tand haben. Sie erkannte mich nicht, und auch ich bemühte mich, mich in meinen Mantel zu hüllen, um so mehr als ich einen schmierigen und altmodischen Mantel anhatte. Man trägt jetzt Mäntel mit einem langen Kragen, ich hatte aber einen mit mehreren kurzen Kragen an; auch ist das Tuch meines Mantels gar nicht dekatiert. Ihr Hündchen hatte nicht Zeit gehabt, in die Ladentüre zu schlüpfen, und blieb auf der Straße zurück. Ich kenne dieses Hündchen. Es heißt Maggie. Es war noch keine Minute vergangen, als ich ein feines Stimmchen hörte: »Guten Tag Maggie!« Du lieber Gott, wer spricht denn da? Ich sah mich um und erblickte zwei Damen, die unter einem Regenschirm gingen: eine alte und eine ganz junge; sie waren schon vorbeigegangen, ich hörte aber neben mir wieder das Stimmchen: »Du solltest dich schämen, Maggie!« Teufel noch mal: ich sah, dass Maggie ein Hündchen beschnüffelte, das den beiden Damen folgte. – Aha! – dachte ich mir: – Bin ich auch nicht betrunken? Ich glaube aber, das passiert mit mir nur selten. – »Nein, Fidele, du irrst dich«, – ich sah mit eigenen Augen, dass Maggie diese Worte sprach: »Ich war, wau, wau, ich war, wau, wau, sehr krank.« Ach, dieses Hündchen! Offen gestanden, ich war sehr erstaunt, als ich den Hund mit einer Menschenstimme sprechen hörte; aber später, als ich mir alles überdachte, hörte ich auf, darüber zu staunen. Es hat doch in der Welt tatsächlich eine Menge ähnlicher Fälle gegeben. Man sagt, in England sei ein Fisch ans Ufer geschwommen, der zwei Worte in einer merkwürdigen Sprache gesagt habe, die die Gelehrten schon seit drei Jahren zu bestimmen suchen und noch immer nicht bestimmt haben. Ich habe in der Zeitung auch über zwei Kühe gelesen, die in einen Laden kamen und ein Pfund Tee verlangten. Ich war aber noch viel mehr erstaunt, als Maggie sagte: »Ich habe dir ja geschrieben, Fidèle; Polkan hat dir wahrscheinlich meinen Brief nicht übergeben!« Teufel noch mal: Ich habe mein Lebtag noch nie gehört, dass ein Hund schreiben kann. Richtig schreiben kann nur ein Edelmann. Allerdings pflegen auch Kaufleute, Ladengehilfen und sogar Leibeigene zu schreiben; aber ihr Schreiben ist meistens mechanisch: Man findet darin weder Kommas noch Punkte noch einen Stil.

Das setzte mich in Erstaunen. Ich gestehe, seit einiger Zeit höre und sehe ich zuweilen solche Dinge, die noch kein Mensch gesehen und gehört hat. – Ich will mal diesem Hund nachgehen –, sagte ich zu mir selbst, – und erfahren, wer er ist und was er sich denkt. – Ich machte meinen Schirm auf und folgte den beiden Damen. Wir durchquerten die Gorochowaja, bogen dann in die Mjeschtschanskaja ein, dann in die Stoljarnaja, kamen zur Kokuschkin-Brücke und blieben schließlich vor einem großen Hause stehen. – Dieses Haus kenne ich –, sagte ich mir, – es ist Swjerkows Haus. – So ein Ungeheuer von einem Haus! Was für Leute wohnen nicht alles darin: so viele Köchinnen, so viele Zugereiste! Von uns Beamten gibt es da aber so viele wie Hunde: Der eine sitzt auf dem anderen und treibt den dritten an. Ich habe da auch einen Freund, der sehr gut Trompete spielt. Die Damen stiegen in den fünften Stock hinauf. – Gut –, dachte ich mir, – heute gehe ich noch nicht hinauf, ich will mir nur das Haus merken und bei der nächsten Gelegenheit daraus Nutzen ziehen. –

4. Oktober

Heute ist Mittwoch, und darum war ich bei unserem Direktor im Kabinett. Ich kam absichtlich etwas früher, setzte mich hin und schnitt alle Federn zurecht. Unser Direktor ist wahrscheinlich ein sehr kluger Mann. Sein Kabinett ist voller Bücherschränke. Ich las die Titel einiger von ihnen: solch eine Gelehrsamkeit, dass sich unsereins gar nicht heranwagen darf, alles entweder französisch oder deutsch. Und wenn man ihm ins Gesicht blickt – du lieber Gott, was für eine Würde leuchtet aus seinen Augen! Ich habe noch nie gehört, dass er ein überflüssiges Wort gesagt hätte. Wenn man zu ihm mit den Papieren kommt, fragt er nur: »Was für ein Wetter ist heute?« – »Es ist feucht, Euer Exzellenz!« Ja, er ist doch etwas anderes als unsereins! Ein Staatsmann. – Ich merke jedoch, dass er mich besonders lieb hat und auch seine Tochter ... Ach, verdammt! ... Nichts, gar nichts, Schweigen! – Ich las in der »Nordischen Biene«. Was für ein dummes Volk sind diese Franzosen! Was wollen sie denn eigentlich? Lieber Gott, ich würde sie alle hernehmen und mit Ruten züchtigen! In der gleichen Zeitung las ich auch die Beschreibung eines Balles, die einen Kursker Gutsbesitzer zum Verfasser hat. Kursker Gutsbesitzer schreiben sehr schön. Da merkte ich, dass es schon halb eins schlug, unser Direktor aber noch immer nicht aus seinem Schlafzimmer herausgekommen war. So um halb zwei ereignete sich etwas, was keine Feder zu beschreiben vermag. Die Türe ging auf, ich dachte, es sei der Direktor und sprang mit den Papieren vom Stuhle auf; es war aber sie, sie selbst! Alle Heiligen, wie war sie gekleidet! Ihr Kleid war so weiß wie ein Schwan, Gott, wie herrlich! Und als sie mich anblickte, so war es wie die Sonne! Bei Gott, wie die Sonne! Sie nickte mir zu und sagte: »War Papa noch nicht hier?« Ach, ach, ach, diese Stimme! Ein Kanarienvogel, tatsächlich ein Kanarienvogel! »Eure Exzellenz«, wollte ich ihr sagen, »lassen Sie mich nicht strafen, und wenn Sie mich schon strafen wollen, so strafen Sie mich mit Ihrem eigenen Händchen!« Aber meine Zunge versagte, und ich sagte nur: » Nein, er war noch nicht hier.« Sie sah mich an, sah auf die Bücher und ließ ihr Taschentuch fallen. Ich stürzte hin, um es aufzuheben, glitt auf dem verdammten Parkett aus und hätte mir beinahe die Nase zerschlagen; aber ich hielt mich noch aufrecht und hob das Taschentuch auf. Alle Heiligen, was für ein Taschentuch! Der feinste Batist! Ambra, ganz wie Ambra! Er duftet förmlich nach dem Generalsrang! Sie dankte und lächelte leise, sodass ihre zuckersüßen Lippen sich fast gar nicht regten, und dann ging sie. Ich blieb noch eine Stunde lang sitzen, als plötzlich der Lakai eintrat und sagte: »Gehen Sie, Aksentij Iwanowitsch, heim, der Herr ist schon aus dem Hause gegangen.« Ich kann dieses Lakaienvolk nicht ausstehen: Immer rekeln sie sich im Vorzimmer und geben sich nicht mal die Mühe, mit dem Kopf zu nicken. Und noch mehr als das: Einer dieser Bestien fiel es einmal ein, mir, ohne vom Platze aufzustehen, eine Prise anzubieten. »Weißt du denn nicht, du dummer Knecht, dass ich ein Beamter und von adeliger Abstammung bin?« Ich nahm jedoch meinen Hut, zog selbst meinen Mantel an, denn diese Herren geben sich niemals die Mühe, einem in den Mantel zu helfen, und ging. Zu Hause lag ich fast die ganze Zeit auf dem Bett. Dann schrieb ich ein sehr hübsches Gedicht ab:

»Liebster Schatz blieb aus ein Stündchen,
doch mir wars, als wär's ein Jahr!
Immer dacht' ich an ihr Mündchen
und ans seidenweiche Haar!«

Das hat wohl Puschkin verfasst. Gegen Abend hüllte ich mich in meinen Mantel, ging vors Haus Seiner Exzellenz und wartete, ob sie nicht erscheinen würde; aber sie erschien nicht.

6. November

Der Abteilungschef brachte mich heute ganz aus der Fassung. Als ich ins Departement kam, rief er mich zu sich und sagte zu mir Folgendes: »Sag mir, bitte, was tust du eigentlich?« – »Was ich tue? Ich tue gar nichts.« – »Überlege es dir doch: du bist ja bald vierzig Jahre alt, es ist Zeit, dass du Verstand annimmst. Was denkst du dir eigentlich? Glaubst du vielleicht, dass ich deine Streiche nicht kenne? Du läufst ja der Tochter des Direktors nach. Schau dich selbst an und bedenke, was du bist! Du bist eine Null. Du hast keinen Heller. Betrachte wenigstens dein Gesicht im Spiegel, wie kannst du daran auch nur denken!« Hol ihn der Teufel! Weil sein Gesicht einige Ähnlichkeit mit einer Apothekerflasche hat, weil er auf dem Kopfe einen gekräuselten Haarschopf hat, weil er den Kopf hochträgt und mit irgendeiner Rosenpomade schmiert, glaubt er, ihm allein sei alles erlaubt. Ich verstehe, warum er so böse auf mich ist. Er beneidet mich. Vielleicht hat er schon gemerkt, dass ich bevorzugt werde. Aber ich spucke auf ihn. Auch eine große Sache – ein Hofrat! Hat sich eine goldene Uhrkette an den Bauch gehängt, lässt sich Stiefel zu dreißig Rubel das Paar machen – hol ihn der Teufel! Bin ich vielleicht von niederem Stande, stamme ich von einem Schneider oder von einem Unteroffizier ab? Ich bin ein Edelmann! Ich kann mich noch hinaufdienen. Ich bin nur zweiundvierzig Jahre alt, und in diesem Alter beginnt erst der richtige Dienst. Wart, Freundchen! Auch wir werden noch einmal Oberst sein und, so Gott will, vielleicht noch mehr. Auch wir werden uns eine Wohnung anschaffen, vielleicht eine bessere als die deinige. Was hast du dir in den Kopf gesetzt, dass es außer dir keinen anständigen Menschen gibt. Wenn ich einen feinen

Frack nach der neuesten Mode anziehe und mir eine Krawatte umbinde, wie du eine trägst, so reichst du nicht an meine Schuhsohle heran. Ich habe bloß keine Mittel, das ist mein Unglück.

8. November

Ich war im Theater. Man spielte den »Russischen Narren Filatka«. Ich habe viel gelacht. Es gab noch eine Posse mit sehr lustigen Versen über die Gerichtsschreiber, besonders über einen gewissen Kollegienregistrator; die Verse waren sehr frei, und ich musste mich wundern, dass die Zensur sie hat passieren lassen; von den Kaufleuten hieß es aber ganz offen, dass sie das Volk betrügen und dass ihre Söhne tolle Streiche machen und nach dem Adelsstande streben. Es gab auch ein sehr amüsantes Couplet über die Journalisten, diese schimpfen gerne auf alles, und der Autor bittet das Publikum um Schutz. Die Autoren schreiben heute sehr amüsante Stücke. Ich besuche gerne das Theater. Wenn ich nur einen Groschen in der Tasche habe, kann ich mich nicht beherrschen und muss hinein. Unter unseren Beamten gibt es aber solche Schweine, die niemals ins Theater gehen; höchstens, wenn man ihnen ein Billett schenkt. Eine Schauspielerin sang sehr schön. Ich musste an sie denken... Ach, verdammt!... Nichts, gar nichts... Schweigen.

9. November

Um acht Uhr ging ich ins Departement. Der Abteilungschef tat so, als bemerkte er mein Erscheinen gar nicht. Auch ich meinerseits tat so, als wäre zwischen uns nichts vorgefallen. Ich sah die Akten durch und verglich sie miteinander. Um vier Uhr ging ich fort. Ich kam an der Wohnung des Direktors vorbei, aber es war niemand zu sehen. Nach dem Essen lag ich meistenteils wieder auf dem Bett.

11. November

Heute saß ich im Kabinett unseres Direktors und schnitt für ihn dreiundzwanzig Federn und für sie ... ei! ei! ... für Ihre Exzellenz vier Federn. Er hat es sehr gern, wenn auf dem Tische möglichst viel Federn bereitliegen. Gott, das muss ein Kopf sein! Er schweigt immer, aber im Kopfe, glaube ich, überlegt er sich alles. Ich möchte so gern wissen, worüber er hauptsächlich denkt und was für Pläne in diesem Kopfe entstehen. Ich möchte mir das Leben dieser Herren näher ansehen, alle diese Equivoquen- und Hofintrigen: wie sie sind und was sie in ihrem

Kreise treiben, das möchte ich wissen! Ich wollte schon einige Mal ein Gespräch mit Seiner Exzellenz beginnen, aber die Zunge, hol sie der Teufel, versagte mir ihren Dienst; ich sagte bloß, dass es draußen kalt oder warm sei, sonst konnte ich aber nichts mehr herausbringen. Ich möchte so gern in den Salon hineinblicken, dessen Türe manchmal offensteht, und dann auch noch in ein anderes Zimmer, hinter dem Salon. Ach, diese reiche Einrichtung! Was für Spiegel und Porzellan! Ich möchte so gerne auch in die Zimmer hineinblicken, die Ihre Exzellenz bewohnt, – da möchte ich hineinschauen! Ins Boudoir, wo alle die Döschen, Gläschen stehen, so zarte Blumen, dass man gar nicht hinzuhauchen wagt, wo ihr Kleid liegt, das eher an Luft als an ein Kleid erinnert. Ich möchte in ihr Schlafzimmer hineinblicken ... dort sind wohl solche Wunder, dort ist solch ein Paradies, wie man es nicht einmal im Himmel findet. Ich möchte das Bänkchen sehen, auf das sie, wenn sie vom Bette aufsteht, ihr Füßchen setzt, wie sie sich das schneeweiße Strümpfchen anzieht ... Ei! ei! ei! Nichts, gar nichts ... Schweigen.

Heute ging mir plötzlich ein Licht auf: Ich erinnerte mich an das Gespräch der beiden Hündchen, das ich auf dem Newskij-Prospekt gehört hatte. – Gut, sagte ich mir, – jetzt werde ich alles erfahren. Ich muss nur die Briefe abfangen, die diese gemeinen Hunde einander schreiben. Aus ihnen werde ich wohl manches erfahren. – Offen gestanden, rief ich einmal Maggie zu mir heran und sagte ihr: »Hör einmal, Maggie, wir sind jetzt allein; wenn du willst, schließe ich auch die Türe ab, sodass uns niemand sehen wird, – erzähle mir alles, was du über dein Fräulein weißt: was sie treibt und wie sie ist? Ich will dir schwören, dass ich es niemand verraten werde.« Aber das listige Hundevieh zog den Schweif ein, duckte sich und ging leise aus dem Zimmer, als hätte es nichts gehört. Ich habe schon längst vermutet, dass der Hund viel klüger ist als der Mensch; ich bin sogar überzeugt, dass er zu sprechen versteht und es nur aus Trotz nicht tut. So ein Hund ist ein hervorragender Politiker: Er merkt sich alles, jeden Schritt, den der Mensch tut. Nein, ich gehe morgen unbedingt in Swjerkows Haus, nehme Fidèle ins Gebet und eigne mir, wenn es geht, alle Briefe an, die Maggie ihr geschrieben.

12. November

Um zwei Uhr ging ich aus, mit dem festen Vorsatz, Fidele zu sehen und zu vernehmen. Ich verabscheue den Kohlgeruch, der aus allen Kramladen in der Mjeschtschanskaja dringt; außerdem kommt aus dem

Torwege eines jeden Hauses ein so höllischer Gestank, dass ich mir die Nase zuhielt und, so schnell ich konnte, weiterlief. Auch diese verdammten Handwerker verpesten die Luft mit dem Ruß und Rauch aus ihren Werkstätten, sodass ein anständiger Mensch hier unmöglich Spazierengehen kann. Als ich in den sechsten Stock hinaufgestiegen war und geläutet hatte, kam ein Mädchen heraus, gar nicht übel von Aussehen, mit kleinen Sommersprossen im Gesicht. Ich erkannte sie: Es war dieselbe, die damals mit der Alten ging. Sie errötete leicht, und ich begriff sofort: – Du willst wohl einen Mann, meine Liebe! – »Was wünschen Sie?« fragte sie. – »Ich muss mit Ihrem Hündchen sprechen.« Das Mädel war dumm! Ich merkte sofort, dass sie dumm war! Das Hündchen kam indessen selbst bellend hereingelaufen; ich wollte es packen, aber das garstige Vieh hätte mich beinahe in die Nase gebissen. Ich erblickte jedoch in der Ecke den Korb, in dem der Hund zu schlafen pflegt. Ach, da ist doch alles, was ich brauche! Ich ging auf ihn zu, durchwühlte das Stroh und holte zu meinem unbeschreiblichen Vergnügen ein kleines Papierbündel hervor. Als das gemeine Hundevieh es sah, biss es mich erst in die Wade und begann, als es merkte, dass ich seine Papiere genommen hatte, zu winseln und zu schmeicheln; ich aber sagte: »Nein, mein Schatz, leb wohl!« und stürzte hinaus. Ich glaube, das Mädel hielt mich für verrückt, denn es erschrak außerordentlich. Nach Hause zurückgekehrt, wollte ich mich gleich an die Arbeit machen und die Briefe durchsehen, denn bei Kerzenlicht sehe ich nicht gut; der Mawra fiel es aber gerade ein, den Boden zu scheuern. Diese dummen Finnenweiber sind immer zur ungelegenen Zeit reinlich. Darum ging ich aus, um einen kleinen Spaziergang zu machen und mir den Fall zu überlegen. Nun werde ich endlich alle Einzelheiten, alle Hintergedanken, alle geheimen Triebfedern kennenlernen und alles ergründen. Diese Briefe werden mir alles enthüllen. Die Hunde sind ein kluges Volk, sie kennen alle politischen Zusammenhänge, und darum werde ich wohl auch alles Nähere über unseren Direktor finden: das Porträt und alle Taten dieses Mannes. Es wird auch einiges über sie darin stehen ... nichts, Schweigen! Gegen Abend kam ich nach Hause. Lag die meiste Zeit auf dem Bett.

13. November

Nun, wollen wir mal sehen! Der Brief ist recht leserlich, in der Schrift liegt aber etwas Hündisches. Lesen wir ihn einmal:

»Liebe Fidèle! Ich kann mich noch immer nicht an Deinen kleinbürgerlichen Namen gewöhnen. Konnte man Dir denn wirklich keinen besseren geben? Fidèle, Rosa, was für ein banaler Ton! Aber lassen wir das alles beiseite. Ich freue mich sehr, dass es uns eingefallen ist, einander zuschreiben.«

Der Brief ist ziemlich korrekt geschrieben. Die Interpunktionszeichen und sogar der Buchstabe »jatj« stehen immer auf dem richtigen Platz. Ich glaube gar, selbst unser Abteilungsvorstand kann nicht so korrekt schreiben, obwohl er behauptet, irgendwo eine Universität besucht zu haben. Sehen wir mal weiter.

»... Mir scheint, es gehört zu den größten Freuden im Leben, seine Gedanken, Gefühle und Eindrücke mit einem anderen teilen zu können.«

Hm! ... Dieser Gedanke ist einem aus dem Deutschen übersetzten Werke entnommen. Auf den Titel kann ich mich nicht besinnen.

»... Ich sage das aus Erfahrung, obwohl ich in der Welt nicht weiter als bis vor unser Haustor herumgelaufen bin. Lebe ich nicht in höchster Zufriedenheit? Meine Fräulein, das der Papa Sophie nennt, liebt mich bis zur Bewusstlosigkeit.«

Ei, ei! ... nichts, gar nichts! Schweigen!

»... Auch der Papa liebkost mich sehr oft. Ich trinke Tee und Kaffee mit Sahne. Ach, ma chère, ich muss Dir sagen, dass ich gar kein Vergnügen an den großen abgenagten Knochen finde, die unser Polkan in der Küche frisst. Knochen sind nur gut vom Wild und auch das nur, wenn noch niemand das Mark aus ihnen herausgesogen hat. Es ist sehr gut, mehrere Soßen durcheinanderzumischen, doch nur solche ohne Kapern und ohne Grünzeug; aber ich kenne nichts Schlimmeres als die Angewohnheit, den Hunden aus Brot geknetete Kügelchen zu geben. Da beginnt irgendein Herr, der bei Tische sitzt und allerlei Zeug in seinen Händen gehalten hat, mit diesen selben Händen Brot zu kneten; dann ruft er Dich heran und schiebt Dir so ein Kügelchen ins Maul. Es nicht anzunehmen wäre unhöflich, – so frisst man es, obgleich mit Ekel, aber man frisst es doch ...«

Weiß der Teufel, was das ist! So ein Unsinn! Als ob es keinen besseren Gegenstand gäbe, über den man schreiben könnte. Schauen wir mal auf der nächsten Seite nach, vielleicht steht dort etwas Vernünftigeres.

»... Ich will Dich sehr gerne über alle Ereignisse unterrichten, die sich bei uns abspielen. Ich habe Dir schon einiges über den wichtigsten Herrn erzählt, den Sophie Papa nennt. Er ist ein sehr sonderbarer Mensch ...«

Aha, da ist es endlich! Ja, ich habe es gewusst: Sie haben einen politischen Blick für alle Dinge. Sehen wir mal nach, was da über den Papa steht.

»... ein sehr sonderbarer Mensch. Er schweigt meistens und redet nur sehr selten. Aber vor einer Woche sprach er fortwährend mit sich selbst: ›Werde ich ihn kriegen oder werde ich ihn nicht kriegen?‹ Oder er nimmt in die eine Hand ein Stück Papier, ballt die andere leer zusammen und fragt: ›Werde ich ihn kriegen oder werde ich ihn nicht kriegen?‹ Einmal wandte er sich auch an mich mit der Frage: ›Wie glaubst du, Maggie, werde ich ihn kriegen oder nicht kriegen?‹ Ich konnte absolut nichts verstehen! Ich beschnüffelte nur seinen Stiefel und ging fort. Später, ma chère, nach einer Woche kam der Papa hocherfreut heim. Den ganzen Vormittag besuchten ihn Herren in Galauniformen und gratulierten ihm zu etwas. Bei Tisch war er so aufgeräumt, wie ich ihn noch nie gesehen habe, und erzählte immer Witze. Nach Tisch hob er mich aber zu seinem Hals und sagte: ›Schau mal, Maggie, was ist denn das?‹ Ich sah nur ein Bändchen. Ich beschnüffelte es, konnte aber gar keinen Duft wahrnehmen; schließlich leckte ich vorsichtig daran: Es schmeckte etwas salzig.«

Hm! Dieses Hundevieh erlaubt sich, scheint mir, etwas zu viel ... dass es nur keine Schläge kriegt!

– Er ist also ehrgeizig! Das muss ich mir merken. –

»... Leb wohl, ma chère! Ich muss laufen usw. usw ... Morgen schreibe ich den Brief fertig. – Nun, guten Tag! Ich bin wieder bei Dir. Heute war mein Fräulein Sophie ...«

Ah! Sehen wir mal, was mit Sophie los war. Diese Gemeinheit! Nichts, gar nichts ... fahren wir fort.

»... war mein Fräulein Sophie in außerordentlicher Aufregung. Sie rüstete sich zu einem Ball, und ich freute mich sehr, dass ich Dir in ihrer Abwesenheit schreiben kann. Meine Sophie ist immer sehr froh, wenn sie auf einen Ball gehen kann, obwohl sie sich beim Ankleiden fast immer ärgert. Ich kann nicht verstehen, warum sich die Menschen ankleiden. Warum laufen sie nicht einfach so herum wie zum Beispiel wir? So ist es so gut und bequem. Ich verstehe auch nicht, was das für ein Vergnügen ist, auf einen Ball zu gehen, ma chere. Sophie kommt von einem Ball immer erst gegen sechs Uhr früh heim, und ich erkenne fast immer an ihrem blassen, elenden Aussehen, dass man der Ärmsten nichts zu essen gegeben hat. Ich muss gestehen, ich könnte so nicht leben. Wenn ich keine Soße mit Rebhuhn oder keinen gebratenen Hühnerflügel bekäme, so ... so weiß ich wirklich nicht, was mit mir geschähe. Auch Soße mit Grütze schmeckt nicht schlecht; aber gelbe oder weiße Rüben oder Artischocken werden mir niemals gefallen.«

Ein auffallend ungleichmäßiger Stil! Man sieht gleich, dass es kein Mensch geschrieben hat: Er fängt an, wie es sich gehört, und schließt ganz hündisch. Sehen wir uns noch dieses Brieflein an. Es ist etwas lang. Hm! Es steht auch kein Datum dabei.

»... Ach, Liebste, wie deutlich lässt sich das Nahen des Frühlings fühlen. Mein Herz klopft so, als erwarte es jemand. In meinen Ohren ist ein ewiges Rauschen, sodass ich oft minutenlang mit erhobenem Beinchen lauschend an der Tür stehe. Ich will Dir eröffnen, dass ich viele Verehrer habe. Oft sitze ich auf der Fensterbank und betrachte sie. Ach, wenn Du wüsstest, was es für Scheusale unter ihnen gibt! Mancher ungeschlachte Köter, dem die Dummheit im Gesicht geschrieben steht, geht wichtig über die Straße und bildet sich ein, er sei eine höchst vornehme Person und alle müssten ihn bewundern. Keine Spur! Ich schenkte ihm nicht die geringste Beachtung und tat so, als hätte ich ihn überhaupt nicht gesehen. Und was für eine schreckliche Dogge bleibt manchmal vor meinem Fenster stehen! Hätte sie sich auf die Hinterbeine gestellt, was das rohe Vieh wohl gar nicht kann, so wäre sie um einen Kopf größer als der Papa meiner Sophie, der doch recht groß gewachsen und auch dick ist. Diese dumme Dogge ist sicher ein furchtbar frecher Kerl. Ich knurrte sie an, aber sie machte sich nichts draus und verzog keine Miene! Sie streckte nur die Zunge heraus, ließ die mächtigen Ohren hängen und blickte in mein Fenster herauf, – so ein Bauer! Aber glaubst Du denn wirklich, ma chère, dass mein Herz für all dies Werben unempfindlich sei? Ach, nein ... Hättest Du nur einen gewissen Kavalier gesehen, der über den Zaun des Nachbarhauses geklettert kommt und Tresor heißt ... Ach, ma chère, was er für ein Schnäuzchen hat! ...«

Pfui, zum Teufel! ... Solches Gesudel! Wie kann man nur seine Briefe mit solchen Dummheiten anfüllen! Man zeige mir einen Menschen! Ich will einen Menschen sehen, mich verlangt nach geistiger Nahrung, die meine Seele speist und ergötzt; statt dessen aber dieser Unsinn ... Wenden wir die Seite um, vielleicht wird es besser?

»... Sophie saß am kleinen Tisch und nähte etwas. Ich blickte zum Fenster hinaus, denn ich beobachte gern die Passanten; plötzlich trat der Diener herein und meldete: ›Herr Teplow!‹ – ›Ich lasse bitten!‹ rief Sophie und fing an, mich zu umarmen. ›Ach, Maggie, Maggie! Wenn Du nur wüsstest, wer das ist: Er ist brünett und Kammerjunker und hat Augen so schwarz wie Achat!‹ Und Sophie lief in ihr Zimmer. Einen Augenblick später erschien ein junger Kammerjunker mit schwarzem Backenbart; er trat vor den Spiegel, brachte sein Haar in Ordnung und sah sich im Zimmer um. Ich knurrte eine Weile und setzte mich dann auf meinen Platz. Sophie kam bald wieder und beantwortete seinen Kratzfuß mit einem vergnügten Nicken: ich tat so, als bemerkte ich nichts, und sah ruhig zum Fenster hinaus; aber ich neigte meinen Kopf etwas zur Seite und gab mir Mühe zu hören, was sie sprachen. Ach, ma chère, was für dummes Zeug redeten sie zusammen! Sie sprachen davon, dass eine Dame beim Tanz statt der einen Figur eine andere gemacht habe; dass irgendein Herr Bobow in seinem Jabot ganz wie ein Storch ausgesehen hätte und beinahe hingeplumpst wäre, dass irgendeine Frau Lidina sich einbilde, blaue Augen zu haben, während sie in Wirklichkeit grüne habe, und dergleichen mehr. – Wenn man diesen Kammerjunker mit meinem Tresor vergleichen wollte! – dachte ich mir. Du lieber Himmel, dieser Unterschied! Erstens hat der Kammerjunker ein vollkommen glattes, breites Gesicht mit einem Backenbart ringsherum, es sieht aus, als hätte er sich das Gesicht mit einem schwarzen Tuch umbunden; Tresor hat aber ein feines Schnäuzchen und eine kleine weiße Stelle mitten auf der Stirn. Tresors Taille kann man mit der des Kammerjunkers gar nicht vergleichen. Wie anders sind auch die Augen, die Manieren, das ganze Benehmen. Ach, welch ein Unterschied! Ich weiß nicht, ma chere, was sie an ihrem Teplow gefunden hat. Warum ist sie so entzückt von ihm? ...«

Auch mir scheint, dass hier etwas nicht stimmt. Es kann nicht sein, dass Teplow sie so bezaubert hat. Lesen wir weiter:

»... Mir scheint, wenn ihr dieser Kammerjunker gefällt, so wird ihr auch bald der Beamte gefallen, der beim Papa im Kabinett zu sitzen pflegt. Ach, ma chère, wenn Du nur wüsstest, was das für ein Scheusal ist! Ganz wie eine Schildkröte in einem Sack ...«

Was mag das wohl für ein Beamter sein ...

»... Sein Familienname klingt sehr merkwürdig. Er sitzt immer da und schneidet die Federn zurecht. Das Haar auf seinem Kopfe hat große Ähnlichkeit mit Heu. Der Papa verwendet ihn manchmal zu Botengängen ...«

Mir scheint, dieses gemeine Hundevieh spielt auf mich an. Aber ist denn mein Haar wie Heu?

»... Sophie kann sich gar nicht des Lachens enthalten, wenn sie ihn ansieht.« Du lügst, verdammtes Hundevieh! So eine böse Zunge! Als ob ich nicht wüsste, dass es nichts als Neid ist! Als ob ich nicht wüsste, wessen Streiche es sind! Es sind Streiche des Abteilungsvorstandes. Hat doch dieser Mensch mir ewigen Hass geschworen, und so schadet er mir auf Schritt und Tritt. Sehen wir uns indessen noch einen Brief an. Vielleicht klärt sich dann die Sache von selbst.

» Ma chère Fidèle, entschuldige, dass ich so lange nicht geschrieben habe. Ich war wie in einem Rausch. Wie richtig hat doch ein Dichter gesagt, die Liebe sei ein zweites Leben. Außerdem gibt es bei uns im Hause große Veränderungen. Der Kammerjunker sitzt jetzt bei uns jeden Tag. Sophie ist wahnsinnig in ihn verliebt. Papa ist sehr vergnügt. Ich hörte sogar von unserem Grigorij, der den Boden kehrt und fast immer mit sich selbst spricht, dass die Hochzeit bald stattfinden werde, denn der Papa wolle Sophie durchaus mit einem General oder einem Kammerjunker oder einem Oberst verheiratet sehen ...«

Hol's der Teufel! Ich kann nicht weiter lesen ... Immer ist's ein Kammerjunker oder ein General. Alles Beste, was es auf der Welt gibt, fällt immer den Kammerjunkern oder den Generälen zu. Hol's der Teufel! Wie gerne möchte auch ich General werden, doch nicht um ihre Hand und so weiter zu erlangen, – nein, ich möchte nur deshalb General werden, um zu sehen, wie sie vor mir scharwenzeln und alle diese höfischen Kunststücke und Manieren zeigen werden, und um ihnen dann zu sagen, dass ich auf sie beide spucke. Hol's der Teufel, es ist ärgerlich! Ich habe die Briefe dieses dummen Hundes in Stücke gerissen.

3. Dezember

Es kann nicht sein, es ist erlogen! Es wird nie zu einer Hochzeit kommen! Was ist denn dabei, dass er Kammerjunker ist? Das ist ja doch nur ein Titel und keine sichtbare Sache, die man in die Hand nehmen könnte. Weil er Kammerjunker ist, hat er doch kein drittes Auge auf der Stirn. Seine Nase ist doch auch nicht aus Gold gemacht, sondern genauso wie die meine und wie die eines jeden Menschen; er riecht doch und isst nicht mit ihr, er niest mit ihr und hustet nicht. Ich wollte schon einige Mal dahinterkommen, worauf alle diese Unterschiede beruhen. Warum bin ich Titularrat, und woraus folgt, dass ich Titularrat bin? Vielleicht bin ich gar kein Titularrat? Vielleicht bin ich ein Graf oder ein General und sehe nur wie ein Titularrat aus. Vielleicht weiß ich selbst noch nicht, wer ich bin. Es gibt doch so viele Beispiele in der Weltgeschichte: Ein ganz einfacher Mensch, nicht einmal ein Adliger, sondern ein Kleinbürger oder sogar Bauer, entpuppt sich plötzlich als hoher Würdenträger, als ein Baron, oder wie heißt es noch ... Wenn aus einem Bauern so etwas werden kann, was kann dann alles aus einem Edelmann werden? Da komme ich zum Beispiel in Generalsuniform zu unserm Chef. Auf der rechten Schulter habe ich eine Epaulette, auf der linken Schulter eine Epaulette, ein blaues Band über die Achsel – nun, was wird dann meine Schöne sagen? Was wird ihr Papa, unser Direktor sagen? Oh, er ist doch sehr ehrgeizig! Er ist ein Freimaurer, ganz gewiss ein Freimaurer; er tut zwar so, als wäre er dies und jenes, aber ich habe es gleich bemerkt, dass er ein Freimaurer ist, wenn er jemand die Hand reicht, so streckt er nur zwei Finger aus. Kann ich denn nicht jetzt gleich in diesem Augenblick zum General-Gouverneur oder zum Intendanten oder zu etwas Ähnlichem ernannt werden? Ich möchte gerne wissen, warum ich Titularrat bin? Warum gerade Titularrat?

5. Dezember

Ich las heute den ganzen Vormittag Zeitungen. Merkwürdige Dinge gehen in Spanien vor. Ich kann mich in ihnen so gar nicht ordentlich zurechtfinden. Man schreibt, der Thron sei erledigt, und die Stände hätten wegen der Wahl eines Thronfolgers Schwierigkeiten; darum gäbe es Aufstände. Dies kommt mir außerordentlich seltsam vor. Wie kann bloß der Thron erledigt sein? Man sagt, irgendeine Donna werde den Thron besteigen müssen. Aber eine Donna kann den Thron nicht besteigen, es ist unmöglich. Auf dem Throne muss doch ein König sitzen. »Aber es gibt keinen König«, sagen die Leute. Es kann doch nicht sein, dass es keinen König gibt. Ein Staat kann nicht ohne einen König bestehen. Es gibt wohl einen König, er hält sich aber wohl irgendwo unerkannt auf. Vielleicht befindet er sich sogar dort an Ort und Stelle, aber irgendwelche Familiengründe oder Befürchtungen seitens der Nachbarstaaten wie Frankreich und der anderen zwingen ihn, sich verborgen zu halten, oder es gibt irgendwelche anderen Ursachen.

8. Dezember

Ich war schon bereit, ins Departement zu gehen, aber verschiedene Gründe und Erwägungen hielten mich davon ab. Die spanischen Angelegenheiten wollten mir nicht aus dem Sinn.

Wie kann es nur sein, dass eine Donna Königin wird?

Man wird es nicht zulassen. Erstens wird es England nicht gestatten. Dazu auch die politische Lage von ganz Europa, der Kaiser von Österreich, unser Kaiser ... Ich muss gestehen, alle diese Ereignisse haben mich dermaßen erschüttert, dass ich den ganzen Tag gar nichts tun konnte. Mawra sagte mir, ich sei bei Tisch äußerst zerstreut gewesen. Ich glaube, ich habe in meiner Zerstreutheit tatsächlich zwei Teller auf den Boden geschmissen, die auch zerbrachen. Nach dem Essen ging ich zu der Rutschbahn, konnte aber aus dem Schauspiel nichts Belehrendes schöpfen. Die meiste Zeit lag ich zu Bett und dachte über die spanischen Angelegenheiten nach.

Im Jahre 2000, d. 43. April

Der heutige Tag ist ein Tag des größten Triumphs! Spanien hat einen König. Er ist plötzlich da. Dieser König bin ich. Gerade heute habe ich es erfahren. Ich muss gestehen, es erleuchtete mich wie ein Blitz. Ich verstehe nicht, wie ich mir nur denken und einbilden konnte, dass ich ein Titularrat sei. Wie konnte mir nur dieser verrückte, wahnsinnige Gedanke in den Kopf kommen? Es ist noch ein Glück, dass es niemand eingefallen ist, mich ins Irrenhaus zu sperren. Jetzt ist mir alles klar. Jetzt sehe ich alles deutlich vor mir liegen. Und bisher – ich verstehe es gar nicht, – bisher lag vor mir alles wie im Nebel. Ich glaube, das alles kommt daher, weil die Menschen sich einbilden, das menschliche Gehirn befinde sich im Kopfe; dem ist aber gar nicht so: Es wird von einem Winde vom Kaspischen Meere hergebracht. Zuerst erklärte ich der Mawra, wer ich bin. Als sie hörte, dass vor ihr der König von Spanien steht, schlug sie die Hände zusammen und starb fast vor Schreck; die Dumme hat noch nie einen König von Spanien gesehen. Ich gab mir jedoch Mühe, sie zu beruhigen, und versicherte sie in gnädigen Worten meines Wohlwollens, indem ich ihr sagte, ich zürne ihr gar nicht, weil sie mir zuweilen die Stiefel so schlecht geputzt habe. Das sind doch einfache Leute, man kann zu ihnen nicht von höheren Gegenständen sprechen. Sie erschrak, weil sie überzeugt war, dass alle spanischen Könige Philipp II. gleichen. Ich machte ihr aber klar, dass zwischen mir und Philipp fast nicht die geringste Ähnlichkeit bestehe und dass ich keinen einzigen Kapuziner bei mir habe. Ins Departement ging ich heute nicht. Mag es der Teufel holen! Nein, Freunde, jetzt werdet ihr mich nicht mehr hinlocken: Ich werde eure garstigen Akten nicht mehr abschreiben!

den 86. Martember, zwischen Tag und Nacht

Heute kam unser Exekutor, um mir zu sagen, ich solle ins Departement kommen; ich sei seit mehr als drei Wochen nicht mehr in den Dienst gegangen.

Aber die Menschen sind ungerecht, sie rechnen nach Wochen. Das haben die Juden eingeführt, weil sich ihr Rabbiner um diese Zeit wäscht. Zum Spaß ging ich aber doch ins Departement. Der Abteilungsvorstand glaubte, ich werde mich vor ihm verbeugen und mich entschuldigen; ich sah ihn aber nur gleichgültig, nicht zu böse und auch nicht zu gnädig an und setzte mich auf meinen Platz, als bemerkte ich niemand. Ich betrachtete dieses ganze Kanzleigesindel und dachte mir: – Wenn ihr nur wüsstet, wer hier zwischen euch sitzt! ... – Du lieber Gott, was hätten sie für einen Lärm gemacht!

Auch der Abteilungsvorstand selbst würde sich vor mir so tief verbeugen, wie er sich jetzt vor dem Direktor verbeugt. Man legte einige Akten vor mich hin, damit ich ein Exzerpt aus ihnen mache. Ich berührte sie aber mit keinem Finger. Nach einigen Minuten gerieten alle in Unruhe. Es hieß, der Direktor komme. Viele Beamte liefen hinaus, um von ihm bemerkt zu werden, aber ich rührte mich nicht von der Stelle. Als er durch unsere Abteilung ging, knöpften alle ihre Fräcke zu; mir fiel es aber gar nicht ein! Was ist so ein Direktor? Soll ich mich etwa vor ihm erheben? Niemals! Was ist er für ein Direktor? Er ist nur ein Stöpsel und kein Direktor. Ein ganz gewöhnlicher Stöpsel, einer, mit dem man die Flaschen zukorkt, und weiter nichts! Am meisten amüsierte es mich, als man mir ein Papier vorlegte, damit ich es unterschreibe. Sie glaubten, ich würde ganz unten am Rande des Bogens hinschreiben: Tischvorsteher Soundso – fiel mir gar nicht ein! Ich schrieb auf die sichtbarste Stelle, wo der Direktor des Departements seine Unterschrift zu setzen pflegt: »Ferdinand VIII.« Man muss gesehen haben, was für ein ehrfurchtsvolles Schweigen da eintrat; ich winkte aber nur mit der Hand, sagte: »Ich brauche keine Zeichen der Untertänigkeit!« und verließ das Zimmer. Aus der Kanzlei begab ich mich direkt in die Wohnung des Direktors. Er selbst war nicht zu Hause. Der Lakai wollte mich nicht einlassen, aber ich sagte ihm so etwas, dass er nur die Hände sinken ließ. Ich ging direkt ins Toilettenzimmer. Sie saß vor dem Spiegel; als sie mich sah, sprang sie auf und wich vor mir zurück. Ich erklärte ihr aber, dass ich der König von Spanien bin. Ich sagte ihr nur, dass ihr ein Glück bevorstehe, wie sie es sich gar nicht vorstellen könne, und dass wir trotz der Ränke der Feinde zusammenkommen werden. Ich wollte sonst nichts mehr sagen und ging hinaus. Oh, wie heimtückisch ist doch so ein Weib! Ich habe erst jetzt begriffen, was das Weib ist. Bisher hat noch niemand gewusst, in wen es verliebt ist; erst ich habe es entdeckt. Das Weib ist in den Teufel verliebt. Jawohl, ich meine es ganz ernst. Die Physiker schreiben dummes Zeug, wenn sie behaupten, sie sei dies und jenes; sie liebt aber nur den Teufel. Sehen Sie, wie sie aus der Loge im ersten Rang ihre Lorgnette auf jemand richtet. Sie glauben wohl, sie betrachte diesen dicken Herrn mit den Ordenssternen? Keine Spur: sie blickt auf den Teufel, der hinter dem Rücken des Dicken steht. Da hat er sich in seinen Frack versteckt. Da winkt er ihr von dort aus mit dem Finger! Und sie wird ihn heiraten, sie wird ihn ganz gewiss heiraten. Auch alle diese hohen Herrn, die Väter, die sich wie Aale winden und zum Hofe streben, welche sagen, sie seien Patrioten und dies und jenes; diese Patrioten wollen nur staatliche Ländereien in Pacht bekommen! Sie sind imstande, Vater und Mutter und selbst Gott zu verkaufen, diese ehrgeizigen Christus verkauf er! Es ist nichts als Ehrgeiz, und der Ehrgeiz kommt daher, weil sich unter der Zunge ein kleines Bläschen befindet und in diesem Bläschen ein kleines Würmchen, so groß wie ein Stecknadelkopf, sitzt; und dies alles macht ein gewisser Barbier, der in der Gorochowaja wohnt. Ich kann mich auf seinen Namen nicht besinnen; es ist aber als sicher bekannt, dass er in Gemeinschaft mit einer Hebamme den mohammedanischen Glauben über die ganze Welt verbreiten will; man sagt ja, dass sich in Frankreich schon der größte Teil der Bevölkerung zum Glauben Mohammeds bekennt.

Gar kein Datum

Der Tag hatte kein Datum

Ich ging heute auf dem Newskij-Prospekt spazieren. Seine Majestät der Kaiser fuhr vorbei. Alle Leute zogen die Mützen, und ich tat es auch; dabei ließ ich mir es jedoch nicht anmerken, dass ich der König von Spanien bin. Ich hielt es für unpassend, mich hier in Gegenwart aller erkennen zu geben, denn zuerst muss ich mich doch bei Hofe vorstellen. Mich hielt nur das eine zurück, dass ich bisher noch kein spanisches Nationalkostüm habe. Wenn ich doch wenigstens einen Königsmantel hätte. Ich hätte ihn mir von einem Schneider machen lassen, aber diese Schneider sind die reinen Esel; außerdem vernachlässigen sie ihr Handwerk, geben sich mit anderen Affären ab und pflastern zum größten Teil die Straßen.

Ich habe mich entschlossen, mir den Königsmantel aus meinem neuen Uniformfrack zu machen, den ich erst zweimal getragen habe. Damit diese Schurken ihn nicht verderben, beschloss ich, ihn mir selbst hinter verschlossenen Türen zu nähen, sodass es niemand sieht. Ich zerschnitt den ganzen Frack mit der Schere, denn der Schnitt muss ein ganz anderer sein.

Auf das Datum besinne ich mich nicht. Einen Monat gab es auch nicht. Weiß der Teufel, was es war.

Der Mantel ist vollkommen fertig. Als ich ihn mir umwarf, schrie Mawra auf. Aber ich kann mich noch nicht entschließen, mich bei Hofe vorzustellen, die Deputation aus Spanien ist noch immer nicht da. Ohne die Deputierten geht es nicht: So wird mir jedes Gewicht meiner Würde fehlen. Ich erwarte sie von Stunde zu Stunde.

den 1.

Ich wundere mich über die Saumseligkeit der Deputierten. Was für Gründe mögen sie aufgehalten haben? Vielleicht Frankreich? Ja, Frankreich ist wohl die missgünstigste Macht. Ich ging auf die Post und erkundigte mich, ob die spanischen Deputierten eingetroffen seien; der Postmeister ist aber furchtbar dumm, er weiß von nichts. »Nein«, sagte er, »es gibt hier keine spanischen Deputierten, wenn Sie aber einen Brief schreiben wollen, so nehmen wir ihn nach dem festgesetzten Tarif an.« Hol's der Teufel, was brauche ich einen Brief? Ein Brief ist Unsinn. Briefe schreiben nur die Apotheker, und auch das nur, nachdem sie sich die Zunge mit Essig befeuchtet haben: sonst könnte man leicht Flechten auf dem ganzen Gesicht kriegen.

    Madrid, den 30. Februarius

    So bin ich nun in Spanien, und es geschah so schnell, dass ich kaum Zeit hatte, zu mir zu kommen. Heute früh erschienen bei mir die spanischen Deputierten, und ich stieg mit ihnen in die Equipage. Die ungewöhnliche Schnelligkeit kam mir befremdend vor. Wir fuhren so schnell, dass wir schon nach einer halben Stunde die Grenze Spaniens erreichten. Übrigens gibt es jetzt in ganz Europa Eisenbahnen, und auch die Dampfer fahren sehr schnell. Ein sonderbares Land dieses Spanien! Als wir ins erste Zimmer traten, erblickte ich eine Menge Menschen mit rasierten Schädeln. Ich erriet jedoch gleich, dass das Granden oder Soldaten sein müssen, weil diese sich die Köpfe rasieren. Sehr merkwürdig kam mir das Benehmen des Reichskanzlers vor, der mich an der Hand hereinführte; er stieß mich in ein kleines Zimmer und sagte: »Sitz hier, und wenn du dich König Ferdinand nennen wirst, so werde ich dir jede Lust dazu austreiben.« Ich wusste aber, dass es nur eine Versuchung war, und antwortete ihm verneinend, worauf mich der Kanzler zweimal mit dem Stock auf den Rücken schlug, und zwar so schmerzhaft, dass ich beinahe aufgeschrien hätte; ich beherrschte mich aber, da ich mich erinnerte, dass es ein Ritterbrauch ist, jeden, der ein hohes Amt antritt, zu schlagen; in Spanien werden nämlich die Rittersitten auch heute noch beobachtet. Als ich allein geblieben war, beschloss ich, mich den Staatsgeschäften zu widmen. Ich machte die Entdeckung, dass China und Spanien das gleiche Land sind und nur aus Unbildung für verschiedene Länder gehalten werden. Ich empfehle einem jeden, das Wort Spanien auf ein Blatt Papier zu schreiben; es wird nämlich China daraus werden. Mich betrübte aber außerordentlich ein Ereignis, das morgen stattfinden soll. Morgen um sieben Uhr wird sich etwas sehr Merkwürdiges ereignen: Die Erde wird sich auf den Mond setzen. Auch der berühmte englische Chemiker Wellington schreibt darüber. Offen gestanden, empfand ich eine Unruhe im

Herzen, als ich an die außerordentliche Zartheit und Zerbrechlichkeit des Mondes dachte. Der Mond wird ja gewöhnlich in Hamburg gemacht, und zwar sehr schlecht. Ich wundere mich, dass England nicht darauf aufmerksam geworden ist. Ein lahmer Böttcher hat ihn hergestellt, und der dumme Kerl hat offenbar keine Ahnung vom Monde gehabt. Er nahm dazu ein geteertes Seil und einen Teil Baumöl; darum verbreitet sich über die Erde ein solcher Gestank, dass man sich die Nase zuhalten muss. Darum ist auch der Mond selbst eine so zarte Kugel, dass die Menschen auf ihm unmöglich leben können; es leben dort nur die Nasen allein. Darum können wir auch unsere Nasen nicht sehen, weil sie sich alle auf dem Monde befinden. Und als ich mir dachte, dass die Erde eine schwere Materie ist und, wenn sie sich auf den Mond setzt, alle unsere Nasen zu Mehl zermalmen kann, bemächtigte sich meiner eine solche Unruhe, dass ich Strümpfe und Schuhe anzog und in den Saal des Reichsrats eilte, um der Polizei den Befehl zu geben, es nicht zuzulassen, dass die Erde sich auf den Mond setze. Die rasierten Granden, von denen ich im Saale des Reichsrates eine große Menge traf, waren sehr kluge Menschen; als ich ihnen sagte: »Meine Herren, retten wir doch den Mond, denn die Erde will sich auf ihn setzen!« – so eilten alle augenblicklich, meinen königlichen Wunsch auszuführen, und viele kletterten die Wand hinauf, um den Mond herunterzuholen; in diesem Augenblick trat aber der Reichskanzler herein. Als sie ihn sahen, liefen alle davon. Ich blieb als König allein zurück. Der Kanzler schlug mich aber zu meinem Erstaunen mit dem Stock und jagte mich in mein Zimmer. Eine solche Macht haben in Spanien die Volkssitten!

Januar desselben Jahres, der auf den Februarius folgt

Ich kann noch immer nicht verstehen, was für ein Land dieses Spanien ist. Die Volkssitten und die Hofetikette sind hier ganz ungewöhnlich. Ich verstehe nichts, ich verstehe nichts, ich verstehe gar nichts. Heute hat man mir den Schädel rasiert, obwohl ich, so laut ich konnte, schrie, ich wolle kein Mönch werden.

Aber ich kann mich nicht mehr erinnern, was mit mir geschah, als man anfing, mir kaltes Wasser auf den Kopf zu gießen. Solche Höllenqualen habe ich noch nie empfunden. Ich war nahe daran, rasend zu werden, sodass man mich nur mit Mühe festhalten konnte. Ich kann die Bedeutung dieser sonderbaren Sitte nicht begreifen. Eine dumme, unsinnige Sitte! Mir ist die Unvernunft der Könige, die sie bisher noch nicht abgeschafft haben, unverständlich. Ich glaube, dass ich allem Anscheine nach in die Hände der Inquisition gefallen bin und dass der Mann, den ich für den Kanzler gehalten, der Großinquisitor selbst ist. Aber ich kann noch immer nicht verstehen, wie der König der Inquisition verfallen konnte. Allerdings kann hier Frankreich die Hand im Spiele haben, und insbesondere Polignac. Was für eine Bestie ist doch dieser Polignac! Er hat geschworen, mir bis an mein Lebensende zu schaden. Und so verfolgt er mich unaufhörlich; aber ich weiß, Freund, dass dich England anstiftet. Die Engländer sind große Politiker. Sie haben überall ihre Hand im Spiele. Das weiß die ganze Welt: Wenn England Tabak schnupft, so muss Frankreich niesen.

Den 25.

Heute kam der Großinquisitor wieder in mein Zimmer, aber als ich seine Schritte in der Ferne vernahm, verkroch ich mich unter einen Stuhl. Als er mich nicht im Zimmer sah, fing er an, mich laut zu rufen. Erst schrie er: »Poprischtschin!« – Ich gab keinen Ton von mir. Dann »Aksentij Iwanowitsch! Titularrat! Edelmann!« – Ich schwieg noch immer. – »Ferdinand VIII., König von Spanien!« – Ich wollte schon den Kopf hinausstecken, sagte mir aber: – Nein, Bruder, du führst mich nicht an! Ich kenne dich: du wirst mir wieder kaltes Wasser auf den Kopf gießen. – Aber er entdeckte mich und jagte mich mit dem Stock unter dem Stuhle hervor. Dieser verdammte Stock tut furchtbar weh. Dafür hat mich jedoch die Entdeckung, die ich heute machte, entlohnt: ich erfuhr, dass jeder Hahn sein Spanien hat, es befindet sich in seinem Gefieder, in der Nähe des Schwanzes. Der Großinquisitor verließ mich aber erbost und mir irgendeine Strafe androhend. Ich achte aber nicht auf seine ohnmächtige Wut, denn ich weiß, dass er nur wie eine Maschine, als ein Werkzeug Englands handelt.

Da 34tum Mon. Ihra Februar 349

Nein, ich kann es nicht länger ertragen. Gott, was machen sie mit mir! Sie gießen mir kaltes Wasser auf den Kopf! Sie sehen nicht auf mich, sie hören nicht auf mich. Was habe ich ihnen getan? Warum quälen sie mich so? Was wollen sie von mir Armem? Was kann ich ihnen geben? Ich habe nichts. Ich habe keine Kraft, ich kann alle diese Qualen nicht ertragen, mein Kopf brennt, und alles wirbelt vor meinen Augen. Rettet mich! Nehmt mich von hier fort! Gebt mir ein Dreigespann, so schnell wie der Wind! Steig ein, Kutscher, klinge, mein Glöckchen, schwingt euch auf, Pferde, und tragt mich aus dieser Welt fort! Weiter, immer weiter, dass ich nichts mehr sehe. Da ballt sich der Himmel vor mir zu Wolken; ein Sternchen funkelt in der Ferne; der Wald mit den dunklen Bäumen und dem Monde jagt an mir vorbei; blaugrauer Nebel breitet sich zu meinen Füßen aus; eine Saite klingt im Nebel; auf der einen Seite liegt das Meer, auf der anderen Italien; da lassen sich auch russische Bauernhäuser erkennen. Ist es nicht mein Haus, das dort in der blauen Ferne sichtbar wird? Sitzt nicht meine Mutter am Fenster? Mütterchen, rette deinen armen Sohn! Lasse eine Träne auf seinen kranken Kopf fallen! Schau, wie sie ihn quälen! Drücke diesen Armen, Verlassenen an deine Brust! Es ist kein Platz für ihn auf dieser Welt! Man hetzt ihn herum! Mütterchen, erbarme dich deines kranken Kindes! ... Wisst ihr übrigens, dass der Bei von Algier eine Beule unter der Nase hat? ...

Der Mantel

An einer Ministerialabteilung ... ich will die Ministerialabteilung nicht genauer bezeichnen. Es gibt nichts Unangenehmeres, als mit Angehörigen einer Ministerialabteilung, eines Regiments, einer Kanzlei, kurz, mit irgendeiner Amtsperson zu tun zu haben. Jeder Privatmensch glaubt heutzutage, man wolle in seiner Person die ganze Korporation beleidigen.

Man erzählt, vor Kurzem sei eine Beschwerde eines Kapitän-Isprawniks, ich weiß nicht mehr genau von welcher Stadt, eingelaufen, in der er beweist, dass alle staatlichen Institutionen zugrunde gehen, und dass sogar sein geheiligter Name missbraucht werde. Als Beleg fügte er seiner Beschwerdeschrift einen sehr dicken Band eines Romans bei, in dem mindestens alle zehn Seiten ein Kapitän-Isprawnik auftritt, stellenweise sogar in vollständig betrunkenem Zustand.

Zur Vermeidung etwaiger Unannehmlichkeiten ziehe ich es vor, die Ministerialabteilung, von der die Rede ist, »eine Ministerialabteilung« zu nennen.

An »einer Ministerialabteilung« war also »ein Beamter« angestellt. Man kann nicht behaupten, dass es ein irgendwie bemerkenswerter Beamter war: Er war klein, etwas pockennarbig, etwas rothaarig und anscheinend auch etwas kurzsichtig, er hatte eine kleine Glatze, runzlige Wangen und eine sogenannte hämorrhoidale Gesichtsfarbe ... Da ist schon einmal das Petersburger Klima daran schuld. Was seinen Beamtenrang betrifft, so war er das, was man einen ewigen Titularrat nennt, einer jener Unglücklichen, über die schon verschiedene Schriftsteller, welche den lobenswerten Grundsatz haben, nur Wehrlose anzugreifen – ihre Witze gerissen haben. Sein Name war Baschmatschkin.

Dieser Name[1] stammt offenbar von einem Schuh ab; der Zusammenhang lässt sich aber nicht mehr genau feststellen. Sein Vater und sein Großvater, sogar sein Schwager – kurz, alle Baschmatschkins trugen nur Stiefel, die sie dreimal im Jahre besohlen ließen.

---

[1] Baschmak heißt russisch - Schuh

Mit dem Vor- und Vatersnamen hieß er Akakij Akakijewitsch. Mancher Leser wird diesen Namen sonderbar und gesucht finden, ich kann aber versichern, dass man ihn durchaus nicht gesucht hatte: Die Umstände hatten sich so gefügt, dass es unmöglich ein anderer Name sein konnte. Dies geschah so: Akakij Akakijewitsch kam zur Welt, wenn mich mein Gedächtnis nicht täuscht, in der Nacht zum 23. März. Seine selige Mutter, eine brave Beamtenfrau, wollte, wie sich's gehört, den Taufnamen wählen. Ihr Bett stand der Türe gegenüber, rechts von ihr saß der Pate – der Senatsbeamte Iwan Iwanowitsch Jeroschkin, ein trefflicher Mensch, links die Patin – Arina Ssemjonowna Bjelobrjuschkowa, Polizeioffiziersgattin, eine Dame von hervorragenden Tugenden. Der Wöchnerin wurden drei Namen vorgeschlagen: Mokius, Sossius und Chosdasates. »Nein«, meinte die selige Mutter, »die Namen sind etwas bunt.« Man tat ihr den Gefallen und schlug den Kalender an einer andern Stelle auf, da fand man wieder drei Namen: Trifilius, Dula und Barachasius.

»So ein Pech!« sagte die Alte, »schon wieder solche Namen. Ich habe noch nie solche nennen hören. Wenn es noch Baradates oder Baruch wäre, aber mein Gott: Trifilius und Barachasius!«

Man blätterte weiter und kam auf die Namen Pausikachius und Bachtisius. »Nun, ich seh' schon«, sagte die Alte, »dass es ihm so bestimmt ist. Dann soll er schon lieber wie sein Vater heißen. Sein Vater hieß Akakij, so wollen wir ihn auch Akakij taufen.« So kam der Name Akakij Akakijewitsch zustande.

Während der Taufzeremonien machte das Kind eine sehr saure Miene, als ob es schon wüsste, dass es nur bis zum Titularrat kommen würde. So ging alles zu, und ich habe es absichtlich mit dieser Ausführlichkeit geschildert, damit der Leser selbst einsieht, dass unser Held keinen andern Namen tragen konnte.

Es lässt sich nicht mehr feststellen, wann Akakij Akakijewitsch in die Kanzlei eintrat und durch wessen Vermittlung er diesen Posten erhielt. Viele Kanzleivorstände hatten einander abgelöst, er saß aber immer auf dem gleichen Platz und bekleidete immer das gleiche Amt eines Kopisten; man musste glauben, dass er schon ganz fertig mit der Glatze und mit der Beamtenuniform zur Welt gekommen sei. Von seinen Kollegen wurde er mit wenig Rücksicht behandelt, und selbst die Bürodiener erhoben sich nicht von ihren Plätzen, wenn er vorbeiging;

sie schenkten ihm so viel Beachtung, wie einer gewöhnlichen Fliege, die durchs Wartezimmer fliegt. Die Vorgesetzten behandelten ihn kühl und despotisch. So ein Gehilfe des Amtsvorstandes schob ihm die Papiere einfach vor die Nase, ohne die Worte: »Machen Sie eine Abschrift davon«, oder: »Da ist eine interessante, nette Akte«, oder sonst eine angenehme Bemerkung, wie sie in vornehmen Ämtern üblich sind. Er nahm die Akten, ohne hinzusehen, wer ihm den Auftrag gab, und ob der betreffende überhaupt dazu berechtigt war, und machte sich gleich an die Arbeit.

Die jüngeren Beamten machten ihn zur Zielscheibe ihrer Witze und Streiche, soweit ihr Witz eben reichte. Sie erzählten in seiner Gegenwart unglaubliche Geschichten, in denen er als Held auftrat; sie behaupteten, dass er von seiner Wirtin, einer siebzigjährigen Alten, geschlagen würde, und fragten ihn, wann er sie endlich heiraten wolle; sie schütteten ihm auch Papierschnitzel auf den Kopf und nannten dies Schnee. Akakij Akakijewitsch sagte aber zu all dem kein Wort, als ob sie alle für ihn Luft wären. Sogar die Güte seiner Abschriften wurde dadurch nicht beeinträchtigt, und trotz aller Ablenkungen und Belästigungen sah man nie einen Schreibfehler in seinen Arbeiten. Wenn es schon gar zu arg wurde, wenn man ihn am Arm zupfte oder sonst wie am Schreiben hinderte, sagte er: »Lassen Sie mich doch! Warum quälen Sie mich?« Diese Worte klangen so rührend und mitleiderregend, dass ein junger Beamter, der dem Beispiel der andern folgend, ihn einmal verhöhnen wollte, unter dem Eindruck dieser Worte wie vom Blitze getroffen innehielt und seit diesem Vorfalle plötzlich alles in einem andern Licht zu sehen begann. Eine seltsame Macht trennte ihn von allen seinen Kollegen, die er früher für anständige und wohlerzogene Menschen gehalten hatte. Und noch lange nachher, selbst in den fröhlichsten Stunden, tauchte vor ihm oft das Bild des kleinen kahlköpfigen Beamten auf mit den rührenden Worten: »Lassen Sie mich doch! Warum quälen Sie mich?« In diesen Worten klang aber der Ausruf: »Ich bin ja dein Bruder.« Und der arme junge Beamte bedeckte sein Gesicht mit den Händen und zuckte zusammen, wenn er sah, wie unmenschlich oft ein Mensch ist, wie roh und grausam die gebildetsten und erzogensten Menschen sein können, ja, selbst solche, die allgemein für edel und gut gelten...

Man findet wohl kaum einen Beamten, der so sehr seinem Dienste zugetan ist, wie es Akakij Akakijewitsch war. Er versah seinen Dienst nicht nur mit Eifer – auch mit Liebe. In der ewigen Anfertigung von Abschriften sah er eine abwechslungsreiche und prächtige Welt vor sich. Manchmal strahlte sein Gesicht; unter den Buchstaben hatte er einzelne Lieblinge, und wenn solche vorkamen, war er ganz außer sich vor Freude, er lächelte ihnen freundlich zu, und man konnte in seinem Gesicht wirklich lesen, welchen Buchstaben er gerade schrieb. Wenn die Beförderungen nur vom Eifer der Beamten abhingen, so wäre er zu seinem eigenen Erstaunen wohl längst Staatsrat geworden; alles, was er erreichte, war aber, wie sich seine Kollegen ausdrückten, ein Ehrenzeichen für langjährige treue Dienste nebst den dazu gehörenden Hämorrhoiden.

Man kann übrigens nicht sagen, dass ihn niemand zu würdigen verstand. Ein Amtsvorstand, der ihn in seiner Herzensgüte für die langen Dienstjahre belohnen wollte, ließ ihm einmal eine Arbeit anvertrauen, die wichtiger war, als das gewöhnliche Abschreiben: er sollte nämlich aus einem fertig vorliegenden Bericht einen neuen für eine andere Behörde machen. Die Arbeit bestand nur in der Abänderung der Überschrift und in der Transponierung der Zeitwörter aus der ersten in die dritte Person. Diese Arbeit strengte ihn so sehr an, dass der Schweiß nur so herunterlief; endlich sagte er:

»Nein, geben Sie mir lieber etwas zum Abschreiben.«

Von nun an ließ man ihn nur Abschriften machen. Außer dieser Arbeit hatte er für nichts in der Welt Interesse. Er sah auch nie auf seine Kleidung: Sein Rock hatte längst die vorschriftsmäßige grüne Farbe verloren und war nun mehlig-braun. Er trug einen engen, ganz niedrigen Kragen, und sein Hals, der eigentlich gar nicht übermäßig lang war, erschien aus diesem Grunde so lang wie bei den Gipskatzen mit den nickenden Köpfen, die von russischen »Italienern« dutzendweise auf den Köpfen herumgetragen werden. An seinem Rock blieb immer etwas kleben oder hängen, bald ein Endchen Faden, bald ein Heuhalm. Er hatte ferner die ungewöhnliche Fähigkeit, an einem Fenster just in dem Augenblick vorbeizugehen, wenn aus ihm gerade irgendwelcher Unrat auf die Straße geschüttet wurde, und so trug er auf seinem Hut Melonenrinden und ähnliche Abfälle davon. Dem Leben auf der Straße schenkte er nie Beachtung und stach in dieser Beziehung von den jüngeren Beamten ab, die sich freilich etwas zu viel für die Vorgänge auf der Straße interessierten und oft sogar schmunzelnd feststellten, dass bei einem Herrn, der auf der anderen Straßenseite ging, eine Hosenstrippe sich losgemacht hatte und baumelte.

Akakij Akakijewitsch sah überall die gleichmäßig geschriebenen Zeilen vor sich und nur wenn über seiner Schulter plötzlich ein Pferdekopf auftauchte und ihn mit heißem Atem anpustete, bemerkte er, dass er sich nicht mitten in einer Zeile, sondern mitten auf der Straße befand. Zu Hause angelangt, setzte er sich sofort zu Tisch und verschlang seine Kohlsuppe und sein Zwiebelfleisch, ohne auf den Geschmack dieser Speisen zu achten; er aß sie mit den Fliegen und sonstigen Beilagen, die Gott gerade spendete. Sobald er sich gesättigt hatte, zog er ein Tintenfass hervor und begann Abschriften von mitgebrachten Akten anzufertigen. Wenn fürs Amt gerade nichts zu tun war, machte er Abschriften zu seinem eigenen Vergnügen, mit besonderer Vorliebe von solchen Aktenstücken, die an eine hochstehende oder eine neu ernannte Persönlichkeit gerichtet waren; auf die schöne Fassung und auf den Inhalt sah er weniger.

Selbst in jenen Stunden, wo der graue Petersburger Himmel dunkel wird und das ganze Beamtenvolk seinen Hunger je nach seinem Gehalt und nach seinen Neigungen gestillt hat; wenn alle ausgeruht haben vom Federgekritzel in den Kanzleien, vom Herumrennen in eigenen und fremden Geschäften und von aller Mühe, die der Mensch sich freiwillig, und oft mehr als gut ist, auferlegt; wenn die Beamten zu Vergnügungen eilen, mit denen sie den Rest des Tages ausfüllen; der eine rennt ins Theater, der andere geht einfach auf die Straße, um den Damen unter die Hüte zu schauen, mancher sucht eine Abendgesellschaft auf, um einem jungen Mädchen – einem Stern des engen Beamtenhimmels – die Cour zu schneiden; die meisten begeben sich zu einem Kollegen, der irgendwo im vierten oder dritten Stock in einer Wohnung von zwei bescheidenen Zimmern nebst Küche oder Vorzimmer haust, die mit einigem modernen Komfort ausgestattet ist – einer Lampe oder einem anderen Luxusgegenstand, der manche Entbehrung gekostet hat; mit einem Wort, selbst in jenen Stunden, wenn die Beamten Whist spielen, Tee trinken, billigen Zwieback knuspern, ihre langen Pfeifen rauchen und in den Spielpausen irgendeinen Klatsch aus der besseren Gesellschaft, für die der Russe in allen Lebenslagen Interesse hat, erörtern, oder aus Ermangelung eines anderen Gesprächsstoffes die alte Anekdote vom Kommandanten, dem gemeldet wurde, jemand habe dem Denkmal Peters des Großen den Schwanz abgehackt, wiedererzählen; kurz, wenn alle Zerstreuung suchen, machte Akakij Akakijewitsch eine Ausnahme. Nie sah man ihn in einer Gesellschaft. Nachdem er sich satt geschrieben, ging er zu Bett und lächelte selig beim Gedanken: Was werde ich wohl morgen zum Abschreiben bekommen.

So floss das friedliche Leben dieses Menschen dahin, der bei vierhundert Rubeln Jahresgehalt mit seinem Los zufrieden war; es hätte vielleicht bis ins hohe Alter so fließen können, wenn es nicht verschiedene Missgeschicke gäbe, mit denen nicht nur der Lebensweg eines Titularrats besät ist, sondern auch der eines Geheimen, eines Wirklichen Geheimen, eines Hofrats wie überhaupt eines jeden Rats, und selbst solcher Leute, die niemand Rat erteilen und niemand um Rat fragen.

In Petersburg haben alle diejenigen, die an die vierhundert Rubel Jahresgehalt bekommen, einen grimmigen Feind: Es ist unser nordischer Frost, von dem übrigens behauptet wird, er sei der Gesundheit zuträglich. Um neun Uhr morgens, gerade um die Stunde, wenn die Ministerialbeamten ins Amt gehen, verteilt er an alle, ohne Ansehung der Person, so heftige Nasenstüber, dass die armen Menschen gar nicht wissen, wo sie ihre Nasen hintun sollen. Und wenn der Frost selbst den höchststehenden Beamten so zusetzt, dass sie Kopfschmerzen bekommen und dass ihre Augen tränen, dann sind die armen Titularräte ganz schutzlos. Sie rennen, in ihre dünnen Mäntel gehüllt, was sie rennen können, die fünf, sechs Straßen bis zum Amt und trampeln dann im Portierzimmer so lange mit den Beinen, bis sie sich erwärmen und die eingefrorene Begabung zur amtlichen Tätigkeit wieder auftaut.

Akakij Akakijewitsch spürte seit einiger Zeit heftiges Stechen im Rücken und in der einen Schulter, obwohl er den festgesetzten Weg von der Wohnung in die Kanzlei immer im schnellsten Tempo zurücklegte. Und da fiel es ihm ein, sein Mantel müsse nicht ganz in Ordnung sein. Er unterzog ihn gleich einer eingehenden Untersuchung und stellte fest, dass der Stoff an einigen Stellen, und zwar gerade im Rücken und auf der Schulter, so dünn wie Kanevas geworden war: Das Tuch war ganz durchgewetzt und auch das Futter war arg zerrissen. Es muss hier erwähnt werden, dass dieser Mantel von den Kollegen arg bekrittelt wurde; sie würdigten ihn nicht einmal der Bezeichnung »Mantel« und nannten ihn verächtlich »Morgenrock«. Der Mantel hatte auch wirklich ein ganz eigentümliches Aussehen: Der Kragen wurde von

Jahr zu Jahr kleiner, denn er musste zum Flicken anderer schadhafter Stellen herhalten. Diese Ausbesserungen zeugten von einer nicht allzu großen Kunstfertigkeit des Schneiders und nahmen sich wenig schön aus.

Akakij Akakijewitsch kam zum Entschluss, den Mantel dem Schneider Petrowitsch in Behandlung zu geben. Dieser wohnte irgendwo im vierten Stock eines Hinterhauses und befasste sich, trotz seines schielenden Auges und seines pockennarbigen Gesichts, mit ziemlichem Erfolg mit dem Ausbessern von Hosen und Fräcken der Beamten und auch anderer Menschen: natürlich, wenn er nicht gerade betrunken war oder andere Gedanken im Kopfe hatte. Dieser Schneider verdient eigentlich gar nicht, dass ich von ihm viel spreche; da es aber einmal Sitte ist, alle handelnden Personen einer Erzählung genau zu beschreiben, so muss ich auch diesen Petrowitsch vorführen. Vor Jahren, als er noch Leibeigener war, hieß er einfach Grigorij; den Namen Petrowitsch legte er sich erst dann zu, als er frei wurde und an den Feiertagen – zunächst nur an den großen, später aber an allen Tagen, die im Kalender mit einem Kreuz bezeichnet sind – zu trinken begann. In dieser Beziehung war er den Sitten seiner Väter treu, und wenn er darüber mit seiner Frau polemisierte, schalt er sie eine weltliche Person und eine Deutsche. Da schon einmal von der Frau die Rede ist, so müsste ich auch ihr einige Worte widmen; das Einzige, was ich sagen kann, ist aber nur das: Petrowitsch hatte eine Frau, sie trug statt eines Kopftuches ein Häubchen und war anscheinend nicht sonderlich schön, wenn sie durch die Straße ging, schenkten ihr höchstens Gardesoldaten einige Beachtung, und selbst diese drehten den Schnurrbart und gaben einen eigentümlichen Laut von sich, sobald sie ihr unter die Haube geschaut hatten.

Akakij Akakijewitsch ging also zu Petrowitsch hinauf; die Treppe war schmutzig und feucht und von einem Schnapsduft erfüllt, der allen Petersburger Hintertreppen eigen ist. Unterwegs überlegte er sich, wie viel wohl Petrowitsch für die Arbeit verlangen würde; er war entschlossen, keineswegs mehr als zwei Rubel zu zahlen. Die Wohnungstür stand offen, denn Frau Petrowitsch bereitete gerade irgendein Fischgericht, und die Küche war so voller Rauch, dass man selbst die Schaben nicht unterscheiden konnte. Akakij Akakijewitsch passierte die Küche, ohne von der Frau gesehen zu werden, und kam in einen Raum, wo Petrowitsch selbst auf einem einfachen Tisch, mit untergeschlagenen Beinen wie ein türkischer Pascha thronte, und zwar, wie alle Schneider bei der Arbeit, mit nackten Füßen; das erste, was Akakij Akakijewitsch in die Augen sprang, war die große Zehe, deren verstümmelter Nagel an eine Schildkrötenschale gemahnte. Er hatte mehrere Fitzen Zwirn und Nähseide um den Hals hängen und arbeitete gerade an einem außerordentlich zerlumpten Kleidungsstück. Seit drei Minuten mühte er sich mit einem Faden ab, der durchaus nicht in das Nadelöhr gehen wollte; er schimpfte auf die Dunkelheit und auf den Faden: »Er will nicht, der Hund! Der Halunke bringt mich noch ins Grab!«

Akakij Akakijewitsch tat es leid, dass er Petrowitsch in so schlechter Laune antraf: er liebte es, seine Aufträge ihm dann zu erteilen, wenn der Schneider etwas angeheitert, oder, wie seine Frau sich ausdrückte, »stinkbesoffen wie ein Teufel« war. In diesem Zustande war er sehr entgegenkommend und nachgiebig, er machte sogar höfliche Verbeugungen und dankte für den Auftrag. Allerdings kam dann später die Frau mit der Behauptung, er sei betrunken gewesen und habe nur daher diesen billigen Preis gemacht, mit einem Zehnkopekenstück war aber auch sie zu besänftigen. Jetzt schien Petrowitsch nüchtern, und in solchen Augenblicken war er stets hart und eigensinnig und machte ganz wahnsinnige Preise. Akakij Akakijewitsch überblickte gleich die Situation und wollte eigentlich abziehen; es war aber zu spät. Petrowitsch sah ihn mit seinem einzigen Auge durchdringend an, und Akakij Akakijewitsch murmelte verlegen:

»Guten Tag, Petrowitsch!«

»Recht guten Tag, Herr...« erwiderte Petrowitsch und schielte auf die Hände des Gastes, um zu sehen, was er mitgebracht habe.

»Ich komme, Petrowitsch, um ... das heißt...«

Akakij Akakijewitsch gebrauchte mit besonderer Vorliebe Präpositionen, Adverbien und ganz bedeutungslose Partikel. War die Sache aber irgendwie schwierig, so pflegte er seinen Satz nicht zu Ende zu sprechen; er begann oft seine Rede mit den Worten: »Dies ist wirklich ganz, sozusagen ...« und blieb dann stehen, in der Meinung, er habe seine Gedanken klar ausgedrückt.

»Was gibt's denn?« fragte Petrowitsch und musterte dabei mit seinem einzigen Auge die ganze Kleidung Akakij Akakijewitschs vom

Kragen bis zu den Ärmeln, Rockschößen und Knopflöchern; dies alles war ihm wohlbekannt, denn es war seine eigene Arbeit; die Schneider sind einmal so, dass sie immer zuerst die Kleidung betrachten.

»Ich komme also, Petrowitsch... weißt du, dieser Mantel da... das heißt, das Tuch ist ja ganz gut; es ist nur etwas verstaubt und sieht daher alt aus, es ist aber ganz neu; aber da, an einer Stelle, im Rücken, und auch hier in der Schulter, ist es etwas abgerieben, und auch auf der anderen Schulter, siehst du? Das wäre alles. Die Arbeit ist ja nicht groß...«

Petrowitsch nahm den Morgenrock in die Hand, breitete ihn auf dem Tische aus und griff nach seiner runden Tabaksdose, deren Deckel mit dem Bildnis eines Generals geschmückt war; wer der dargestellte General war, ließ sich nicht mehr feststellen, denn gerade auf der Stelle des Gesichts hatte der Deckel ein von einem Finger herrührendes Loch, das nun mit einem viereckigen Stück Papier überklebt war. Petrowitsch nahm eine Prise, betrachtete den Morgenrock von Neuem, hielt ihn gegen das Licht und schüttelte den Kopf. Darauf wandte er seine Aufmerksamkeit dem Futter zu und schüttelte abermals den Kopf; dann öffnete er wieder die Dose mit dem überklebten Generalskopf, nahm eine tüchtige Prise, stellte die Dose weg und sagte endlich:

»Nein, da ist nichts zumachen. Der Mantel taugt nichts.«

Bei diesen Worten bekam Akakij Akakijewitsch Herzklopfen.

»Warum denn, Petrowitsch?« fragte er mit flehender, kindlicher Stimme. »Er ist ja nur an den Schultern etwas abgerieben; du wirst doch schon einen passenden Flicken finden, um es auszubessern...«

»Ja, ein Flicken lässt sich wohl finden«, sagte Petrowitsch, »aber wie soll ich ihn annähen? Das Tuch ist ja schon ganz faul, wenn man es mit der Nadel anrührt, fällt es auseinander.«

»Nun, wo's auseinanderfällt, da setzt du gleich einen Flicken hin.«

»Worauf soll ich denn den Flicken befestigen? Der Stoff ist zu sehr abgetragen. Sie können es meinetwegen Tuch nennen, das Zeug fliegt aber beim ersten Windstoß in Fetzen auseinander.«

»Versuch's einmal. Wie wäre es denn sonst wirklich ...«

»Nein!« sagte Petrowitsch sehr entschieden. »Da kann ich nichts machen, die Sache ist hoffnungslos. Machen sie sich lieber Fußlappen daraus für den Winter; denn Strümpfe halten ja nicht genügend warm, die Deutschen haben sie erfunden, um mehr Geld zu verdienen. (Petrowitsch liebte von Zeit zu Zeit Ausfälle gegen die Deutschen zu machen.) Was aber den Mantel betrifft, so müssen Sie sich halt einen neuen machen lassen.«

Beim Worte »neu« wurde es Akakij Akakijewitsch ganz schwindelig, das ganze Zimmer drehte sich um ihn; das Einzige, was er noch deutlich sah, war der mit Papier überklebte General auf Petrowitschs Tabaksdose.

»Einen neuen?« sagte er wie im Traume. »Ich habe ja kein Geld.«

»Jawohl, einen neuen Mantel«, bestätigte Petrowitsch mit grausamer Gelassenheit.

»Nun, und wenn es unbedingt ein neuer sein muss, wie wäre es dann...«

»Sie meinen, was er kosten würde?«

»Ja.«

»Ja, da müssten Sie schon hundertfünfzig Rubel anlegen«, sagte Petrowitsch und kniff dabei seine Lippen bedeutungsvoll zusammen. Er liebte überhaupt starke Effekte und setzte gern einen in Verlegenheit, um dann den Gesichtsausdruck des so Überrumpelten zu beobachten.

»Was! Hunderfünfzig Rubel für einen Mantel!« schrie der arme Akakij Akakijewitsch auf; er schrie wohl überhaupt zum ersten Mal in seinem Leben, denn er zeichnete sich sonst durch seinen ruhigen stillen Ton aus.

»Jawohl«, sagte Petrowitsch, »und dann kommt es noch auf die Güte des Mantels an. Wenn wir einen Marderkragen nehmen und die Kapuze mit Seide füttern, so können es wohl auch zweihundert werden.«

»Petrowitsch, ich bitte dich«, flehte Akakij Akakijewitsch, die auf einen Effekt berechneten Ausführungen Petrowitschs ignorierend,

»versuch's doch mit einer Reparatur; vielleicht kann mir der Mantel doch noch eine kurze Zeit dienen.«

»Nein, es wäre schade um die Arbeit und auch ums Geld«, sagte Petrowitsch. Diese Antwort wirkte auf den Armen ganz niederschmetternd, und er ging fort. Petrowitsch blieb noch eine Zeit lang in der gleichen Haltung mit zusammengekniffenen Lippen müßig sitzen; er freute sich, dass er nicht nachgegeben und auch das ehrsame Schneiderhandwerk nicht herabgewürdigt hatte.

Akakij Akakijewitsch ging durch die Straße wie ein Nachtwandler. »So stehen die Sachen«, sprach er zu sich selbst, »ich hätte wirklich nicht erwartet, dass sie so stehen...« Nach einer Pause fügte er noch hinzu: »Also, so ist's! So weit ist es gekommen! Ich hätte es wirklich nicht erwartet.« Nach einer weiteren Pause sagte er noch: »So, so! Ganz unerwartet kommt es... Es ist schon so eine Sache ...« Er wollte eigentlich nach Hause, ging aber in einer ganz verkehrten Richtung. Unterwegs streifte ein Kaminkehrer seine Schulter, die nun ganz schwarz wurde; von einem Neubau fiel ihm eine ganze Ladung Mörtel auf den Kopf. Er sah und hörte nichts und kam erst dann einigermaßen zur Besinnung, als er gegen einen Polizeisoldaten anprallte, der seine Hellebarde zur Seite gestellt hatte und gerade im Begriff war, eine Prise Schnupftabak zu nehmen.

»Was rennst du einem in die Schnauze hinein?« schrie ihn dieser an. »Kannst du denn nicht auf dem Trottoir gehen?« Diese Bemerkung rüttelte ihn auf; er kehrte um und war bald zu Hause. Hier sammelte er seine Gedanken und überblickte mit klarem Auge die Lage; er setzte sein Selbstgespräch fort, aber nicht mehr in abrupten Ausrufen, wie vorhin, sondern in vernünftigen Sätzen, wie man mit einem klugen Freunde über eine intime Angelegenheit spricht:

»Mit dem Petrowitsch kann man ja jetzt gar nicht reden; er ist wohl etwas... Seine Frau hat ihn offenbar vorhin geprügelt. Ich will ihn lieber noch einmal, und zwar Sonntag früh, aufsuchen: Da wird er noch vom Samstagabend etwas verkatert sein und sich stärken wollen; die Frau wird ihm aber kein Geld hergeben; wenn ich ihm da ein Zehnkopekenstück in die Hand drücke, wird er mit sich schon reden lassen und dann...«

Am nächsten Sonntag machte er sich wirklich auf den Weg; er sah Frau Petrowitsch gerade das Haus verlassen und stürzte sofort die vier

Treppen hinauf. Petrowitsch sah wirklich so aus, wie Akakij Akakijewitsch erwartet hatte. Er war ganz verschlafen und konnte kaum den Kopf halten. Als er aber erfuhr, um was es sich handelte, wurde er wieder ganz wild.

»Nein, daraus wird nichts. Sie müssen schon einen Neuen bestellen.«

Nun drückte ihm Akakij Akakijewitsch die zehn Kopeken in die Hand.

»Ich danke ergebenst«, sagte der Schneider. »Ich werde für Ihr Wohl etwas zu mir nehmen; was aber den Mantel betrifft, so können Sie ganz beruhigt sein: mit ihm ist nichts anzufangen. Dafür will ich Ihnen einen ganz vorzüglichen Neuen machen.« Akakij Akakijewitsch machte noch einen schüchternen Versuch, über die Instandsetzung des Alten zu sprechen. Petrowitsch ließ ihn aber gar nicht ausreden.

»Einen Neuen will ich Ihnen gern machen und werde mir die größte Mühe geben, Sie zufriedenzustellen. Man könnte ihn auch nach der ganz neuen Mode machen: mit versilberten Haken am Kragen.«

Jetzt erst sah Akakij Akakijewitsch ein, dass er unbedingt einen neuen Mantel brauche, und diese Einsicht betrübte ihn außerordentlich. Woher sollte er denn das Geld dafür nehmen? Zu Weihnachten würde es allerdings eine Gratifikation geben, über diese Summe hatte er aber schon längst verfügt: er brauchte neue Beinkleider, schuldete dem Schuster für das Ansetzen eines neuen Oberleders zu alten Stiefeln und wollte sich noch drei Hemden und zwei jener Wäschestücke, die man in einem Buche nicht gut nennen kann, machen lassen. Kurz, die ganze Gratifikation hatte bereits ihre feste Bestimmung; selbst wenn der Direktor ihm statt der üblichen vierzig Rubel, fünfundvierzig oder gar fünfzig bewilligte, so würde auch das im Vergleich zu der nötigen Summe ein Tropfen im Meere sein.

Petrowitsch pflegte allerdings oft einen so horrenden Preis zu fordern, dass selbst seine Frau dagegen protestierte: »Bist du denn verrückt? Manchmal arbeitest du ganz umsonst und jetzt verlangst du einen Preis, den du selbst nicht wert bist!«

Es war also zu erwarten, dass Petrowitsch seine Forderung auf achtzig Rubel herabsetzte; wo aber die achtzig Rubel hernehmen? Die Hälfte davon wäre noch aufzutreiben gewesen, sogar etwas mehr als die Hälfte; wo aber die andere Hälfte hernehmen? – Hier muss der Leser erfahren, wo Akakij Akakijewitsch die erste Hälfte hernehmen wollte. Von jedem ausgegebenen Rubel pflegte er nämlich eine halbe Kopeke in eine Sparbüchse zu tun. Am Ende eines jeden Semesters nahm er die Kupfermünzen heraus und wechselte sie gegen Silber um. So machte er es seit vielen Jahren, und die ersparte Summe betrug nun etwas über vierzig Rubel. Die Hälfte war also vorhanden. Es fehlten aber noch immer vierzig Rubel. Akakij Akakijewitsch dachte lange nach und entschloss sich endlich, ein Jahr lang seine täglichen Ausgaben aufs Möglichste herabzusetzen, also abends keinen Tee zu trinken und kein Licht zu machen, die Schreibarbeiten aber im Zimmer der Wirtin zu verrichten; bei den Gängen in der Stadt die Füße recht vorsichtig zu setzen und so die Schuhe zu schonen; schließlich zu Hause als einzige Bekleidung seinen alten baumwollenen Schlafrock, der so ehrwürdig alt war, dass ihn selbst der Zahn der Zeit verschonte, zu tragen und möglichst wenig Wäsche zum Waschen zu geben.

Diese Entbehrungen kamen ihn anfangs schwer an; er gewöhnte sich aber allmählich an diese Lebensweise und kam schließlich ganz gut auch ohne Abendessen aus; dafür aber hatte er geistige Nahrung in den ewigen Gedanken an den neuen Mantel. Sein Leben wurde reicher und inhaltsvoller, als ob er plötzlich geheiratet hätte und seinen Lebensweg nicht mehr allein ginge: Ein neuer Lebensgefährte begleitete ihn auf allen Wegen, und dies war ein gut wattierter, dauerhafter, neuer Mantel. Er wurde viel lebhafter, und sein Charakter festigte sich, denn nun hatte er ein Lebensziel. Seine Schüchternheit, Unentschlossenheit und Unbeholfenheit waren ganz verschwunden. Seine Augen leuchteten, und durch seinen Kopf zogen ganz verwegene Gedanken: »Soll ich mir vielleicht doch einen Marderkragen machen lassen?«

Alle diese Gedanken lenkten ihn so sehr ab, dass er einmal beim Abschreiben beinahe einen Fehler gemacht hätte. Er kam aber noch rechtzeitig zu sich, seufzte auf und bekreuzigte sich. Mindestens einmal im Monat suchte er Petrowitsch auf, um mit ihm über den Mantel zu konferieren: Es wurde erörtert, wo man das Tuch am vorteilhaftesten kaufen und wie viel man dafür zahlen solle. Er ging dann immer etwas besorgt, aber befriedigt heim und träumte von dem Tag, an dem er endlich den Mantel bekommen würde.

Die Sache ging viel schneller, als er erwartete. Die Gratifikation betrug zu seiner großen Überraschung weder vierzig noch fünfundvierzig, sondern sechzig Rubel. Vielleicht ahnte der Direktor, dass Akakij Akakijewitsch einen Mantel brauchte, oder war es nur ein reiner Zufall? Jedenfalls wurde dadurch die Sache sehr beschleunigt: Er brauchte nun nur noch zwei bis drei Monate zu hungern, um die achtzig Rubel beisammenzuhaben. Sein sonst so ruhiges Herz pochte lebhaft. Als die achtzig Rubel endlich da waren, ging er sofort mit Petrowitsch in einen Tuchladen.

Sie kauften ganz vorzüglich ein; – das fiel ihnen nicht schwer, denn sie hatten seit einem halben Jahr sämtliche Tuchläden abgesucht und alle Preise erfragt; Petrowitsch behauptete, es gäbe gar kein besseres Tuch als dieses. Zum Futter nahmen sie Baumwollzeug, aber von der allerbesten Sorte; Petrowitsch meinte, es sei viel besser und sogar eleganter als Seide. Auf den Marderkragen mussten sie verzichten, denn der Preis war wirklich zu hoch; sie nahmen dafür Katzenfell, ebenfalls von der besten Sorte; man konnte es aus einiger Entfernung für Marder halten.

Petrowitsch brauchte zur Anfertigung des Mantels zwei Wochen; es war nämlich viel Stepparbeit dabei, sonst wäre der Mantel früher fertig gewesen. Die Arbeit sollte zwölf Rubel kosten; dies war auch das Alleräußerste, denn alles war mit Seide genäht, und jede Naht wurde von Petrowitsch mit den Zähnen geglättet, die im Tuch verschiedene eingepresste Ornamente zurückließen.

Es war an einem ... ich weiß nicht mehr, welcher Wochentag es war, jedenfalls war es aber der feierlichste Tag in Akakijs Leben, als er seinen Mantel bekam. Petrowitsch brachte ihn früh morgens gerade um die Stunde, als Akakij Akakijewitsch ins Amt gehen wollte. Es war die passendste Zeit, denn die Kälte war schon recht empfindlich und wurde von Tag zu Tag strenger. Petrowitsch kam mit dem Mantel so feierlich an, wie es einem tüchtigen Schneider ziemt. Sein Gesicht hatte einen so ernsten und bedeutungsvollen Ausdruck, wie es Akakij Akakijewitsch bei ihm noch nie gesehen hatte. Er war sich der Wichtigkeit seines Werkes wohl bewusst und schien den Abgrund zu messen, der einen Flickschneider von einem solchen trennt, der neue Sachen anfertigt. Der Mantel war in ein reines Taschentuch gehüllt, das soeben von der Waschfrau gekommen war; erst, nachdem der Mantel ausgepackt war, steckte Petrowitsch das Tuch zum weiteren Gebrauch in die Tasche. Er nahm den Mantel mit beiden Händen und warf ihn sehr elegant Akakij Akakijewitsch auf die Schultern, dann zog er ihn mit einer geschickten Bewegung hinten zurecht; hierauf drapierte er ihn etwas legerer. Akakij Akakijewitsch wollte den Mantel auch richtig, wie es einem älteren Herrn ziemt, mit den Ärmeln anprobieren; auch die Ärmel saßen vorzüglich. Mit einem Worte: Der Mantel passte wunderbar. Petrowitsch ließ sich nicht die Gelegenheit zu der Bemerkung entgehen, er habe den billigen Preis nur darum gemacht, weil er ohne Firmenschild in einer Nebengasse wohne und weil er Akakij Akakijewitsch so gut kenne; auf dem Newskij-Prospekt hätte die Arbeit allein mindestens fünfundsiebzig Rubel gekostet.

Akakij Akakijewitsch wollte aber jede Diskussion über diesen Gegenstand vermeiden, auch machten ihm die hohen Ziffern, mit denen Petrowitsch nur so herumwarf, ordentlich Angst. Er bezahlte, dankte und ging sofort, mit dem neuen Mantel angetan, ins Amt. Petrowitsch begleitete ihn hinunter und blieb dann auf der Straße stehen, um den Mantel aus einiger Entfernung zu betrachten, dann rannte er durch ein Seitengässchen vor, sodass er Akakij Akakijewitsch überholte, um den Mantel wieder von einer anderen Seite in Augenschein zu nehmen.

Akakij Akakijewitsch ging seinen Weg zum Amt in der rosigsten Laune. Bei jedem Schritt fühlte er den neuen Mantel auf seinen Schultern sitzen und lächelte still in sich hinein. Zwei Vorteile sprangen ihm besonders in die Augen: Erstens war der Mantel warm, zweitens war er schön.

Mit diesem Gedanken beschäftigt kam er in die Kanzlei, legte den Mantel im Vorzimmer ab, betrachtete ihn noch einmal von allen Seiten und übergab ihn endlich dem Portier mit der Weisung, auf ihn ganz besonders achtzugeben. Die Nachricht, dass Akakij Akakijewitsch einen neuen Mantel habe, und dass der Morgenrock nicht mehr existiere, verbreitete sich unter den Beamten wie ein Lauffeuer. Alle begaben sich ins Portierzimmer, um den Mantel zu begutachten. Akakij Akakijewitsch musste von allen Seiten Gratulationen entgegennehmen; anfangs strahlte er dabei, wurde aber dann verlegen. Man bestürmte ihn, er müsse doch unbedingt die Neuanschaffung, wie es sich gehört, einweihen und ein Fest veranstalten; da wurde er ganz verlegen und wusste nicht, wie er dem entrinnen solle. Er war ganz rot und machte den Versuch, den Kollegen einzureden, der Mantel sei gar nicht neu, es sei vielmehr der alte Mantel.

Einer der Vorgesetzten, der offenbar zeigen wollte, dass er es nicht verschmähe, mit seinen Untergebenen zu verkehren, nahm sich seiner an und sagte:

»Ich will statt Akakij Akakijewitsch ein kleines Fest veranstalten und lade Sie hiermit für heute Abend zum Tee ein; außerdem ist heute zufällig mein Namenstag.«

Die Beamten gratulierten nun auch dem Vorgesetzten und nahmen die Einladung mit Dank an. Akakij Akakijewitsch wollte anfangs ablehnen, als man ihm aber bewies, dass es sich nicht schicke, willigte er ein. Der Gedanke, dass er nun die Gelegenheit haben werde, auch abends den neuen Mantel zu tragen, machte ihm sogar große Freude. Dieser ganze Tag war für ihn ein Festtag. Auch nach Hause zurückgekehrt, bewahrte er die gleiche rosige Stimmung. Er hängte den Mantel sorgfältig auf einen Wandhaken, betrachtete noch einmal das schöne Tuch und das Futter und nahm dann noch seinen alten, gänzlich unbrauchbaren Mantel vor, um Vergleiche anzustellen. Der Unterschied war wirklich so groß, dass er lachen musste. Und auch während seiner Mahlzeit lächelte er beim Gedanken an den desperaten Zustand seines alten Morgenrocks. Er aß mit gutem Appetit. Nach beendeter Mahlzeit ließ er für diesmal seine gewohnte Abschreibearbeit ruhen und rekelte sich selig auf seinem Bett, bis der Abend anbrach. Dann kleidete er sich rasch um, zog seinen Mantel an und machte sich auf den Weg.

Wo der Vorgesetzte wohnte, der die Beamten zu sich eingeladen hatte, kann ich leider nicht angeben. Mein Gedächtnis hat sich etwas getrübt, und alle Straßen und Gassen Petersburgs sind in meinem Kopf durcheinandergeraten. Eines steht fest: Der Beamte wohnte in einem besseren Stadtteil, folglich in ziemlich großer Entfernung von der Wohnung des Akakij Akakijewitsch. Er ging anfangs durch ganz leere und spärlich beleuchtete Straßen; je mehr er sich aber dem Ziele näherte, um so belebter und vornehmer wurde die Gegend. Es begegneten ihm immer mehr Passanten, darunter auch solche mit teuren Biberkragen auf ihren Mänteln, auch viele elegante Damen sah er auf seinem Weg; die einfachen messingbeschlagenen Vorstadtschlitten wurden immer seltener, dagegen tauchten viele elegant lackierte Schlitten mit Bärenfelldecken auf, die von Kutschern mit roten Samtmützen gelenkt wurden. Alles kam unserm Akakij Akakijewitsch ganz neu vor; er war seit vielen Jahren wieder zum ersten Mal abends auf der Straße. Er blieb neugierig vor der Auslage einer Bilderhandlung stehen und versenkte sich in die Betrachtung eines Bildes, auf dem eine schöne Dame dargestellt war, die sich gerade einen Schuh auszog und dabei ihr wirklich schönes Füßchen zeigte, während ein Herr mit Backenbart sie durch eine hinter ihrem Rücken befindliche Türe beobachtete.

Akakij Akakijewitsch schüttelte den Kopf und ging lächelnd weiter. Warum lächelte er? Weil er in eine Welt hineingeschaut hatte, die ihm zwar fremd war, für die aber doch ein jeder etwas Interesse hat, oder weil ihm der übliche Gedanke durch den Kopf ging: »Nein, diese Franzosen! Wenn die schon etwas machen, so ist es sozusagen...« Vielleicht dachte er auch gar nicht daran; ich konnte ihm ja nicht ins Herz sehen und seine Gedanken lesen.

Endlich erreichte er die Wohnung seines Vorgesetzten. Dieser lebte auf einem großen Fuß: Die Wohnung befand sich im zweiten Stock, und die Stiege war sogar beleuchtet. Im Vorzimmer stand bereits eine lange Reihe Galoschen, daneben dampfte und summte ein Samowar. An der Wand hingen viele Mäntel und Paletots, darunter auch solche mit Biberkragen und Samtaufschlägen. Aus dem Nebenzimmer drangen Stimmen und Geräusche, die ganz deutlich wurden, als sich die Tür öffnete und ein Diener herauskam, der ein Tablett mit leeren Tassen, einem Milchtopf und einem Zwiebackkorb trug. Die Beamten waren wohl vollzählig versammelt und hatten anscheinend die erste Tasse Tee geleert. Akakij Akakijewitsch hängte nun seinen Mantel eigenhändig an die Wand und trat ein; er sah Kerzen, Beamte, Kartentische und Pfeifen vor sich und hörte den Lärm vieler Stimmen und umhergerückter Stühle. Er blieb verlegen mitten im Zimmer stehen und wusste nicht, was er nun anfangen sollte. Man hatte ihn aber bereits bemerkt; die Kollegen begrüßten ihn stürmisch und gingen dann alle ins Vorzimmer hinaus, um den Mantel noch einmal in Augenschein zu nehmen. Akakij Akakijewitsch wurde ganz rot vor Verlegenheit, doch freute es ihn aufrichtig, dass der Mantel allen so gut gefiel. Die Kollegen ließen natürlich sehr bald ihn und seinen Mantel in Ruhe und wandten sich dem Whist zu. Der Lärm, das Stimmengewirr und die vielen Leute, kurz all das Ungewohnte wirkten auf den schüchternen Akakij direkt betäubend; er wusste nicht, wie er sich zu benehmen hatte und wo er seine Hände und seine ganze Gestalt hintun solle. Endlich ließ er sich an einem der Spieltische nieder und begann den Spielern in die Karten zu schauen. Dies langweilte ihn auf die Dauer, und bald begann er zu gähnen, denn die Stunde, um die er gewöhnlich zu Bett ging, war längst vorüber. Er wollte sich verabschieden, man hielt ihn aber mit Gewalt zurück: Er müsse noch unbedingt zur Feier des Tages Champagner trinken.

Bald kam das Abendessen, das aus einem Fleischsalat, kaltem Kalbsbraten, einer Pastete, Kuchen und Champagner bestand. Akakij Akakijewitsch musste zwei Glas davon trinken; dies heiterte ihn etwas auf, doch vergaß er für keinen Augenblick, dass es schon zwölf Uhr war und dass er eigentlich längst im Bett ein sollte. Er fürchtete, wieder mit Gewalt zurückgehalten zu werden und schlich sich unbemerkt ins Vorzimmer. Er fand da seinen Mantel auf dem Boden liegen, was ihn sehr betrübte. Er hob ihn auf, putzte ihn sorgfältig und war bald auf der Straße.

Auf der Straße herrschte noch immer reges Leben. Viele Gemischtwarenläden – diese Versammlungslokale der Dienerschaft und auch anderer Menschen waren noch geöffnet; andere Läden waren geschlossen, doch verriet der durch die Türspalten dringende Lichtschein, dass inwendig noch Leben herrschte und dass manche Dienstmädchen ihren Klatsch noch nicht beendet hatten. Akakij Akakijewitsch ging seinen Weg in der besten Gemütsverfassung und ließ sich sogar hinreißen, eine Zeit lang einer Dame zu folgen, bei der jeder Körperteil ungewöhnliche Beweglichkeit verriet; sie verschwand aber wie ein Blitz aus seinem Gesichtskreis. Er wunderte sich selbst über seine Unternehmungslust und ging zu seiner früheren gemächlichen Gangart über. Er kam allmählich in die stilleren entlegeneren Straßen, die auch bei Tageslicht wenig anheimelnd sind, um so weniger aber nachts. Die Laternen wurden immer seltener, und ihr Licht wurde trüber, denn in der Vorstadt sparte man offenbar mit dem Öl. Endlose Bretterzäune zogen sich hin, und weit und breit war kein Mensch zu sehen. Man sah nur noch glitzernden Schnee und die kleinen Häuschen, in denen alles schlief. Er näherte sich der Stelle, wo die lange Straße auf einen ungeheuer weiten Platz mündete. Der Platz war so weit, dass man die Häuser auf der anderen Seite kaum sehen konnte.

Irgendwo in der Ferne flackerte die Laterne eines Schilderhäuschens, das am Ende der Welt zu stehen schien. Die Stimmung Akakij Akakijewitschs schlug etwas um. Eine seltsame Angst bemächtigte sich seiner, als er diesen weiten Platz betrat, und sein Herz empfand etwas wie drohendes Unheil. Er blickte nach allen Seiten und fühlte sich plötzlich wie auf dem Meere. Er beschloss, lieber gar nicht hinzuschauen und ging mit geschlossenen Augen weiter. Als er sie öffnete, um festzustellen, wie weit es noch bis zum Ende des Platzes sei, erblickte er vor seiner Nase mehrere Männer mit langen Schnurrbärten. Es wurde ihm dunkel vor den Augen, und sein Herz begann zu zittern.

»Der Mantel gehört mir!« schrie ihn einer der Unbekannten an, ihn am Kragen packend.

Akakij Akakijewitsch wollte um Hilfe schreien, ein Mann hielt ihm aber seine Faust in der Größe eines Beamtenkopfes vor die Nase und sagte:

»Versuch nur zu schreien!«

Akakij Akakijewitsch fühlte noch, wie ihm der Mantel vom Leibe gerissen wurde und wie man ihm einen tüchtigen Fußtritt versetzte. Dann taumelte er, fiel in den Schnee und verlor das Bewusstsein. Als er nach einigen Minuten zu sich kam, war er wieder allein. Es war kalt, und der Mantel war fort. Er begann zu schreien; seine Stimme konnte aber nicht bis ans Ende des Platzes dringen. Er lief verzweifelt und schreiend auf das Schilderhäuschen zu. Der Wachsoldat erwartete ihn, auf seine Hellebarde gestützt, voller Neugier; es interessierte ihn, warum dieser Mensch so rannte und schrie. Akakij Akakijewitsch fragte ihn mit keuchender Stimme, warum er auf seinem Posten schlafe und gemütlich zuschaue, wie ein Mensch ausgeraubt werde.

Der Wachsoldat erklärte, nichts gesehen zu haben; er habe wohl gesehen, wie Akakij Akakijewitsch mitten auf dem Platze von zwei Männern gestellt worden sei, doch glaubte er, es seien seine Freunde gewesen; was aber den Mantel beträfe, so möchte er, statt zu schreien, sich lieber morgen zum Revieraufseher bemühen, dieser werde den Mantel und die Diebe schon ausfindig machen.

Akakij Akakijewitsch erreichte endlich seine Wohnung in einem schrecklichen Zustand: Die wenigen Haare, die er noch an den Schläfen und im Nacken hatte, waren zerzaust, und seine ganze Kleidung war mit Schnee bedeckt. Die alte Wirtin eilte auf sein heftiges Pochen zur Türe, mit nur einem Schuh bekleidet und das Hemd vorne verschämt mit der Hand zusammenhaltend. Sie sah Akakij Akakijewitschs Zustand und taumelte erschrocken zurück. Als er ihr den Sachverhalt erklärt hatte, schlug sie die Hände zusammen und meinte, er müsse sich an den Polizeiinspektor wenden; der Revieraufseher würde ihn nur mit leeren Versprechungen abspeisen; mit dem Polizeiinspektor sei sie dagegen bekannt, denn ihre frühere Köchin, die Finnin Anna, sei jetzt bei ihm als Kindermädchen angestellt; sie sähe ihn fast täglich auf der Straße und jeden Sonntag in der Kirche – er sei also offenbar ein guter und ordentlicher Mensch. Akakij Akakijewitsch ging traurig zu Bett, und jedermann, der sich in eine fremde Lage versetzen kann, wird wohl begreifen, wie er diese Nacht zubrachte.

Am nächsten Morgen ging er ganz früh zum Polizeiinspektor; man sagte ihm, dieser schlafe noch. Er kam um zehn wieder – der Polizeiinspektor schlief noch immer. Als er um elf kam – war der Inspektor ausgegangen. Schließlich kam er um die Mittagszeit; die Schreiber wollten ihn nicht vorlassen und verlangten zu wissen, in welcher Angelegenheit er käme. Akakij Akakijewitsch zeigte nun zum ersten Mal in seinem Leben, dass auch er energisch sein konnte, und erklärte, er müsse den Polizeiinspektor unbedingt persönlich sprechen; es handle sich um eine wichtige amtliche Angelegenheit, und wenn sie ihn nicht vorließen, wolle er sich beschweren. Die Schreiber mussten nachgeben, und einer von ihnen holte den Polizeiinspektor. Dieser nahm die Erzählung Akakij Akakijewitschs höchst sonderbar auf. Er zeigte wenig Interesse für seinen Mantel, begann ihn dagegen auszufragen, was er denn überhaupt in der späten Stunde auf der Straße zu suchen gehabt hätte, und ob er nicht gar in einem verdächtigen Hause gewesen sei. Diese Fragen machten ihn erröten und er ging heim, ohne erfahren zu haben, ob der Polizeiinspektor in der Sache etwas zu unternehmen gedenke.

An diesem Tage ging er nicht ins Amt, was ihm zum ersten Mal im Leben passierte. Am nächsten Tag ging er aber doch hin, und zwar wieder in seinem alten Morgenrock, der noch trauriger aussah als je. Einzelne Beamte rissen selbst bei dieser traurigen Geschichte ihre Witze; die meisten waren aber so gerührt, dass sie sogar eine Kollekte für einen neuen Mantel veranstalteten. Da die Beamtenschaft kurze Zeit vorher durch zwei andere Kollekten – für ein Bildnis des Direktors und für die Subskription auf ein Werk, das ein Freund des Direktors verfasst hatte – ausgeplündert worden war, ergab diese Kollekte ein überaus trauriges Resultat. Ein Kollege gab aber Akakij Akakijewitsch den Rat, er möchte sich doch nicht an den Revieraufseher wenden: Dieser würde das Gestohlene vielleicht wiederfinden, um den Vorgesetzten seine Tüchtigkeit zu beweisen, doch werde der Mantel in den Händen der Polizei bleiben, es habe ja keiner einen gesetzlichen Beweis, dass der Mantel ihm gehöre. Er möchte sich doch an »einen gewissen Würdenträger« wenden, der bei seinen guten Beziehungen die Sache erfolgreicher durchführen könne.

Akakij Akakijewitsch entschloss sich also, jenen »Würdenträger« aufzusuchen. Welches Amt diese Person bekleidete, ist auch heute noch nicht aufgeklärt. Es muss bemerkt werden, dass der »Würdenträger« seine Würde erst seit Kurzem erhalten hatte; vorher hatte er gar keine. Das Amt, das diese Persönlichkeit bekleidete, war übrigens gar nicht so hervorragend, denn es gibt noch viel höhere Ämter. Manche Leute sind aber stets geneigt, auch das minder Bedeutende für sehr bedeutend zu halten. Der betreffende Beamte gab sich auch die größte Mühe, den Anschein einer sehr bedeutenden Persönlichkeit zu erwecken; so hatte er verfügt, dass ihn die Untergebenen jeden Morgen unten an der Treppe erwarteten, und dass niemand ohne Anmeldung vorgelassen werde. Überall musste die strengste Ordnung herrschen: Der Kollegienregistrator hatte jedes Gesuch dem Gouvernementssekretär vorzulegen, dieser meldete es dem Titularrat und so kam die Sache schließlich auch in seine Hand. Es ist schon einmal so in unserem heiligen Russland, dass jeder Beamte bestrebt ist, es seinen Vorgesetzten gleichzutun. So hat einmal ein Titularrat, der zum Vorstand einer kleinen Kanzlei ernannt wurde, in seinem Amtslokal ein eigenes kleines Kämmerchen als »Sitzungssaal« eingerichtet; an der Tür dieses Zimmers standen zwei galonierte Diener mit roten Aufschlägen, die wie Logenschließer aussahen und jeden Besucher zu melden hatten, obwohl der »Sitzungssaal« so klein war, dass in ihm ein gewöhnlicher Schreibtisch kaum Platz hatte.

Der »Würdenträger« waltete seines Amtes mit großer Würde und Wichtigkeit. Das System beruhte in erster Linie auf Strenge. »Strenge, Strenge und – Strenge«, so pflegte er seinen Untergebenen immer einzuschärfen; dies war aber ganz überflüssig, denn die wenigen Beamten, die er unter sich hatte, waren auch so genügend eingeschüchtert. Wenn er durch die Kanzlei ging, ließen alle die Arbeit ruhen und sprangen ehrerbietig auf. Im Verkehr mit den Untergebenen gebrauchte er eigentlich nur folgende drei Redewendungen: »Wie unterstehen Sie sich? Wissen Sie auch, mit wem Sie sprechen? Denken Sie daran, vor wem Sie stehen?« Im Grunde genommen war er sehr gutmütig, freundlich und liebenswürdig, der Geheimratstitel hatte ihm aber ganz den

Kopf verdreht. Wenn er mit Gleichgestellten verkehrte, gab er sich sehr einfach und natürlich und machte den Eindruck eines anständigen und gescheiten Menschen. Kaum sah er aber einen Menschen vor sich, der im Dienstrange etwas unter ihm stand, so wurde er schweigsam und verschlossen und machte einen recht jämmerlichen Eindruck. Er hatte oft Lust, an einem interessanten Gespräch teilzunehmen, aber gleich kam ihm der Gedanke: Wird es meine Würde nicht beeinträchtigen, wenn ich mich so familiär und herablassend zeige? Und so schwieg er meistens und galt daher für sehr langweilig.

Zu diesem »Würdenträger« kam nun Akakij Akakijewitsch mit seinem Anliegen, und zwar in einem Augenblick, der für ihn höchst ungünstig war; dem Würdenträger kam der Besuch aber sehr gelegen. Er unterhielt sich gerade mit einem zugereisten Jugendfreund, den er seit Jahren nicht gesehen hatte, als ihm der Besuch eines gewissen Baschmatschkin gemeldet wurde.

»Wer ist's?« fragte er kurz.

»Ein Beamter.«

»So! Der kann warten, ich habe jetzt keine Zeit.«

Ich muss bemerken, dass der Würdenträger log, denn er hatte Zeit im Überfluss. In der Unterhaltung mit dem Jugendfreund waren alle Gesprächsstoffe längst erschöpft, und sie bestand nun darin, dass sie sich abwechselnd auf die Schultern klopften und dazu sagten: »So ist's, Iwan Abramowitsch.« – »Ja, ja, Stepan Warlamowitsch!« Er ließ aber den Besuch warten, um den Freund, der seit Jahren auf dem Lande lebte und alle Herrlichkeiten des Staatsdienstes vergessen hatte, zu zeigen, wie die Beamten bei ihm antichambrieren müssen. Endlich war diese Unterhaltung beendet, beide saßen rauchend in höchst bequemen Lehnsesseln, als dem Geheimrat plötzlich der vorhin gemeldete Besuch einfiel. Er sagte dem Sekretär, der ihm Papiere zur Unterschrift gebracht hatte und in ehrerbietiger Haltung an der Türe stand:

»Ich glaube, dort wartet irgendein Beamter. Sagen Sie ihm, er möchte eintreten.«

Als der Würdenträger die klägliche Gestalt und die schäbige Uniform des Akakij Akakijewitsch erblickte, herrschte er ihn brüsk an:

»Sie wünschen?«

Diesen brüsken Ton hatte er noch acht Tage vor seiner Ernennung zum Geheimrat vor einem Spiegel eingeübt.

Akakij Akakijewitsch, der auch ohnehin ganz verschüchtert war, verlor nun ganz die Fassung. Er erzählte, so gut er konnte, seine gewohnten Partikel öfter als sonst gebrauchend, er hätte einen ganz neuen Mantel gehabt, der nun gestohlen worden sei, und darum wende er sich an seine Exzellenz mit der Bitte, dem Polizeipräsidenten über die Sache zu schreiben und so bei der Suche nach dem Mantel behilflich zu sein. Diese Zumutung kam dem Geheimrat etwas bunt vor.

»Kennen Sie denn die Vorschriften nicht? Wo stehen Sie jetzt? Wissen Sie denn nicht, dass die Gesuche an die Kanzlei zu richten sind, wo sie vom Kanzleivorstand entgegengenommen werden, der sie dem Abteilungsvorstand vorlegt, und dann vom Sekretär mir überbracht werden?«

»Ew. Exzellenz«, stotterte Akakij Akakijewitsch mit dem Aufwand seiner ganzen Geistesgegenwart und aus allen Poren schwitzend, »ich wagte es, mich direkt an Ew. Exzellenz zu wenden, weil auf die Sekretäre – – sozusagen kein Verlass ist ...«

»Was?« schrie der Geheimrat auf. »Wo haben Sie sich mit solchem Geiste angesteckt? Wo haben Sie diese Ideen her? Wie unterstehen Sie sich, als junger Beamter hier solche Reden zu führen?«

Der »Würdenträger« schien gar nicht zu bemerken, dass Akakij Akakijewitsch hoch in den Fünfzigern stand und höchstens noch im Vergleich zu ihm selbst, der etwa siebzig Jahre alt war, »jung« genannt werden konnte.

»Wissen Sie auch, mit wem Sie reden? Begreifen Sie, wen Sie vor sich haben? Begreifen Sie es? Ich frage Sie, ob Sie es begreifen?«

Er stampfte mit dem Fuße und schrie so laut, dass auch jeder andere Mensch an der Stelle des Akakij Akakijewitsch erschrocken wäre. Auf Akakij Akakijewitsch machte dieser Auftritt aber einen solchen Eindruck, dass er am ganzen Leibe bebte und taumelte; wenn ihn zwei herbeigeeilte Diener nicht gestützt hätten, wäre er zu Boden gefallen. Der »Würdenträger« war mit dem erzielten Effekt, der alle seine Erwartungen übertraf, sehr zufrieden; er warf einen Seitenblick auf den Freund, um zu sehen, welchen Eindruck dieser von der großartigen

Szene hatte und stellte mit Genugtuung fest, dass auch dieser verdutzt und sogar etwas erschrocken war.

Wie Akakij Akakijewitsch die Treppe hinunterkam und wie er auf die Straße gelangte – das konnte er später selbst nicht begreifen; eine solche Rüge hatte er noch nie im Leben bekommen, und noch dazu von einem Geheimrat eines fremden Ressorts. Er ging mit offenem Mund und taumelnd durch den Schneesturm, der draußen wütete, ohne auf den Weg zu achten. Der kalte Wind wehte ihn nach Petersburger Art von allen vier Seiten zugleich an. Er bekam auch sofort eine Halsentzündung, und als er endlich zu Hause anlangte und sich ins Bett legte, hatte er bereits die Sprache verloren. Solche Wirkungen kann manchmal eine tüchtige Rüge haben!

Am nächsten Tage hatte er hohes Fieber. Mit der großmütigen Unterstützung des Petersburger Klimas entwickelte sich die Krankheit rapider, als man erwarten konnte. Der herbeigerufene Arzt betastete seinen Puls und verschrieb ihm heiße Umschläge, damit dem Kranken wenigstens etwas von den Wohltaten der Medizin zuteilwerde; zugleich erklärte er ihm, er habe höchstens zwei Tage zu leben. Der Wirtin sagte er aber:

»Verlieren Sie keine Zeit und bestellen Sie gleich einen Fichtensarg; ein Eichensarg wird wohl zu teuer kommen.«

Ob Akakij Akakijewitsch diese Worte gehört hatte, und, wenn er sie gehört hatte, ob sie auf ihn einen Eindruck machten, ob es ihm da um sein armseliges Leben leidtat – weiß kein Mensch, denn er hatte hohes Fieber und fantasierte. Seltsame Gesichte verfolgten ihn unaufhörlich. Er sah den Schneider Petrowitsch, bei dem er einen neuen Mantel mit Fangeisen für die Diebe bestellte; er glaubte sich von Dieben umgeben, und er flehte die Wirtin an, sie möchte doch einen Dieb, der sich zu ihm unter die Decke geschlichen hätte, herausziehen; er fragte, warum der alte Morgenrock vor ihm hänge, da er doch einen neuen Mantel habe; zuweilen kam es ihm vor, als stehe er noch immer vor dem Geheimrat, der ihm eine Rüge erteilte, und da wiederholte er immer: »Ich bitte Ew. Exzellenz um Verzeihung!« Dann schimpfte er wieder in so unflätigen Ausdrücken, dass die alte Wirtin, die von ihm noch nie derartige Worte vernommen hatte, sich erschrocken bekreuzigte, um so mehr, weil diese Ausdrücke immer der Anrede »Ew. Exzellenz« folgten. Dann redete er ganz unsinniges Zeug; das Einzige, was man daraus verstehen konnte, war, dass seine Gedanken sich immer um den Mantel drehten. Schließlich gab der arme Akakij Akakijewitsch seinen Geist auf.

Sein Zimmer wurde nicht versiegelt und von seinem Nachlass wurde keine Inventur aufgenommen: Erstens hatte er keine Erben und zweitens bestand der ganze Nachlass aus einem Bündel Gänsefedern, einem Buch, weißen Kanzleipapiers, drei Paar Socken, einigen Hosenknöpfen und dem alten Morgenrock, den der Leser schon kennt. Wem diese Gegenstände zufielen, ist unbekannt; ich habe mich dafür nicht interessiert. Akakij Akakijewitsch wurde begraben, und Petersburg schien ihn gar nicht zu vermissen. So verschwand ein Wesen, das ganz schutzlos war, dem niemand eine Träne nachweinte und für das sich niemand interessierte, selbst die Naturforscher nicht, die auch eine gewöhnliche Fliege einfangen, um sie mit dem Mikroskop zu betrachten; ein Geschöpf, das jeden Spott voller Demut über sich ergehen ließ, das so mir nichts dir nichts zugrunde ging, das aber vor seinem Lebensende einen lichten Gast empfangen hatte – in Gestalt des Mantels, der sein armseliges Leben für einen Augenblick mit hellem Glanz erfüllte – und das schließlich vom Unglück zermalmt wurde, das auch die Mächtigen der Erde nicht verschont.

Einige Tage nach seinem Tode kam ein Bürodiener in seine Wohnung mit dem Befehl, er möchte doch sofort ins Amt kommen: der Herr Amtsvorstand brauche ihn. Der Bote kehrte aber unverrichteter Dinge zurück und richtete aus, Akakij Akakijewitsch werde nicht mehr kommen. Auf die Frage »Warum?« sagte er:

»Er ist gestorben. Vor vier Tagen war die Beerdigung.« Auf diese Weise erfuhr man in der Ministerialabteilung von seinem Hinscheiden; am nächsten Tage saß auf seinem Platz ein neuer Beamter, der viel größer war als der Verstorbene und der die Buchstaben nicht so steil, sondern viel schräger setzte.

Wer hätte sich gedacht, dass die Geschichte von Akakij Akakijewitsch noch nicht zu Ende ist, und dass es ihm vergönnt war, noch einige Tage nach seinem Tode Aufsehen zu erregen, wohl als Entgelt für sein unbemerkt gebliebenes Leben? So war es in der Tat, und hier nimmt unsere traurige Geschichte eine fantastische Wendung.

In Petersburg verbreitete sich das Gerücht, in der Gegend der Kalinkin-Brücke treibe sich jede Nacht ein Gespenst in einer Beamtenuniform herum, das einen ihm gestohlenen Mantel suche und unter diesem Vorwande allen Passanten, ohne Ansehen der Person, die Mäntel herunterreiße: Mäntel mit Watte, mit Katzen-, Biber-, Fuchs-, Bären- und Nerzfell, kurz, mit allen Fellen und Häuten, mit denen die Menschen die eigene Haut bedecken. Ein Ministerialbeamter hatte das Gespenst mit eigenen Augen gesehen und in ihm den verstorbenen Akakij Akakijewitsch erkannt; er bekam solche Angst, dass er wie verrückt davonlief und nur noch sah, wie ihm das Gespenst mit dem Finger drohte. Unausgesetzt liefen Klagen, nicht nur von Titular-, sondern auch von Hofräten ein, das Gespenst habe ihnen den Mantel abgenommen und sie hätten sich dadurch bedenkliche Erkältungen zugezogen.

An die Polizei erging der Befehl, den Toten tot oder lebendig einzufangen und exemplarisch zu bestrafen. Es wäre ihr auch beinahe geglückt: in der Kirjuschkin-Gasse erwischte ein Wachsoldat den Toten gerade in dem Augenblick, als dieser im Begriff war, einem ausgedienten Musikanten, der vor Jahren Flöte geblasen hatte, seinen Friesmantel wegzunehmen. Er hatte das Gespenst am Kragen gepackt und der Obhut zweier herbeigerufener Kameraden übergeben; er selbst holte seine Tabaksdose hervor, um seine Nase, die schon sechsmal eingefroren war, mit einer Prise zu beleben. Der Tabak war wohl auch für einen Toten zu stark, denn kaum hatte sich der Wachsoldat ein Quantum Tabak in die Nase gestopft, als das Gespenst so heftig zu niesen begann, dass alle drei die Augen schließen mussten. Während sich die Soldaten die Augen rieben, war das Gespenst spurlos verschwunden, und sie zweifelten später, ob sie es überhaupt in den Händen gehabt hatten. Von nun an bekamen alle Wachsoldaten solche Angst vor Toten, dass sie selbst lebende Verbrecher zu verhaften fürchteten und ihnen nur von Weitem zuriefen: »Na, du!! Mach, dass du weiterkommst!« Das Gespenst des toten Beamten wurde infolgedessen ganz frech und zeigte sich zuweilen auch diesseits der Kalinkin-Brücke.

Nun wollen wir zu dem »Würdenträger« zurückkehren, der eigentlich den fantastischen Verlauf unserer, übrigens höchst wahrhaften Geschichte verursacht hatte. Zur Steuer der Wahrheit sei hier festgestellt, dass er bald nach dem Auftritt mit Akakij Akakijewitsch etwas wie Mitleid verspürte. Denn Mitgefühl war diesem Beamten nicht fremd, und nur sein hoher Rang hinderte ihn, seine Herzensregungen zum Durchbruch kommen zu lassen. Sobald der zugereiste Freund gegangen war, fiel ihm wieder der Titularrat ein. Dann verfolgte ihn fast täglich das Bild des bleichen Akakij Akakijewitsch, für den die Rüge so traurige Folgen gehabt hatte. Endlich entschloss er sich, einen seiner Beamten hinzuschicken, um zu erfahren, wie es ihm gehe und ob ihm nicht irgendwie zu helfen wäre. Als er nun erfuhr, dass Akakij Akakijewitsch ganz plötzlich gestorben war, fühlte er Gewissensbisse und war auch dann den ganzen Tag schlechter Laune.

Um diese Laune zu vertreiben und sich etwas zu zerstreuen, begab er sich abends zu einem seiner Freunde, wo er eine sehr angenehme Gesellschaft antraf: lauter Herren des gleichen Dienstranges wie er, sodass er sich ganz ungezwungen benehmen konnte. Dies übte auf ihn einen wunderbaren Einfluss: Er wurde gesprächig und liebenswürdig und verbrachte den ganzen Abend in der besten Stimmung. Beim Souper trank er zwei Glas Champagner, der bekanntlich recht günstig auf die Stimmung wirkt. Der Champagner weckte in ihm die Lust zu einigen Extravaganzen: Er beschloss nämlich, nach dem Souper nicht gleich nach Hause zurückzukehren, sondern eine Dame, mit der er recht intim befreundet war, zu besuchen; sie hieß Karolina Iwanowna und war, wenn ich nicht irre, deutscher Herkunft. Der »Würdenträger« war übrigens nicht mehr jung und galt als musterhafter Gatte und Familienvater.

Zwei Söhne, von denen der eine bereits im Staatsdienst war, und eine sechzehnjährige Tochter mit einem etwas gebogenen, aber hübschen Näschen küssten ihm jeden Morgen die Hand mit dem Gruße: »Bon jour, Papa!«

Seine Gattin, eine gut konservierte und stattliche Dame, ließ ihn zuerst ihre Hand küssen und küsste dann die Seinige.

Er war also in seinem Familienleben recht glücklich, und doch pflegte er freundschaftlichen Verkehr mit einer Dame, die in einem andern Stadtteil wohnte und die weder schöner noch jünger war als seine Frau; solche Rätsel kommen alle Tage vor, und wir wollen sie hier nicht näher untersuchen.

Der »Würdenträger« ging die Treppe hinunter, setzte sich in seinen Schlitten und befahl dem Kutscher: »Zu Karolina Iwanowna!« In seinen warmen Pelzmantel gehüllt, befand er sich in jenem glückseligen Zustand, den der Russe so sehr liebt: Man denkt an nichts, und die angenehmsten Gedanken kommen einem ganz von selbst in den Kopf, sodass man ihnen gar nicht nachzulaufen braucht. Er dachte an den so vergnügt verbrachten Abend und an alle guten Witze, die da aufgetischt wurden; er wiederholte sie jetzt leise vor sich hin und fand sie noch immer so gelungen und wirkungsvoll wie vorhin. Zuweilen wurde er durch den höchst lästigen Wind abgelenkt, der ohne ersichtlichen Grund von irgendwo kam, ihn mit Schnee überschüttete, schmerzhaft ins Gesicht zwickte und den Pelzkragen wie ein Segel aufblähte, sodass er mit ihm ordentlich zu kämpfen hatte.

Plötzlich fühlte sich der »Würdenträger« am Kragen gepackt. Als er sich umwandte, erblickte er einen älteren Beamten, in dem er zu seiner Bestürzung Akakij Akakijewitsch erkannte. Das Gesicht des Beamten war leichenblass. Der Schreck des Würdenträgers steigerte sich aber ins Grenzenlose, als der Tote den Mund, dem der kalte Hauch des Grabes entströmte, öffnete und die Worte sprach:

»Da bist du ja! Endlich hab' ich dich beim Kragen erwischt! Deinen Mantel suche ich ja eben. Du wolltest dich nicht meines Mantels annehmen und hast mir noch obendrein eine Rüge erteilt, jetzt wirst du mir dafür den deinigen hergeben!«

Der arme »Würdenträger« war halb tot. Er, der in seiner Kanzlei vor seinen Untergebenen so energisch aufzutreten verstand, war jetzt so außer sich vor Schreck, dass er einen Ohnmachtsanfall befürchtete; so geht es übrigens in ernsten Augenblicken vielen, die sonst ein imposantes Auftreten haben. Er zog sich selbst den Mantel von seinen Schultern und schrie dem Kutscher mit wilder Stimme zu: »Rasch nach Hause!« Als der Kutscher diesen Ton hörte, der gewöhnlich von noch wirksameren Ausbrüchen begleitet war, duckte er sich und schlug wütend auf die Pferde ein. In sechs Minuten hielt der Schlitten vor dem Hause. So kam der »Würdenträger« bleich, erschrocken und seines Mantels beraubt, statt zur Karolina Iwanowna – nach Hause. Er ging sofort in sein Zimmer, wo er eine ganz schreckliche Nacht verbrachte. Am nächsten Morgen sah er so schlecht aus, dass seine Tochter ihm beim Morgengruß sagte:

»Du bist ja heute ganz blass, Papa!«

Der Papa erwiderte aber darauf gar nichts und erzählte auch kein Wort davon, wo er die letzte Nacht gewesen war und was er noch vorgehabt hatte. Dieser Vorfall machte auf ihn einen starken Eindruck. Seine Untergebenen bekamen jetzt viel seltener die Worte: »Wie unterstehen Sie sich? Wissen Sie, mit wem Sie reden?« zu hören; wenn er diese Worte auch noch zuweilen gebrauchte, so doch erst immer nach Anhörung der Sache.

Das Merkwürdigste aber war, dass das Gespenst von jenem Tage an sich nicht mehr sehen ließ: Der Mantel des »Würdenträgers« schien ihm ausgezeichnet zu passen. Wenigstens hörte man nichts mehr von neuen Manteldiebstählen. Viele Leute konnten sich aber noch immer nicht beruhigen und behaupteten, das Gespenst tauche noch immer hier und da in den entlegeneren Stadtbezirken auf. Ein Wachsoldat aus der Kolomna-Vorstadt hatte das Gespenst des toten Titularrats auch wirklich noch einmal gesehen. Dieser Soldat war von Natur etwas schwächlich, sodass ihn einmal ein junges Schwein, das ihm unter die Füße lief, zum größten Gaudium der Droschkenkutscher zum Fallen brachte; sie mussten ihm auch später dafür, dass sie über ihn gelacht hatten, je eine halbe Kopeke Entschädigung zahlen. Dieser Wachsoldat war also so schwach, dass er sich nicht traute, das Gespenst zu stellen. Er verfolgte es nur schweigend durch die finsteren Straßen, bis es sich umwandte und fragte:

»Was willst du denn?«, wobei es ihm eine so mächtige Faust zeigte, wie sie auch bei lebenden Menschen nicht oft vorkommt.

Der Wachsoldat murmelte: »Gar nichts ...« und machte sofort kehrt.

Das Gespenst war aber viel größer gewachsen, als es Akakij Akakijewitsch bei Lebzeiten war, und hatte einen mächtigen Schnurrbart. Es schlug anscheinend die Richtung zur Obuchowschen Brücke ein und verschwand in der Nacht.